블랙랜드

BLACKLANDS
by Belinda Bauer

이 도서의 국립중앙도서관 출판예정도서목록(CIP)은
서지정보유통지원시스템 홈페이지(http://seoji.nl.go.kr)와
국가자료공동목록시스템(http://www.nl.go.kr/kolisnet)에서 이용하실 수 있습니다.
(CIP제어번호: CIP2016000393)

BLACKLANDS
블랙랜드

벨린다 바우어 장편소설
강미경 옮김

문학동네

일러두기

1. 본문 중의 주석은 모두 옮긴이주입니다.
2. 고딕체는 원서에서 이탤릭체로 표시된 부분입니다.

우리에게 모든 것을 주셨지만
그래도 부족하다고 생각하셨던
나의 어머니에게

차례

1

엑스무어는 칙칙한 고사리와 무채색의 거친 풀, 삐죽삐죽한 가시금작화, 작년에 피었던 헤더*로 넘쳐났다. 그렇게 시커멓다보니 불이 그곳 일대를 휩쓸고 지나가는 바람에 나무 한 그루 없이 황무지만 썰렁하게 남아 무방비 상태로 겨울에 노출된 듯 보였다. 가랑비가 흩뿌리면서 낮게 내려앉은 지평선이 녹아들고, 흐릿하게 뭉개진 하늘과 땅이 유일하게 눈에 띄는 이정표를 회색 고치처럼 감싸고 있었다. 이정표는 번들거리는 검은색 방수바지를 입었지만 모자도 쓰지 않고 혼자 삽질을 하는 열두 살 소년이었다.

사흘째 비가 내리고 있었지만 풀과 헤더와 가시금작화의 뿌리가 땅 속에서 뒤엉켜 여전히 삽의 침입에 저항했다. 그래도 스티븐의 표정은 달라지지 않았다. 스티븐은 다시 삽날을 박아넣었다. 만족스러운 충격이 겨드랑이까지 타고 올라왔다. 이번에는 자국을 남겼다. 주변의 거대

* 낮은 산이나 황야에서 자라는 히스 속의 들꽃.

한 자연의 품안에 인간의 희미한 자국을.

스티븐이 미처 그다음 자국을 남기기도 전에 좁다란 띠 모양의 첫번째 자국은 물로 가득차더니 이내 사라져버렸다.

세 소년은 비가 그칠 때까지 못 기다리겠다는 듯 양손을 주머니 깊숙이 찔러넣고 후드를 뒤집어쓴 채 어깨를 잔뜩 웅크리고 십릇 이곳저곳을 어슬렁거렸다. 하지만 딱히 서둘러 갈 데도 없었던 터라 여기저기 쏘다니며 서로 밀치고 웃고 별것도 아닌 일에 시끄럽게 욕지거리를 해대면서 그저 세상에 자신들의 존재를, 여전한 기대를 알렸다.

거리는 비좁고 꼬불꼬불했다. 여름철이면 지나가는 관광객들이 도로에 바로 면한 문이 활짝 열려 있고 예스러운 덧문이 달린 해변의 알록달록한 집들을 보며 미소지었다. 하지만 비가 노란색과 분홍색과 하늘색 집들을 따스한 햇살을 상기시키는 빛바랜 추억으로, 떠나기에는 너무 어리거나 너무 나이들거나 너무 가난한 사람들만의 피난처로 바꿔놓았다.

스티븐의 할머니는 창밖을 물끄러미 응시하고 있었다.

그녀는 글로리아 매너스라는 이름으로 삶을 시작했다. 그뒤 그녀는 론 피터스의 아내가 되었다. 그러고 나서 레티의 엄마가 되었고, 그러고 나서 또 레티와 빌리의 엄마가 되었다. 그다음에는 줄곧 가엾은 피터스 부인으로 지냈다. 이제 그녀는 스티븐의 할머니가 되어 있었다. 하지만 속으로는 늘 가엾은 피터스 부인일 터였다. 그 무엇도, 그녀의 손자들조차도 그것을 바꿀 수는 없었다.

창문 아래쪽만 가리는 레이스 커튼 위로 드러난 앞창이 비로 얼룩졌다. 길 건너편에 사는 사람들은 벌써 불을 켜놓고 있었다. 지붕들이 벽만큼이나 제각각이었다. 몇몇은 이끼가 잔뜩 낀 옛날 기와를 아직도 이고 있었다. 그런가 하면 물기를 머금은 하늘을 비추는 납작한 잿빛 슬레이트 지붕도 있었다. 지붕들 위로 안개에 휩싸인 황무지 꼭대기가 어렴풋이 보였다. 이렇게 떨어져서 보니 황무지는 완만하고 둥그런 물체 같았다. 난방이 되는 따뜻한 거실과 부엌에서 휘파람을 불기 시작한 주전자 때문인지 황무지는 순결해 보이기까지 했다.

소년들 가운데 제일 키가 작은 아이가 손바닥으로 창문을 치자 스티븐의 할머니는 흠칫 놀라 뒤로 물러났다.

소년들은 웃음을 터뜨리며 도망쳤다. 뒤쫓는 사람도 없었고, 소년들도 그런 일은 없으리라는 걸 잘 알고 있었지만. "참견쟁이 할망구!" 소년 하나가 뒤돌아보며 소리쳤지만 다들 후드를 푹 뒤집어쓰고 있어 얼굴은 잘 보이지 않았다.

레티가 숨을 헐떡거리며 놀란 표정으로 부리나케 들어왔다. "무슨 일이에요?"

하지만 스티븐의 할머니는 다시 창가에 붙어 있었다. 그리고 딸을 돌아보지도 않고 말했다. "차 다 끓였니?"

스티븐은 아노락*을 한쪽 어깨에 걸치고 황무지를 걸어나왔다. 방금 전의 작업으로 땀에 젖은 티셔츠에서 김이 피어올랐다. 몇 세대에 걸쳐 사람들이 지나다니며 헤더 사이로 다져놓은 길은 진창이 되어 있었다. 그는 길을 가다 말고 멈춰 섰다. 녹슨 삽을 반대쪽 어깨에 소총처럼 걸친 채 마을을 내려다보았다. 어느새 가로등이 불을 밝히고 있었다. 높은 데서 점점 캄캄해지는 마을을 내려다보고 있자니 저 아래서 살아가는 보잘것없는 삶들과는 무관한 천사나 외계인이 된 듯 느껴졌다. 후드

* 후드가 달린 방한 재킷.

를 뒤집어쓴 소년 셋이 빗물에 젖은 도로를 달려가는 모습을 본 순간 스티븐은 저도 모르게 고개를 숙였다.

그는 미끈거리는 울타리 계단 근처 바위 뒤에 삽을 숨겼다. 녹슨 삽이었지만 그래도 누가 가져갈지 모르고, 그렇다고 집에 가져갈 수도 없었다. 그랬다간 대답하기 곤란한, 아니 감히 대답할 수 없는 질문을 받을지 몰랐다.

그는 집 옆 비좁은 통로에 들어섰다. 그새 땀이 식어서 운동화를 벗어 정원 수도꼭지 밑에 갖다대는데 부르르 몸이 떨렸다. 원래 파란색 줄이 있는 흰 운동화였다. 스티븐의 엄마가 지금의 운동화 꼬락서니를 본다면 불같이 화를 낼 게 뻔했다. 그는 양쪽 엄지손가락으로 운동화를 문질러 때만 남을 때까지 진흙을 벗겨낸 뒤 물기를 탈탈 털었다. 흙탕물이 집 옆면에 튀었지만 이내 비에 씻겨내려갔다. 회색 교복 양말이 비에 흠뻑 젖어 묵직했다. 양말을 벗자 추워서 하얗게 질린 발이 모습을 드러냈다.

"흠뻑 젖었네." 어머니가 뒷문으로 내다보며 얼굴을 찌푸렸다. 그녀의 짙푸른 눈은 북해처럼 흐릿했다. 뒤로 질끈 동여맨 푸석한 머리에 빗방울이 후두두 떨어져내렸다. 그녀는 비를 피하려고 집 안쪽으로 고개를 휙 뺐다.

"쫄딱 맞았거든."

"어디 있었는데?"

"루이스랑 있었어요."

엄밀히 따지면 거짓말은 아니었다. 수업을 마쳤을 때 그는 루이스와 함께였다.

"뭐했는데?"

"아무것도. 그냥. 알잖아."

부엌에서 할머니 목소리가 들려왔다. "학교 끝났으면 곧장 집으로 와야지!"

스티븐의 어머니는 흠뻑 젖은 아들을 쏘아보았다. "크리스마스 때 산 새 운동화잖아."

"잘못했어요, 엄마." 그는 풀죽은 표정을 지었다. 그러면 종종 효과가 있었다.

그녀는 한숨을 내쉬었다. "차 줄게."

스티븐은 최대한 빨리, 최대한 많이 먹었다. 레티는 싱크대 앞에서 담배를 피우며 배수구에 재를 떨었다. 할머니네 집으로 이사 오기 전에 살았던 예전 집에서 엄마는 그와 데이비와 함께 식탁에 앉아 있곤 했다. 곧잘 식사도 하고 그와 이야기도 나누었다. 이제 그녀는 담배를 피울 때조차 입을 꾹 다물었다.

데이비는 감자칩에 묻은 케첩만 빨아먹고 접시 가장자리로 하나씩 슬며시 밀어냈다.

할머니는 빵가루를 묻혀 튀겨낸 생선을 조금씩 잘라 의심스러운 눈초리로 꼼꼼하게 살펴보고 나서 입으로 가져갔다.

"뭐 잘못됐어요, 엄마?" 레티가 필요 이상으로 힘을 주어 재를 떨어내며 말했다. 스티븐은 불안한 눈으로 그녀를 바라보았다.

"가시가 있구나."

"가시를 발라낸 건데요. 포장지에 그렇게 적혀 있어요. 순살 가자미라고."

"그래도 늘 가시가 있더구나. 조심해서 나쁠 것 없지."

긴 침묵이 이어졌다. 스티븐은 음식을 씹을 때마다 머릿속에서 울리는 소리에 귀기울였다.

"감자칩 먹어, 데이비."

데이비는 얼굴을 찡그렸다. "다 눅눅해."

"그야 네가 빨아먹어서 그런 거잖아. 아냐? 아냐?"

거듭되는 질문에 스티븐은 음식을 씹다 말고 가만있었지만 할머니의 접시에서는 여전히 달그락거리는 소리가 났다.

레티가 데이비 옆으로 재빨리 다가와 눅눅해진 감사칩을 집어들었다. "어서 먹어!"

데이비는 도리질하며 아랫입술을 부르르 떨기 시작했다.

할머니가 못마땅하다는 듯 중얼거렸다. "음식을 남기다니. 요즘 애들은 저 혼자 뚝 떨어진 줄 알지."

레티가 몸을 구부려 데이비의 반바지 아래로 드러난 허벅지를 매섭게 때렸다. 스티븐은 동생의 피부에 찍힌 하얀 손자국이 금세 빨개지는 모습을 지켜보았다. 그는 데이비를 아꼈지만 자기 말고 다른 사람이 곤경에 빠지는 모습을 보고 있으면 늘 살짝 짜릿했다. 지금도 엄마가 동생을 부엌에서 2층으로 쫓아보내고 동생이 엉엉 우는 모습을 보고 있으려니 마치 상이라도 받은 기분이었다. 하기야 언제 터질지 모르는 엄마의 짜증을 용케 피했다는 게 상이라면 상이었다. 스티븐의 엄마는 할머니 때문에 속상하면 그 분풀이를 툭하면 그에게 해댔다. 하지만 이번 일은 스티븐이 한동안 바라던 일이 이루어졌다는 확실한 증거였다. 드디어 다섯 살이 된 데이비도 잔소리의 늪에 같이 빠질 만큼 자랐다는 뜻이었다. 그 늪은 깊지도 위험하지도 않았지만 기분이 더러웠다. 스티븐의 어머니는 성미가 급했고, 그가 보기에 벌은 누군가와 나누면 반으로 줄어들었다. 아니, 어쩌면 아예 벌을 피해가기도 했다.

스티븐의 할머니는 한 번도 멈추지 않고 내내 식사만 했지만 한입 한입이 꼭 지뢰밭 같았다.

이제는 데이비의 흐느낌도 잦아들었지만 스티븐은 할머니와 눈을 맞추려고 했다. 마침내 할머니가 흘깃 보자 기회를 잡은 그는 버르장머리 없는 아이의 짐을 나눠 짊어지게 돼서 둘이 더 가까워지기라도 한 듯 눈동자를 굴려댔다.

"너도 잘한 거 없어." 할머니는 그렇게 말하고 나서 다시 생선에 집중했다.

스티븐은 얼굴이 빨개졌다. 그가 알기로 자신은 동생보다 나은 사람이었다! 할머니에게 그걸 증명해 보일 수만 있다면 모든 게 달라질 텐데—그는 그냥 알았다.

물론 모두 빌리의 잘못이었다. 늘 그렇듯.

스티븐은 숨을 죽였다. 어머니가 설거지하는 소리가 들렸다. 물속에서 사기그릇들이 딸가닥딸가닥 부딪치는 소리도 들리고, 할머니가 물기를 닦아 접시를 선반에 올려놓으며 달그락대는 소리도 들렸다. 그는 천천히 빌리의 방문을 열었다. 방에서는 침대 밑에 던져둔 오렌지처럼 퀴퀴하고 들큼한 냄새가 났다. 스티븐의 등뒤에서 문이 딸깍 닫혔다.

늘 그렇듯 커튼이 쳐져 있었다. 연한 파란색과 진한 파란색이 바둑판무늬를 이루는 침대 덮개는 커튼과 잘 어울렸지만, 소용돌이무늬가 그려진 갈색 카펫과는 영 따로 놀았다. 바닥에 짓다 만 레고 우주정거장이 있었다. 지난번에는 없었는데 그사이 자그마한 거미 한 마리가 언뜻 도킹 스테이션처럼 보이는 곳에다 거미줄을 쳐놓았다. 거미는 그곳에 앉아 어두컴컴한 침실이라는 외계에서 인공위성 파리가 날아들어오기만을 기다리고 있었다.

침대 위쪽 벽에는 하늘색과 흰색이 섞인 맨체스터 시티 스카프가 핀으로 고정된 채 축 늘어져 있었다. 스티븐은 빌리를 향한 연민과 분노가 뒤섞인 익숙한 고통을 느꼈다. 그는 죽어서도 여전히 머저리였다.

스티븐은 빌리가 시간의 벽을 훌쩍 뛰어넘어 어느새 자신보다 나이를 한 살 더 먹은 이 조카의 귀에 대고 비밀과 해결책을 속삭여주기라도 할 것처럼 가끔 이곳으로 몰래 기어들었다.

스티븐은 실생활에서 단서를 찾겠다는 희망은 이미 오래전에 버렸다. 처음에는 빌리 삼촌이 본인의 죽음을 미리 알고 뭔가 증거를 남겨두었을지 모른다고 즐겨 상상했다. 『다섯 악동』에서 한쪽 모서리를 접어둔 책장. 침대 옆 협탁의 나무 상판에 긁어새긴 'AA'라는 글자. 나침반의 방위를 나타내는 레고 조각들의 흩어진 모양과 장소를 가리키는 ×자 표시. 이 정도는 그 사건 이후 주의력 깊은 아이라면 누구나 발견하고 해독했을 단서들이었다.

하지만 아무것도 없었다. 과거와 비통한 슬픔의 냄새, 깡마른 체구에 옅은 금발과 분홍색 뺨과 삐뚤빼뚤한 치아와 웃느라 거의 감다시피 한 짙푸른 눈의 아이 사진 말고는. 스티븐은 한참 후에야 이 사진이 나중에 여기 놓였다는 것을, 멀쩡한 남자아이라면 침대 옆 협탁에 물고기나 트로피를 들고 있는 사진이라면 또 모를까 이런 독사진을 올려놓을 리가 없다는 것을 깨달았다.

십구 년 전 아마도 스티븐과 많이 닮았을 열한 살의 이 소년은 우주공상 놀이가 지겨워 따뜻한 여름날 저녁 밖으로 놀러 나갔다. 다시는 집에 돌아와 장난감을 치울 일도, 일요일 오후에 텔레비전을 보면서 맨체스터 시티 스카프를 흔들 일도, 잠자리를 정돈할 일도 없다는 것을 까맣게—정말 짜증나게도—모른 채. 얘기가 나왔으니 말인데, 잠자리는 시간이 한참 지난 뒤 그의 어머니, 그러니까 스티븐의 할머니가 정돈했다.

저녁 일곱시 십오분이 조금 지나 신문 파는 가게에서 제이코비 씨에게 몰티저스 한 봉지를 사는 순간 빌리 삼촌은 유년기 공상의 영역을 벗어나 살아 있는 악몽의 영역으로 옮겨갔다. 가게에서 바로 이 집까지는 2백 미터도 안 되는 거리였다. 스티븐도 매일 아침저녁 등하교할 때 걸어다니는 그 길에서 빌리 삼촌은 그냥 증발해버렸다.

스티븐의 할머니는 여덟시 삼십분까지 기다리다가 동생을 찾아보라며 레티를 내보냈고, 날이 어둑어둑해지는 아홉시 삼십분이 되자 직접 아들을 찾아나섰다. 여름에는 해가 길어 아이들은 겨울이면 벌써 잘 시간을 훌쩍 넘겨 저녁까지 놀았다. 그러다 이웃집 테드 랜들이 경찰에 신고해야 하는 것 아니냐고 말하면서부터 스티븐의 할머니는 빌리 엄마에서 가엾은 피터스 부인으로 영원히 신분이 바뀌었다.

육 년 전 자전거를 타고 가다 반스터플*의 버스 도로로 굴러떨어지는 사고로 어이없이 남편을 잃은 가엾은 피터스 부인은 그때부터 빌리가 집에 돌아오기만을 기다리며 지냈다.

처음에는 현관에서 기다렸다. 그곳에 우두커니 서서 한 달 동안 매일 하루 온종일 기다렸다. 열네 살의 레티가 그녀 옆을 지나 학교에 갔다가 어머니가 더 걱정할까봐—그런 일이 가능하다면 말이지만—세시 오십분에 곧장 집으로 오는 것도 거의 알아채지 못한 채.

그뒤로 가엾은 피터스 부인은 날씨가 갤 때면 어김없이 창가에 나와 길 위아래를 살폈다. 그녀의 표정은 갈수록 천둥번개 치는 날의 개를 닮아갔다. 눈을 휘둥그레 뜨고 초조하게 뭔가를 경계했다. 거리에서 무슨 움직임이라도 잡힐라치면 그녀의 가슴속 심장은 스스로도 움찔 놀랄 만큼 세차게 두방망이질했다. 그러다 그 움직임의 주인이 제이코비

* 영국 남서쪽 데번 주의 도시.

씨나 샐리 블렁킷, 또는 타이드콧 쌍둥이라는 게 너무나 확실해져서 그녀가 아무리 죽어라 상상력을 붙잡고 늘어져도 더는 발그레한 뺨과 짧게 깎은 금발에 새 나이키 운동화를 신고 한 손에 반쯤 먹은 몰티저스 봉지를 들고 있는 열한 살짜리 소년처럼 보이지 않게 되면 심장은 그제야 비로소 다시 잠잠해졌다.

레티는 요리하는 법과 청소하는 법뿐만 아니라 어머니가 길을 내다보며 움찔움찔 놀라는 모습을 보지 않아도 되게 자기 방에 틀어박혀 지내는 법도 터득했다. 안 그래도 레티는 어머니가 빌리를 더 아낀다고 늘 생각했었는데, 그가 없어진 지금 어머니는 이 사실을 숨길 여력조차 더는 없었다.

그래서 레티는 자신의 연약한 중심을 보호하기 위해 분노와 반항심이라는 껍질을 두르기 시작했다. 하지만 그 중심에는 7월의 무더운 그날 저녁 마치 누가 와서 한꺼번에 채간 듯한 동생과 어머니를 그리워하는 겁 많은 열네 살 소녀가 있었다.

빌리 삼촌은 어떻게 모를 수 있었을까? 그 어떤 단서도, 생기도 없는 방을 둘러보고 있자니 스티븐은 또다시 화가 치밀어올랐다. 그런 일이 곧 닥치리라는 걸 어떻게 아무도 모를 수 있었을까?

2

빌리가 사라지고 나서 일 년 뒤 엑서터 출신의 배달 기사가 어딘가에서 무슨 일인가로 체포되었다.

처음에 메이슨 딩글이라는 소년의 신고를 받고 출동한 경찰은 아널드 에이버리에게 그 소년 앞에서 성기를 노출했는지의 여부를 간단히 심문했다.

아널드 에이버리가 아이 앞에서 성기를 노출한 것은 이때가 처음이 아니었다. 물론 경찰에게 처음부터 이런 사실을 말한 건 아니었다. 하지만 길을 묻는 척하며 열다섯 살의 메이슨 딩글을 자신의 밴으로 유인하려다가 그는 뜻하지 않게 강한 적수를 만나고 말았다.

메이슨 딩글만 해도 경찰이 익히 알고 있는 아이였다. 작은 체구와 성가대원 같은 외모는 순전히 눈속임일 뿐 그 뒤에는 플리머스 랩윙 주택단지의 골칫덩어리라는 진짜 얼굴이 숨어 있었다. 메이슨 딩글의 몸속에는 낙서, 금품 갈취, 무단 침입의 피가 흐르고 있었다. 경찰은 딩글가의 도련님이 집안 내력에 따라 형들의 뒤를 이어 유치장을 들락거리는 삶을 살게 되는 것은 시간문제일 뿐이라고 생각했다.

하지만 실제로 그렇게 되기 전에 메이슨 딩글은 훗날 타블로이드 신문에서 '밴의 교살자'라고 부른 남자의 체포를 도왔다.

당연히 경찰은 그런 아동 살해자가 버젓이 돌아다니고 있다는 사실을 알 리 없었다. 아이들이 사라지는 건 늘 있는 일이었고, 몇몇은 시신으로 발견되었다. 하지만 그런 사건은 전국적으로 일어났고, 1980년대만 해도 경찰은 세간의 이목을 끄는 살인사건이라면 모를까, 그외의 사건에 대해서는 서로 정보를 공유할 만한 여력이 없었다. 정부에서는 개선이니 인력이니 데이터베이스 운운하며 매번 변죽만 울려댔을 뿐 사실 경찰의 범인 검거율은 무슨 때만 되면 용의자 명단에서 아무나 골라 찔러대다 요행히 범인을 잡는 수준으로 유지되었다.

그리고 어쨌든 메이슨 딩글이 신고하기 전까지 아널드 에이버리의 희생자는 단 한 명도 발견되지 않았고, 에이버리 역시 체포는커녕 속도 위반으로 딱지를 떼인 적조차 없었다. 따라서 세상의 모든 데이터베이스를 뒤졌어도 수사관들의 책상에 그의 이름이 떨어질 리 만무했을 것이다.

그래서 메이슨 딩글이 랩윙의 다 쓰러져가는 놀이터에서 빨간색 플라스틱 그네의자에 분명히 뭔가 추잡한 말을 긁어쓰며 혼자 노는 모습을 본 에이버리는 흰색 밴을 멈춰 세우고 준비를 마친 다음 데번&콘월이나 그외 다른 지역 경찰의 무능함을 확신하며 휘파람을 불어 소년의 관심을 끌었다.

메이슨이 고개를 들어 올려다보는 순간 그 사랑스러운 얼굴에 에이버리의 심장은 터질 듯 부풀어올랐다. 그가 손을 흔들자 메이슨이 어슬렁거리며 밴 쪽으로 다가왔다.

"길 좀 가르쳐줄래?"

메이슨 딩글은 동의의 표시로 눈썹을 치켜세웠다. 이제 보니 소년은 체구만 작았지 모든 면에서 성인 남자 같은 인상을 주었다. 만약 형제가 있다면 어딜 보나 위로 형을 둔 소년이었다. 구부정한 자세, 마지못해 돕는다는 듯한 태도, 깨끗이 면도한 관자놀이 옆 말캉말캉한 작은 귀 뒤에 꽂은 담배. 하지만 아, 그 얼굴! 천사의 얼굴!

메이슨은 차창 쪽으로 고개를 숙였지만 바빠서 이러고 있을 시간이 없다는 듯 자꾸만 먼 데다 한눈을 팔았다.

"그런데요?"

"어, 이 지도에서 상업 구역이 어딘지 좀 알려줄래?" 에이버리가 말했다.

"저리로 쭉 가서 좌회전하면 돼요."

"이 지도를 보면서 가리켜주면 안 될까?"

메이슨은 한숨을 쉬고는 밴 안으로 머리를 디밀고 에이버리가 무릎에 펼쳐놓은 지도를 내려다보았다.

"거기가 어딘지 좀 짚어줄래?"

잠시나마 메이슨 딩글은 눈앞에서 보면서도 믿을 수가 없었다. 그러다 주춤거리며 뒤로 물러나다가 차창 틀에 머리를 부딪혔다. 에이버리는 전에도 이런 반응을 본 적이 있었다. 이제 둘 중 하나였다. 얼굴이 빨개져선 뭐라고 중얼거리며 뒤돌아 도망치거나, 아니면 얼굴이 빨개져선 말을 더듬으면서도 어른이 물어봤으니 그곳이 어딘지 짚어줘야 한다고 느끼고 손을 지도 가까이 갖다대거나. 그러면 손가락이 그의 물건과 아주 가까워지게 된다. 일단 반응이 있고 나면 상황은 어디로든 치달을 수 있으며, 실제로 더러 그러기도 했다. 에이버리는 두번째 반응을 더 좋아했다. 우연한 만남의 시간이 늘어나기 때문이었다. 하지만 첫번째 반응도 괜찮았다. 아이들의 얼굴에서 두려움과 혼란뿐 아니라 죄책감—결국에는 아이들 자신도 원했기 때문에—을 볼 수 있었으므로. 그는 스스로에게 좀더 솔직했을 뿐이다.

하지만 메이슨 딩글은 제3의 길로 갔다. 차창 밖으로 고개를 빼면서 시동키를 돌린 것이다. "더러운 늙다리야!" 그렇게 말하고는 히죽거리며 키를 뽑아들었다.

에이버리는 곧바로 불같이 화를 냈다. "어서 내놔, 이 쥐새끼 같은 놈아!" 그는 가까스로 지퍼를 올리고 밴에서 내렸다.

메이슨은 웃으며 그에게서 멀어졌다. "엿먹어라!" 그렇게 소리치고 달아났다.

아널드 에이버리는 메이슨 딩글을 다시 평가했다. 외모는 눈속임이었다. 천사의 얼굴을 하고 있었지만 알고 보니 거친 꼬마였다. 에이버리는 소년이 곧 키를 가지고 다시 나타나 돈을 요구하거나, 아니면 형이나 경찰을 데려올 거라고 생각했다.

그래도 에이버리는 겁나지 않았다. 메이슨 딩글이 거리에서 터득한 요령은 지금까지 잘 먹혔지만 에이버리가 보기에 그 요령 때문에 소년은 불리해질 수도 있었다. 말썽꾸러기 애새끼라면 모를까, 얌전한 아이들이 이런 일에 휘말렸다고 믿을 사람은 아무도 없었다. 더구나 그런 추잡한 변태 짓거리를 했다고 신고된 남자가 숨길 게 있는 듯 행동하기는커녕 현장에 가만히 앉아 경찰이 오기를 기다린다면 더 말할 필요가 없는 일이었다. 그래서 에이버리는 담배에 불을 붙여 들고 놀이터에서 기다렸다. 메이슨 딩글이 다시 모습을 드러내도 전혀 놀랍지 않을 그곳에서.

처음에 경찰은 메이슨 딩글의 말을 진지하게 받아들이지 않았다. 하지만 그는 자신의 권리를 잘 알고 있었던데다 끈질기기까지 했다. 그래서 결국 경찰관 두 명이 허위 신고로 경찰의 시간을 축내면 어떻게 되는지 단단히 주의를 준 다음 그를 순찰차에 태워 놀이터로 데려갔다. 그곳에 흰색 밴이 서 있었다. 경찰관들은 메이슨에게서 건네받은 키가 밴에 정말 맞는지 확인하려 했다. 그런데 그때 아널드 에이버리가 화를 내며 다가와 소년이 키를 훔쳐가선 돌려주는 대가로 돈을 요구했다고 말했다.

"만약 돈을 안 주면 경찰에 내가 치근댔다고 말하겠다고 협박하지 뭡니까!"

경찰은 심문의 초점을 다시 메이슨에게로 돌렸다. 소년은 놀랍도록 자세하게 진실을 말했지만 에이버리가 보기에 경찰은 그 자신의 설명을 곧이곧대로 믿는 눈치였다.

그래서 모든 것이 에이버리의 의도대로 돌아가고 있었다. 적어도 조그만 소년 하나가 아버지인 듯 보이는 남자와 함께 다가오기 전까지는 그랬다. 싸울 기세로 점점 거리를 좁혀오는 그 남자와 소년을 보는 순간 에이버리는 가슴이 철렁 내려앉았다.

에이버리는 경찰관들 앞에서 여전히 침착하게 행동했지만 속으로는 자신의 어리석음을 저주했다. 그는 가만히 기다렸어야 했다! 그랬더라면 만사가 순조로웠을 텐데! 하지만 그곳은 놀이터였고, 놀이터는 아이들이 모이는 곳이었다. 지금 울면서 그를 향해 다가오는 땅딸막한 여덟 살 소년은 비록 그의 취향은 아니었지만 첫번째 소년이 너무 늦게 돌아오는 바람에 어쩔 수 없었다! 이제 어떻게 해야 한단 말인가?

결론적으로 이 모든 것이 메이슨 딩글 탓이었다. 비가 휩쓸고 지나간 엑스무어에서 아이 시신 여섯 구가 발견된 뒤 아널드 에이버리는 살인사건 전담 수사관에게 이런 의견을 조심스럽게 피력했지만 수사관은 단 한 방의 주먹으로 그의 코뼈를 부러뜨려놓았고, 그 자리에 배석했던 변호사는 그저 어깨만 으쓱했을 뿐이었다.

결국 모든 것이 틀어지고 말았다.

서서히, 그러나 거침없이 연관성이 드러나고 점들이 서로 연결되면서 아널드 에이버리는 여섯 건의 살인과 그외 세 건의 아동 유괴 혐의로 기소되었다. 살인 혐의는 황무지에서 발견된 시신의 숫자에 한정되었고, 유괴 혐의는 에이버리의 집과 차에서 나온 물건, 구체적으로 말하면 그는 끝까지 부인했지만 실종된 아이들과 확실히 관계있어 보이는 물건에 한정되었다. 팔이 한쪽뿐인 바비 인형은 윈체스터의 매리얼 옥슨버그라는 열 살 소녀가 주인이었고, 주머니에 유니콘 문장紋章이 달린 적갈색 재킷은 웨스트워드호!*의 폴 배럿을 한때나마 따듯하게 감싸주었으며, 흰색 밴 조수석 밑에서 발견된 새것이나 다름없는 나이키 운동화는 깔창 아래쪽에 마커펜으로 의기양양하게 이름이 쓰여 있었다. 빌리 피터스.

* 영국 데번 주의 비드퍼드 근처 해안마을.

3

친애하는 선생님께,

저희 할머니가 귀사의 가자미를 먹다가 가시가 목에 걸리는 바람에 숨이 막혀 돌아가셨습니다. 포장지에는 가시를 발라냈다고 적혀 있었는데 말이죠.

이 일을 어떻게 처리하실 건가요?

당신의 진실한 벗으로부터,

십콧에서 스티븐 램

오리어리 선생님은 '진실한'이라는 표현이 잘못됐다고 말했다. 업무 편지에는 '충실한'이라는 표현을 써야 한다며. 스티븐은 고치긴 했지만 그녀가 틀렸다고 확신했다. 그는 광고에 훨씬 못 미치는 생선을 팔아 할머니를 죽게 만든 지역 슈퍼마켓 관리자보다 자신이 잘 알고 사랑하는 사람들에게 충실하고 싶었다.

개인적인 편지에 '진실한'이라는 표현을 쓰면 너무 딱딱하고 격식을 차리는 느낌이 들었다. 하지만 그는 현실적으로 생각했다. 과제물 검사를 하는 사람은 어디까지나 오리어리 선생님이니 그녀의 의견을 따르는 게 좋겠다고.

오리어리 선생님은 철자가 틀린 곳도 지적했지만 그렇게 호들갑을 떨지는 않았다. 그녀는 그가 편지를 무척 잘 썼다고 말했다. 진심이 느껴진다며 반 아이들에게 읽어주었다.

스티븐은 선생님이 그러지 않았으면 했다. 그는 레이저로 문신을 새기듯 그에게 낙인을 찍는 다른 소년들의 눈총을 느꼈다. 따가운 뒷목에 새겨진 것은 "나중에 보자, 이 재수없는 아첨꾼아"였다. 수업 시간에 이런 식으로 눈에 띈다는 것은 곧 운동장에서 괴롭힘을 당하게 된다는 뜻이었다. 앞으로 며칠 동안 아이들을 피해 숨바꼭질을 하며 선생님 꽁무니를 졸졸 따라다녀야 한다고 생각하니 절로 한숨이 났다. "대체 왜 그러니, 램? 나가 놀지 않고서!"

다행히 그가 그렇게 주목받는 일이 많지는 않았다. 스티븐은 그저 평범한 학생, 걱정시키기는커녕 주목을 끌 만한 행동도 거의 하지 않는 조용한 소년이었다. 오리어리 선생님은 학기말 성적표를 작성하면서 출석부를 살피다가 그 이름을 보고 검은 머리의 깡마른 소년을 기억해내느라 잠시 머뭇거렸다. 샨텔 콕스, 테일러 래플린, 비비엔 칸과 마찬가지로 스티븐 램은 결석한 날 출석부 이름 옆에 ×표를 기재하며 스치듯 관심을 둘 때나 그녀의 눈에 띄는 아이였다.

스티븐은 늘 그러듯 체육관 입구 근처에서 루이스와 함께 점심을 먹었다. 루이스는 치즈와 피클을 넣은 샌드위치와 마스 초콜릿 바를 싸왔고, 스티븐은 생선 페이스트 샌드위치와 두 조각짜리 킷캣 한 개를 싸왔다. 루이스는 어느 것도 바꿔 먹으려 들지 않았고, 스티븐은 그런 그를 탓할 수 없었다.

타맥*을 칠한 네트볼 코트에서 후드 운동복 차림의 소년 셋이 축구를 했는데, 어쩌다 공이 왼쪽으로 굴러갈 때면 스티븐을 험악하게 흘겨보거나 재수없는 새끼라며 욕을 해댔다. 그중 한 명은 스티븐의 얼굴에 공을 던질 것처럼 굴면서 그가 우스꽝스럽게 눈을 질끈 감을 때마다 킬킬댔지만 그쯤은 모두 참을 수 있었다.

"내가 저 자식 패줄까?" 루이스가 초콜릿이 묻은 입으로 물었다.

"아니, 괜찮아." 스티븐은 어깨를 으쓱했다. "아무튼 고마워."

"언제든 말만 해. 내가 손봐줄 테니까."

루이스는 스티븐보다 덩치는 약간 작았지만 자존심 하나는 10킬로그램이나 더 나갔다. 스티븐은 실제로 루이스가 싸우는 모습을 본 적은 없었지만 보통 둘 사이에는 루이스가 그 누구와 싸워도 이길 거라는 믿음이 있었다. 하지만 상대가 중학교 3학년이라면 얘기가 달랐다. 스티븐처럼 존재감이 거의 없는 샨텔의 오빠 마이클 콕스는 중학교 3학년인데다 키가 180센티미터가 넘었고, 게다가 흑인이었다. 다들 알다시피 흑인 아이들은 거칠었고, 마이클 콕스는 그중에서도 제일 거칠었다.

스티븐은 마이클 콕스만 아니라면 누구와 붙어도 루이스가 이길 수 있으리라 생각했다. 하지만 아무리 루이스라고 해도 저 셋을 한꺼번에 상대할 수는 없었고, 한 명하고만 싸운다고 쳐도 결국은 세 명과 싸우게 될 게 불 보듯 뻔했다. 둘 다 그걸 알기에 암묵적인 동의하에 화제를 바꿨다.

"꼰대가 내일 시합에 데려가준대. 같이 갈래?"

스티븐이 알기로 그 시합에는 지역 팀인 블랙랜더스가 출장할 예정

* 타르와 쇄석을 섞어 굳힌 포장 재료.

이었다. 인근에는 톱클래스 리그에 진출하는 축구팀이 없었기 때문에 루이스와 그의 아버지는 현실에 순응해 블랙랜더스—지역에서 어설프게 재능 좀 있다 하는 오합지졸의 집합소—응원에 뛰어들었고, 루이스는 리버풀이나 맨체스터 유나이티드를 응원하는 반 친구들에게 뒤지지 않는 열성으로 블랙랜더스와 운명을 같이했다.

축구 경기 관람은 루이스와 그의 아버지가 함께 시간을 보내는 유일한 활동이었다.

루이스의 아빠는 키가 작달막하고 황갈색 머리에 안경을 썼고 말수가 거의 없었다. 늘 나이에 맞지 않는 바지를 입고 다녔으며, 마인헤드에 있는 사무실에서 뭔가를 했지만 루이스는 아버지가 정확히 무슨 일을 하는지 전혀 관심 없었다. "법과 관련된 일이야." 스티븐이 물었을 때 그는 어깨를 으쓱하며 그렇게만 말했다. 집에 있을 때면 루이스의 아빠는 〈텔레그래프〉의 십자말풀이를 하거나 인터넷으로 자기 집안 가계도를 조사했다. 겨울이면 루이스의 부모님은 일주일에 한 번씩 주민회관에서 배드민턴을 쳤다. 가뜩이나 우스꽝스러운 운동인데, 어쩌다 스티븐이 얼핏 본 두 사람의 운동복 차림은 정말 가관이었다. 특히 곱슬곱슬하고 희끄무레한 그의 다리털과 미니스커트 아래로 드러난 그녀의 굵은 허벅지가 그랬다.

스티븐과 루이스는 오랫동안 친구로 지냈지만 루이스의 아빠가 지금껏 스티븐에게 건넨 말은 딱 세 가지였다. 대개는 "안녕, 스티븐", 두 아이를 한창 염탐하던 중 우연히 마주칠 때면 "재밌니?"였고, 한번은 당황스럽게도 "제기랄, 누가 개똥 묻은 발로 부엌을 싸돌아다닌 거야?"였다.

덩치도 더 크고 활력도 더 넘치는 어머니와 마찬가지로 루이스는 대개 아빠를 무시했다. 스티븐이 지켜본 바로 그는 자기 아빠가 하는 모든 말에 눈동자를 굴리며 쯧쯧 혀를 차거나, 아니면 반항적인 침묵으로 일관했다.

언젠가 스티븐은 모래성 쌓기 대회를 구경하러 루이스의 가족과 마인헤드에 간 적이 있었다. 그곳에 도착할 즈음 여름 폭우가 쏟아지는 바람에 웅장한 창작품들이 허물어져내려 형체가 모호한 언덕들로 바뀌고 말았다. 예를 들어 동화의 성은 '타이타닉'처럼 보였고, 실물 크기의 범고래는 럭비공처럼 보였다. 그런데도 루이스의 아빠는 버그하우스 방수복 차림으로 모래 덩어리 사이를 누비고 다니며 여러 각도에서 사진을 찍어대고, '원래 어떤 모양이었는지 알겠지!'라는 요지의 말을 계속 반복하며 루이스의 기분을 띄우려고 애썼다. 그러는 내내 루이스와 그의 어머니는 펄럭이는 우산 아래서 추위로 몸을 떨며 눈을 부라렸고 어디 들어가서 크림티라도 마시자고 불평했다.

루이스를 버리고 모래성에 환호할 만큼 아주 용기가 있지는 않았지만 스티븐은 친구와 그의 어머니와 우산으로부터 약간 떨어져 서 있었다. 그런 서글픈 열정을 경멸하듯 무시해버리는 모자와 합세하느니 차라리 비에 젖는 편이 나았다.

그가 생각하기에 그런 태도는 아버지를 낭비하는 것이었다.

귀가 솔깃한 루이스의 말에 그는 다시 현재로 돌아왔다. "배튼이 부상자 명단에서 빠졌어."

스티븐은 고개를 저었다. "못 가."

"토요일이잖아."

스티븐은 어깨를 으쓱했다. 루이스가 안됐다는 듯 고개를 절레절레 흔들었다. "아깝네. 정말 재미있을 텐데."

스티븐은 그럴 리 없다고 생각했다. 전에도 블랙랜더스의 경기를 본 적이 있었다.

토요일에는 비가 그쳤다. 따뜻하지는 않았지만 1월치고 추운 편은 아니었다. 스티븐은 점심때까지 구덩이를 두 개 파고 딸기잼 샌드위치를 먹었다. 토요일이면 직접 샌드위치를 만들어 먹었고, 그래서 생선 페이스트 때문에 창피해할 필요가 없었다. 이곳에 오면서 아무도 거들떠보지 않는 빵 겉껍질을 싸왔다. 그중 하나에 곰팡이가 약간 슬어 있어 때가 낀 손가락으로 떼어냈다. 그러고 있자니 주드 아저씨가 생각났다.

스티븐은 아저씨들 중에서 주드 아저씨를 제일 좋아했다. 주드 아저씨는 정말 키가 컸고 텁수룩한 눈썹이 아래로 처진데다 목소리는 해머 공포영화*에 나오는 저음이었다.

주드 아저씨는 조경사였다. 사 년 된 트럭 한 대와 직원 네 명을 두고 있었지만 손톱에 늘 때가 끼어 있어 할머니가 질색했다. 스티븐의 엄마는 늘 그 때는 하수구 같은 데 끼는 더러운 때가 아니라 깨끗한 흙이라고 말했다. 물론 그 둘이 헤어지기 전의 일이었지만. 그뒤로 할머니가 주드 아저씨에 대해 안 좋은 이야기를 할 때면 스티븐의 엄마는 입가가 살짝 굳어지고 그와 데이비에게 평소보다 더 성질을 냈다.

스티븐에게 삽을 준 사람은 주드 아저씨였다. 스티븐은 아저씨에게 뒷마당에 채소밭을 만들고 싶다고 말했었다. 물론 그 말은 실현되지 않았지만 주드 아저씨는 전혀 문제삼지 않았다. 그는 부엌으로 들어와 비 사이로 검은딸기나무가 무성한 정글을 물끄러미 바라보면서 말하곤 했다. "토마토는 잘 자라니, 스티브?" 아니면 "콩이 정말 잘 자라는구나." 그러고서 그와 스티븐은 서로 쓴웃음을 지었고 그럴 때면 스티븐은 가슴속 심장이 약간 부풀어오르는 것 같았다.

---

* 20세기 중반 해머 영화사에서 제작한 공포영화들.

차를 마시고 나면 때로 주드 아저씨는 프랑켄슈타인 놀이를 했다. 그러니까 스티븐과 데이비를 잡으려고 집안을 돌아다녔는데, 두 팔을 내뻗고 천천히 뒤뚱뒤뚱 이 방 저 방 돌아다니면서 굵은 목소리로 위협했다. "흐흐흐! 그래, 어디 마음껏 도망쳐봐라, 이 프랑켄슈타인이 반드시 찾아낼 테니까!"

당시 스티븐은 열 살에 가까운 나이라 알 만큼 알았지만 주드 아저씨의 커다란 덩치와 세 살배기 데이비가 질러대는 비명 때문에 진짜로 겁에 질리곤 했다. 그는 짐짓 데이비를 위해 놀아주는 척했지만 소파 뒤에 숨거나 거실의 두꺼운 녹색 커튼을 몸에 둘둘 감고 머리카락이 커튼에 달라붙어 위로 감겨올라간 채 주드 아저씨를 기다릴 때면 그의 씨근거리는 숨소리와 두방망이질하는 심장이 그게 실은 다 핑계일 뿐이라고 말해주었다.

긴장을 견디다 못한 데이비는 어김없이 빽빽 비명을 지르다가 숨어 있던 곳에서 튀어나와 애원하듯 주드 아저씨의 다리를 붙잡고 소리쳤다. "난 프랑켄슈타인의 친구야!" 그러면 그 기회를 놓칠세라 스티븐도 벌떡 일어나 놀이를 망친 데이비에게 눈을 부라렸지만 속으로는 끝나서 다행이라며 안도의 한숨을 내쉬었다.

주드 아저씨를 생각하는 사이 희미한 겨울 햇볕에 스티븐의 등이 약간 따스해졌다. 그에게는 아저씨가 두 명 더 있었다. 주드 아저씨 뒤로 닐 아저씨가 있었다. 그는 고작 이 주쯤 지나 엄마의 지갑과 치킨 반 마리를 들고 사라졌다. 가장 최근에는 브렛 아저씨가 있었는데, 그는 흡사 종교적인 열정으로 한자리에 죽치고 앉아 텔레비전을 봤다. 어디까지나 그가 〈카운트다운〉*을 보고 있는데 할머니와 엄마가 미친듯이 말

* 퀴즈쇼 프로그램.

다툼을 벌이기 전까지의 얘기지만. 브렛 아저씨가 문제 좀 듣게 조용히 하라고 말하자 할머니와 엄마가 한꺼번에 그에게 달려들었다. 그 일이 있고 나서 그는 돌아오지 않았다.

지금은 엄마에게 아저씨가 없는 시기였다. 스티븐은 아저씨들이 늘 좋은 것은 아니었지만 그들이 집을 나갈 때마다 마음이 좋지 않았다. 그의 가족은 작고 외로워서 누가 됐든 식구가 늘어난다면 환영할 일이었지만 그래봐야 늘 얼마 가지 못했다.

땅에 삽을 꽂자 뭔가 딱딱한 게 느껴졌다. 스티븐은 허리를 숙이고 두 손으로 흙을 치웠다. 딱딱한 거라면 주로 돌멩이나 나무뿌리였지만 이번에는 소리가 달랐다.

시커먼 흙 속에서 반질반질하고 희끄무레한 뼛조각이 드러나는 순간 스티븐은 속이 울렁거렸다. 무릎을 꿇고 뿌리에 달라붙은 황무지의 두터운 진흙을 긁어냈다. 그가 가진 연장이라고는 날이 무딘 삽이 전부여서, 맨손으로 흙을 파내느라 손톱 밑이 얼얼했다.

손가락 하나를 그 밑으로 집어넣을 수 있게 되자 그는 그것을 있는 힘껏 밀어올렸다. 그래봐야 겨우 몇 밀리미터 올라왔을 뿐이지만 이빨 하나가 모습을 드러냈다.

이빨.

스티븐은 가슴속 어딘가에 숨을 단단히 붙들어매고 몸을 구부려 이빨을 만져보았다.

이빨은 턱뼈에 박힌 채 살짝 흔들거렸다.

그는 무릎을 꿇고 앉았다. 주변의 하늘과 헤더가 빙빙 돌았다. 그는 고개를 돌려 가시금작화에 대고 구역질을 했다. 침과 콧물이 흘러나와 길게 늘어졌다. 한순간 그 점액질이 그를 황무지에 묶어 고꾸라뜨린 뒤 땅속으로 끌어당겨 코와 입이 흙과 뿌리와 거름과 작고 무는 벌레들로 꽉 막히는 듯한 느낌이 들었다.

그는 고개를 홱 들고는 허둥지둥 일어섰다.

스티븐은 소매를 걷은 팔로 코와 입을 훔치고 몇 번이나 침을 뱉어내며 헛기침을 했다. 그래도 입안에서는 여전히 신물의 시척지근한 맛이 느껴졌다.

그는 4미터쯤 떨어진 곳의 얕게 팬 구덩이를 조심스레 들여다보았다. 두 발자국 앞으로 내딛자 턱뼈가 눈에 들어왔다. 그는 그 자리에 멈춰 선 채 꼼짝도 하지 않았다.

그가 해냈다.

경찰이 열감지기와 탐지견은 물론 현장을 직접 손으로 샅샅이 훑는 등 인력과 기술을 총동원하고도 하지 못했던 일을 그가 해낸 것이었다.

그가 빌리 피터스를 찾아냈다.

그리고 그의 치아를 직접 만져보았다.

그 생각을 하니 다시 속이 울렁거렸지만 애써 억눌렀다.

별안간 스티븐은 힘이 빠졌다. 그는 헤더와 황새풀 위에 털썩 주저앉았다.

안도감이 밀려들었다.

그는 더 나은 사람이었다!

이제 할머니가 그걸 보면 모든 것이 달라질 터였다. 할머니는 더는 집으로 돌아올 리 없는 아들을 기다리느라 창가에 서 있지 않아도 될 터였다. 인색하고 심술궂은 눈초리가 아니라 여느 할머니처럼 사랑이 가득 담긴 눈길로 그와 데이비를 바라보면서 과자라도 사서 먹으라며 가끔 50펜스씩 몰래 쥐여줄 터였다.

할머니가 그와 데이비를 사랑하게 되면 엄마와의 사이도 좋아질 터였다. 할머니와 엄마의 사이가 좋아지면 가족 모두 지금보다 훨씬 행복해지면서 정상적인 가족으로 지내게 될 테고, 그러면…… 음…… 모든 것이…… 좋아질 터였다.

한마디로 그 모든 것이 이 반질반질하고 희끄무레한 뼛조각과 어린아이의 이에 달려 있다는 얘기였다. 스티븐은 빌리 삼촌의 칫솔이 그 누런 어금니를 닦는 모습을 상상하다가 얼른 그 이미지를 떨쳐냈다.

그는 발을 끌며 느릿느릿, 하지만 마음을 다잡고 드러난 턱뼈 쪽으로 다가갔다. 그러자 그의 안에서 흥분이 보글보글 일기 시작했다.

스티븐의 마음속에서 새로운 가능성들이 꿈틀댔다. 그 가능성들은 불꽃처럼 팡팡 터지면서 여태까지는 감히 꿈도 꾸지 못했던 미래에 이르는 문을 환하게 비춰주었다. 그는 영웅이 될 터였다! 신문에 대문짝만하게 실릴 터였다. 칸체스키 선생님이 조회 시간에 발표할 테고, 그러면 모두가 대단한 일을 해낸 이 평범한 소년에 대해 놀라워할 터였다. 어쩌면 상금이나 훈장도 뒤따를 터였다. 엄마와 할머니는 무척 자랑스러워하면서 고마워할 터였다. 두 사람은 세상 무엇이든 주려 들 테지만 그는 스케이트보드 하나면 충분했다. 그러면 램프웨이에서 자기보다 몸집이 큰 아이들과 보드 실력을 겨룰 수도 있고, 헐렁한 청바지에 키체인을 달고 영광의 상처를 뽐내는 십대가 되는 법을 배울 수도 있을 것이다. 깁스라도 하게 되면 더 좋았다. 그렇다고 보드 타기를 그만두지는 않을 것이다. 물론 처음에는 넘어지겠지만 곧 날아다니며 동네에서 제일가는 실력자가 될 터였다. 그는 데이비에게도 보드 타는 법을 가르쳐줄 생각이었다. 인내심을 가지고 지켜보면서 동생이 넘어지면 손을 내밀어 일으켜줄 것이다. 그가 주문 제작한 보드를 겨드랑이에 끼고 콜라를 마시며 집으로 걸어가면 여자아이들은 서로 키득대며 눈으로 그를 좇을 터였다. 아마 야구모자도 쓰고 있을 테고. 청록색 하늘 저편으로 뉘엿뉘엿 기우는 저녁해에 그의 맨가슴을 가로지르는 하얀색

이어폰 줄이 도드라져 보일 터였다. 다들 그와 친구가 되고 싶어할 테지만 그는 루이스에게만 충실할 작정이었다. 비록 마스 바와 킷캣을 바꿔 먹으려 하지 않았어도 루이스는 진정한 친구였다.

문이 활짝 열려 있어서 스티븐은 덜컥 겁이 났다. 그런 것들에 대해 너무 많이 생각하면 실망의 가능성도 그만큼 커지기 마련이었다. 그의 엄마는 아무것도 기대하지 않는 편이 더 낫다고 입버릇처럼 말했다. 그래서 그는 팡팡 터지던 불꽃이 물 양동이에 집어넣은 폭죽처럼 연기를 내뱉다가 쉭쉭거리며 꺼지도록 내버려뒀다. 11월의 건조한 밤공기에서 젖은 화약 냄새가 나는 듯했다. 그는 몇 분 만에 처음으로 다시 들이쉬는 숨을 의식했다.

그리고 엑스무어로 돌아와 있었다.

으슬으슬한 바람이 휙 불어오면서 그의 어깨 위로 비구름이 몰려들었다. 영광이 시작되려면 서둘러야 했다.

로저 아저씨가 술을 마시기 전에 늘 그랬듯이 그도 손이 떨렸다.

스티븐은 작고 하얀 이를 드러내고 활짝 웃는 빌리 삼촌의 모습이 찍힌 학교 사진을 머릿속에서 지우려고 애쓰며 턱뼈 주변의 흙을 파냈다. 그리고 마침내 턱뼈를 땅속에서 끄집어낼 수 있었다.

그는 몇 분 동안이나 멍하니 턱뼈를 바라보았다.

뭔가 이상했다.

아니, 다 이상했다.

스티븐은 자신의 턱끝이 어떻게 움직이고 어디와 연결돼 있는지 만져보았다. 얼굴 옆선을 따라 위로 조금 올라가니 귀가 나왔다. 턱뼈의 이상한 점이 바로 이 부분이었다. 턱이 너무 길었다. 이빨도 이상하기는 마찬가지였다. 소년의 이라고 하기엔 너무 기다랗고 납작하고 누렜다. 스티븐은 손가락으로 자신의 아랫니를 만져보았다. 어금니에서 넓은 앞면 쪽으로 이동하자 바로 송곳니가 느껴졌다. 하지만 그가 들고 있는 턱뼈에는 크고 두꺼운 어금니들과 좁은 앞면에 난 기다란 앞니 두 세 개가 전부였다. 다 이상했다.

스티븐은 다시 속이 메슥거렸지만 게우지는 않았다. 욕지기와 피로감이 몰려들었다. 기다림과 실망으로 점철된 이 삶은 도무지 끝날 것 같지 않았다. 그럴 수 있다고 생각한 스스로가 바보처럼 느껴졌다.

이 턱뼈는 양의 것이었다.

그랬다, 양의 턱뼈. 황무지 곳곳에는 양과 소와 망아지가 살았고, 그런 만큼 그 사체도 여기저기 널려 있었다. 언제나. 그 뼈에 비하면 살해된 아이들의 뼈는 천분의 일, 아니 백만분의 일에 지나지 않을 터였다.

어쩌면 이리도 멍청할까? 혹시나 이 부끄러운 광경을 지켜보는 사람은 없는지 스티븐은 주변을 둘러보았다. 낭패감에 이어 너무도 짧았지만 너무도 근사했던 미래가 사라지고 말았다는 상실감이 더 크게 엄습해왔다.

그는 겨우 몸을 일으켜세운 뒤 두 시간이나 걸려 파낸 턱뼈를 초라하기 짝이 없는 구덩이에 힘없이 떨어뜨렸다. 그러고는 삽을 집어들고 손가락 하나 까딱할 수 없을 만큼 기운이 빠질 때까지 턱뼈를 세게 내리쳤다. 뼈는 네 조각이 났고, 이빨도 거의 다 빠지고 없었다. 그는 흙을 발로 차서 그 위를 덮었다.

스티븐은 눈물을 흘리며 삽을 어깨에 메고 집으로 걸어갔다.

4

러브조이 선생님이 단조로운 목소리로 로마서에 대해 지치지도 않고 얘기하고 또 얘기했지만 스티븐의 마음은 딴 데 가 있었다. 엉뚱하게도 그는 축구나 저녁식사가 아니라 오리어리 선생님의 영어 수업에 대해 생각했다.

편지 쓰기라는 오래된 기술을.

스티븐의 집에는 컴퓨터가 없었다. 너무 창피하지만 휴대폰도 없었다. 하지만 루이스는 둘 다 있었다. 덕분에 그는 이메일과 문자메시지를 보내는 법을 배웠지만 속도가 너무 느렸다. 그래서 루이스가 짜증을 내며 자기 휴대폰을 낚아채서 대신 메시지를 완성해 전송할 때가 많았다. 그 때문에 스티븐은 그나마 연습할 기회를 완전히 날려버린 셈이었지만 문자판 위에서 춤추듯 재빨리 움직이는 루이스의 손가락을 보고 있으면 자신의 미약한 노력을 지켜보며 그가 얼마나 짜증스러웠을지 이해가 되고도 남았다.

하지만 편지는 달랐다. 그는 편지를 잘 썼고, 오리어리 선생님도 그렇게 말했다. 그의 편지에서는 진심이 느껴진다고.

어쩌면 오리어리 선생님은 스티븐이 편지를 잘 썼다는 사실을 이미 까맣게 잊은 채 다시 그의 존재를 안중에도 두지 않을지 몰랐지만 스티븐은 그녀의 칭찬을 잊지 않았다. 그는 그런 칭찬을 받아본 적이 거의 없었고, 그래서 러브조이 선생님의 역사 수업을 듣는 지금 머릿속으로 그 칭찬을 이리저리 굴리며 마치 광산 시굴업자처럼 다각도로 살펴보고 빛을 비춰보면서 얼마나 가치가 있을지 가늠하는 중이었다.

그는 거의 우연한 기회에 이런 편지 쓰는 재주를 발견했다. 스케이트보드나 베이스 기타라면 모를까, 글에 재능이 있다는 생각은 한 번도 해본 적 없었지만 그는 나중에 어떻게 쓰일지 따져보지도 않고 물건을 버리기부터 하는 아이가 아니었다.

문득 열 살 때 갓길에서 찌그러진 채 버려진 유모차를 발견했던 일이 기억났다. 유모차는 달리는 자동차에 깔리기라도 한 듯 심하게 망가져 있었다. 멀쩡한 데라곤 바퀴 세 개밖에 없었지만, 고무테며 금속 살이며 꽤 괜찮아 보이는 게 그만하면 아주 훌륭했다. 부모가 아기를 데리고 에베레스트 등정을 계획하기라도 했는지 최고급 전천후 유모차였다.

스티븐은 바퀴를 집에 가져와 고이 보관했다. 그러고 나서 일 년쯤 뒤 제이코비 씨의 신문 가게에서 집으로 돌아오는 길에 할머니의 쇼핑 카트가 고장나고 말았다. 딱딱한 고무테를 씌운 우스꽝스러운 금속 바퀴 두 개에 볼썽사나운 체크무늬 상자를 얹은 카트였지만 할머니는 그 카트를 오래도록 가지고 다녔고, 바퀴가 고장나자 속상해했다. 이제 새 카트를 사야 했지만 요즘에는 모든 게 그렇듯 가격이 터무니없이 비쌌다.

스티븐은 뒷마당에서 카트를 수리했다. 랜들 씨가 낡은 연장을 몇 가지 빌려주었을 뿐만 아니라 크고 넓은 전천후 유모차 바퀴 때문에 장바구니 옆면이 닳지 않도록 나사받이를 다는 방법까지 알려주었다.

스티븐이 새것처럼 손본 카트를 내밀자 할머니는 의심스러운 듯 입술을 오므리며 조금만 힘을 줘 다루면 금세 바퀴가 떨어져나가는 것은 아닌가 싶어 바닥에 대고 거칠게 이리저리 굴려보았다. 하지만 스티븐이 신중하게, 너트마다 조이고 또 조였을 만큼 아주 신중하게 작업한 덕분에 카트는 멀쩡했다.

"생긴 게 꼴사납구나." 할머니가 말했다.

"그래도 전천후 바퀴예요. 돌멩이나 갓돌 같은 것 위로도 잘 지나갈 걸요." 스티븐이 조심스럽게 말했다.

"흥. 그렇지 않아도 험한 길에서도 끄떡없는 카트가 필요했는데 잘됐구나."

그녀는 심통 사납게 카트를 몇 번 더 위아래로 튕겨보았고, 그사이 스티븐은 숨을 죽이고 기다렸지만 바퀴는 여전히 멀쩡하게 붙어 있었다.

"더 두고 봐야지." 그녀는 그렇게만 말했다.

하지만 그녀는 보았다. 스티븐도 보았다. 그는 할머니가 예전에 비해 카트를 얼마나 쉽게 끌고 다니는지 두 눈으로 똑똑히 보았다. 카트는 돌 틈에 끼지도 않았고 갓돌이 있어도 잘 오르내렸다. 다른 할머니들이 길을 가다 말고 부러운 눈길로 쳐다보기도 했다. 한번은 할머니가 누가 봐도 자랑스럽게 지팡이로 카트 바퀴를 툭툭 쳤는데 그는 그 모습을 잊을 수 없었다.

그래도 그녀는 고맙다는 말을 일절 하지 않았지만 스티븐은 상관없었다.

그는 어째서 편지를 생각하던 중 쇼핑 카트가 떠올랐는지 알지 못했다. 하지만 갑자기 또다른 생각이 꼬리를 물며 떠오르는 바람에 몸을 약간 일으켜 앉았다.

그가 카트를 보여주자 주드 아저씨는 이리저리 돌려보며 꼼꼼히 살폈다. 그러더니 마침내 말했다. "훌륭하구나, 스티븐." 스티븐은 속으로 쾌재를 불렀지만 겉으로는 고개만 끄덕였을 뿐 아무 말도 하지 않았다.

그러고 나서 주드 아저씨는 자리에서 일어나며 말했다. "너도 알겠지만 그게 삶의 비밀이란다." 스티븐은 주드 아저씨가 무슨 말을 하려는지 이미 알고 있다는 듯 진지하게 고개를 끄덕였지만 삶의 비밀을 듣고 싶어 귀를 쫑긋 세웠다.

"네가 뭘 원하는지 정한 다음 그걸 이룰 수 있는 방법을 생각해내는 거야."

그때 스티븐은 주드 아저씨가 말하는 삶의 비밀이 굉장하기는커녕 신비롭지도 않아 약간 실망했었다. 하지만 지금 후덥지근한 교실에 앉아 켄트의 모자이크에 대해 한 귀로 흘려들으며 처음으로 그 말을 곰곰이 생각해보았다.

그는 이미 자신이 뭘 원하는지 알고 있었다.

이제 그걸 이루려면 자신의 한정된 무기고에 들어온 이 새로운 무기를 어떻게 사용할지만 생각해내면 됐다.

5

루이스는 말도 많고 친구도 많았지만 스티븐을 제일 친한 친구로 여겼다. 두 소년은 세 집을 사이에 두고 다섯 달 간격으로 태어났다.

스티븐은 뼈만 앙상했지만 루이스는 튼튼했다. 스티븐은 파리한 얼굴에 머리가 검었지만 루이스는 주근깨투성이에 머리는 황갈색이었다. 스티븐은 수줍음이 많았지만 루이스는 나대는 성격이었다. 그런데도 어찌된 영문인지 둘은 우연히 만난 생면부지의 두 사람이 평생 친구가 될 수 있는 것처럼 어딜 가든 찰싹 붙어다녔다. 다섯 달 먼저 태어난 루이스가 늘 주도권을 잡았지만 어쨌든 그가 나서야 한다는 걸 둘 다 잘 알았다.

삼 년 전까지 루이스는 모든 걸 결정했다. 어디서 놀지, 뭘 하고 놀지, 누구와 놀지, 언제 집에 갈지, 차에 뭘 곁들여 먹을지, 점심으로 뭘 싸가면 좋고 나쁜지, 누굴 좋아하고 누굴 미워할지 등등.

약간의 시행착오 끝에 두 소년은 완벽한 일과를 정해놓고 매일 거의 똑같은 일상을 되풀이했다. 저격수 놀이는 스티븐네 마당에서 했다. 축구는 루이스네 마당에서 했고, 레고나 컴퓨터 게임은 루이스네 집에서 했다. 앤터니 링, 랄로 브라이언트, 크리스 포터는 언제든 환영하는 놀이 친구였고, 샨텔 콕스는 인원이 정 부족할 때 저격수 표적이나 골키퍼라도 좋다고 하면 끼워주는 일종의 깍두기였다. 루이스가 지겨워하면 둘은 집에 갔고, 콩이나 생선튀김과 감자칩을 먹었다. 피넛버터나 빨간 잼을 발라 치즈와 피클을 넣은 샌드위치는 언제든 환영이었다. 초콜릿도 종류를 불문하고 무조건 환영이었지만 킷캣은 초콜릿 사다리의 제일 아랫단에 위치했다. 달걀이나 야채가 들어갔거나 다른 색깔의 잼을 바른 샌드위치는 눈살을 찌푸리게 하는 대상이었고, 과일은 집어던지기만 좋을 뿐 비웃음의 대상이었다. 둘은 학교에서는 러브조이 선생님과 매카트니 선생님을 좋아했고, 가게에서는 제이코비 씨를 좋아했다. 그리고 후드 운동복을 입고 다니는 불량배들은 미워했다. 한번은 루이스가 심술 사납고 무뚝뚝한 노인네라며 스티븐의 할머니도 미워하자고 제안했지만 스티븐이 곧바로 동의하지 않자 농담이라고 얼버무렸고, 둘은 두 번 다시 그 문제를 입에 올리지 않았다.

그뒤 스티븐은 알게 되었다. 그리고 모든 것이 영영 바뀌었다.

아홉 살 때 둘은 빌리의 방에 있다가 들켰다.

둘은 그 방에 들어가는 것은 물론이고 아무것도 만져선 안 된다는 것을 잘 알고 있었다. 하지만 루이스의 레고로 테러리스트 본부를 만들다가 그만 블록이 동나고 말았고 루이스는 블록이 꼭 필요했다.

"블록이 어디 있는지 알아." 스티븐이 말했다.

루이스는 미심쩍어했다. 둘 사이에서 문제를 해결하는 쪽은 그였다. 더구나 레고 세트가 아예 없는 스티븐이 마술이라도 부린다면 모를까, 레고를 구해온다는 것은 어림없는 소리였다. 하지만 그의 생각을 들어

본다고 나쁠 것은 없었다.

스티븐은 루이스를 이끌고 거실을 살금살금 지나갔다. 거실에서는 데이비가 텔레비전을 크게 틀어놓고 만화를 보고 있었고, 스티븐의 할머니는 창밖을 바라보고 있었다. 그는 친구를 2층으로 데려갔다.

둘은 스티븐이 데이비와 함께 쓰는 정리 안 된 대형 침대가 놓인 작고 어질러진 방을 지났다. 곧이어 스티븐이 복도 끝에 있는 방문을 삐걱 열었다.

루이스는 그 방의 주인이 빌리 삼촌이라는 것도, 빌리 삼촌이 어려서 죽었다는 것도 알고 있었다. 더욱이 아무도 빌리 삼촌의 방에 들어가선 안 된다는 것 또한 알고 있었다. 그 순간에도 둘 다 잘 알고 있었지만 상황은 바뀌기 마련이었다.

은밀한 눈길로 아래층을 살피면서 둘은 빌리 삼촌의 방으로 들어갔다. 창에 드리운 파란색 커튼 때문에 방은 꼭 물속 같았다.

우주정거장을 본 순간 루이스는 꺅 소리를 냈다.

"다 가져가면 안 돼. 할머니가 늘 와보거든. 눈치챌 거야." 스티븐이 주의를 주었다.

"괜찮아, 뒤랑 옆에서 조금만 떼면 돼." 그러더니 루이스는 행동으로 옮기기 시작했다.

"너무 많이 떼지 마!"

도킹 스테이션을 절반이나 쑤셔넣느라 루이스의 주머니가 불룩해져 있었다.

"너희 삼촌이 저걸 갖고 놀 것도 아니잖아, 안 그래? 죽었다며!"

"쉬."

"왜?"

스티븐은 대답할 겨를이 없었다. 문 바로 밖 마룻바닥이 삐걱거렸다.

둘은 놀라서 서로 얼굴을 쳐다보았다. 숨기에는 너무 늦었다……

문이 열리고 할머니가 둘을 내려다보았다.

그날 오후를 떠올릴 때면 루이스는 아직도 마음이 불편했다. 생각하지 않으려고 애써도 가끔 머릿속으로 훅 들어왔다. 그때마다 자신감이 확 사라졌다.

할머니는 고함을 지르지도 때리지도 않았다. 루이스는 왜 그렇게까지 무서웠는지 잘 기억나지 않았다. 다만 자신이 블록을 제대로 못 잡을 만큼 손을 덜덜 떨며 도킹 스테이션을 다시 짓는 동안 스티븐은 그 옆에 서서 양말이 오줌에 젖은 채 큰 소리로 흐느꼈다는 것만 기억났다.

불쑥 나타난 할머니를 보고 대테러 저격 요원에서 아기처럼 엉엉 울며 바지에 오줌을 지리는 꼬맹이들로 한순간에 추락했던 일을 떠올리면 루이스는 창피해 죽을 지경이었다.

그뒤로 이틀 동안 루이스는 스티븐을 보지 못했다. 하지만 다시 봤을 때 스티븐은 그가 평생 들어본 것 가운데 가장 흥미로운 이야기를 들려주었다. 그 이야기는 빌리의 방에서 겪었던 모욕과 두려움을 보상하고도 남았다.

스티븐의 삼촌 빌리, 그러니까 우주정거장을 직접 건설한 바로 그 소년은 알고 보니 살해된 것이었다!

스티븐이 그 이야기를 들려줬을 때 루이스는 양팔의 털이 곤두서는 느낌이었다. 더 끝내주는 건 연쇄살인범에게 살해당했다는 것이었고, 시체가 지금도 엑스무어 어딘가에 묻혀 있다는 건 단연 최고였다! 루이스의 침실 창문에서 내다보이는 바로 그 황무지에!

그때 스티븐은 집안에서의 꾸지람과 눈물, 그리고 가족의 고통 뒤에 숨은 충격적인 비밀을 갑작스레 알게 되면서 찾아든 슬픔으로 여전히 주눅들어 있었다. 하지만 루이스는 세 집 건너 안온한 곳에서 그저 소름끼치는 흥분을 만끽하고 있었다.

빌리의 시체를 찾자는 것은 물론 루이스의 생각이었다. 그와 스티븐은 황무지로 달려가 헤더 밑을 들춰보거나 땅이 파헤쳐진 흔적을 찾으며 열 살 여름을 보냈다. 오래전 죽은 아이의 시체를 정말로 찾을지도 모른다는 가능성 앞에서 저격수와 레고는 매력을 잃고 말았다. 두 아이는 그 새로운 놀이에 시체 사냥이라는 이름을 붙였다.

하지만 해가 짧아지고 빗방울도 더 차가워지면서 루이스는 웬일인지 시체 사냥이 지겨워졌고, 작고 알록달록한 블록과 콩과 감자칩에 다시 열정을 쏟아부었다.

하지만 놀랍게도 스티븐은 그러지 않았다. 더욱 놀라운 일은 그해 겨울 녹슨 삽과 육지 측량부에서 발행한 황무지 지도를 손에 넣어 좀더 체계적인 수색에 들어갔다는 사실이었다.

더러 루이스가 동행하기도 했지만 대개는 그러지 않았다. 그는 스티븐의 작전에 대해 의리 있게 비밀을 지키는 가운데, 스티븐에게 어디 갔었고 무엇을 발견했는지 자주 꼬치꼬치 물어봄으로써 이런 직무 유기에 대한 죄책감을 덮었다. 그러고 나면 지도를 주의깊게 들여다보면서 스티븐이 다음에는 어디를 파야 할지 결정했다. 이런 행동은 루이스가 작전에 참여할 뿐만 아니라 나아가 주도권을 쥐고 있다는 인상을 주었고 둘 다 만족스러웠지만, 둘 중 누구도 그렇게 믿지 않았다.

처음에 루이스는 수색 작업이 지겨워지자 스티븐도 같은 마음이길 바라면서 왜 계속 그 일을 하려는 건지 친구에게 물어보았다.

"그냥 찾고 싶어, 그게 다야."

루이스가 수색을 중단하자고 결정했을 때 스티븐의 옆구리를 찔러 간신히 들은 이유도 애매하기 짝이 없었다. 그는 그 일이 참지 못하고 긁을 수밖에 없는 가려움 같은 게 됐다고만 말했다.

루이스는 한숨만 나왔다. 아무리 말려도 매번 돌아오는 것은 살갑지만 단호한 어깻짓뿐이라 결국 스티븐을 내버려두기로 했다. 학교에서 스티븐은 여전히 루이스의 둘도 없는 친구였지만 방과후 루이스는 주로 랄로 브라이언트와 놀았다. 하지만 랄로는 저격수와 레고에 대한 자기만의 생각이 많아서 루이스를 힘들게 했다.

그래서 루이스와 스티븐은 덜 완벽하지만 새로운 일과를 찾아냈다. 학교에서는 같이 어울리며 샌드위치를 비교하거나 가끔 바꿔 먹고 불량배들도 피해다녔다. 그다음 루이스는 집에 가서 레고를 갖고 놀고 스티븐은 황무지로 가서 오래전 죽은 아이의 시체를 찾았다.

6

스티븐은 모두의 눈을 피해 헤더 사이에 누웠지만 지나가는 새들의 눈을 피하지는 못했다. 그 옆에는 삽이 놓여 있었지만 새 흙이 묻어 있지는 않았다. 2월의 햇살이라는 뜻밖의 선물 덕분에 눈꺼풀이 따스해졌고 콧구멍에서 고르게 흘러나오는 숨결도 여느 때와 달리 시원하게 느껴졌다.

꿈을 꾸는지 눈꺼풀 밑에서 그의 눈동자가 미세하게 움직였다.

꿈속에서 그는 너무 덥고 답답한데다 거의 움직일 수도 없었다. 두 팔이 옆구리에 찰싹 달라붙어 꼼짝하지 않았고, 희미한 어둠이 얼굴을 짓눌렀다. 정수리에서 느껴지는 살짝 잡아당기는 듯한 감각……

어디선가 그는 데이비의 자그마한 손이 위안을 찾아 더듬대다 자신의 손에 닿는 것을 느꼈다. 그는 그 손을 꽉 움켜잡았지만 더는 움직일 수 없었다. 그는 데이비의 손을 통해 전해지는 두려움을 느낄 수 있었다. 그의 손에서 미끄러져나가는 작고 뜨거운 손가락, 그의 두 다리에 기대오는 아이의 몸……

스티븐은 자신들의 몸을 감고 있는 것이 거실의 두꺼운 녹색 커튼이라는 것을 알았다. 그 곰팡내 나는 천이 그의 머리를 친친 휘감은 채 커튼 덮개를 향해 소용돌이를 그리며 올라가면서 머리카락도 함께 딸려가고 있는 게 분명했다. 잠시 후 데이비의 호흡이 거칠어졌고 그는 숨을 죽였다. 별안간 그의 귓가에 들리는 소리라고는 쿵쾅거리는 자신의 심장박동뿐이었다. 스티븐은 주드 아저씨가 방에 들어왔다는 것을 알았다. 스티븐은 꼼짝하지 않았지만—그럴 수도 없었다—바짝 붙어선 데이비의 몸이 긴장하는 것을 느낄 수 있었다. 깍지 낀 둘의 손에 힘이 들어가 아팠다.

주드 아저씨는 호호호 웃지 않았다. 겁주는 말을 하지도 않았다. 하지만 스티븐과 데이비는 들을 수 있었다. 그가 커다란 발을 옮겨놓을 때마다 점점 가까워지는 마룻바닥 삐걱대는 소리를. 느닷없이 스티븐은 자신들을 향해 다가오는 것은 주드 아저씨가 아니라는 끔찍한 생각에 사로잡혔다. 낡은 녹색 커튼이 이제 두 형제 쪽으로 슬슬 움직여오는 사악한 것으로부터 그들을 지켜주는 유일한 보호막이라는…… 그때 데이비는 울고 있었다. "난 프랑켄슈타인의 친구야!" 숨어 있던 곳에서 뛰쳐나왔지만 스티븐은 조금도 안도감이 들지 않았다. 이번엔 놀이가 끝나지 않을 것 같다는 두려움만 있을 뿐. 이번은 단지 시작일 뿐이었다.

그는 흐느끼며 잠에서 깼다.

이제 그는 자신이 뭘 해야 할지 알았다.

7

친애하는 에이버리 씨

아널드 에이버리는 편지를 읽다 말고 침상에 편히 앉아 천장을 응시했다. 낱말들이 머릿속에서 마술 주문처럼 돌아다녔다.

친애하는.

에이버리.

씨.

이런 호칭으로 시작되는 편지를 받아본 게 얼마 만이지? 십구 년? 이십 년? 그가 이 안에 들어오기 전인 것은 분명했다.

글로스터셔의 헤비트리 교도소 정문을 지나 복도 양쪽에서 쏟아지는 침과 증오 세례를 받으며 이 감방에 들어온 후로 그는 다양한 말로 시작되는 편지들을 받았다. 그의 형편없는 싸구려 변호사는 '에이버리 씨'로 시작되는 편지를, 그의 형편없는 싸구려 어머니는 '아들아'로 시작되는 편지를, 형편없는 수많은 싸구려 이방인은 '이 짐승만도 못한 놈아'나 그 비슷한 표현으로 시작되는 편지를 보내왔다.

그 생각을 하면 가슴이 아팠다. '친애하는 에이버리 씨'라는 말은 그에게 가스 청구서와 보험 외판원과 루시 앰웰을 생각나게 했다. 그녀는 그들이 자란 곳이 울버햄프턴의 음울하고 지저분한 동네가 아니라 캘리포니아라도 되는 줄 아는지 학교 동창회를 조직한답시고 설쳐댔었다. 그래도 동창들은 친절하게 대해주며 그와 소통하려 했다. 판단하고 비난하고 혐오감이 고스란히 드러난 싸늘한 얼굴로 인상을 찌푸리던 사람들과는 달랐다.

친애하는 에이버리 씨. 그게 그의 진짜 모습이었다! 어째서 다른 사람들은 보지 못할까? 그는 그 편지를 다시 읽었다.

친애하는 에이버리 씨

저는 WP를 찾고 있습니다. 도와주실 수 있나요?

진심을 담아,

서머싯 십콧 반스터플 로드 111번지, SL

만약 아널드 에이버리에게 감방 동료가 있었다면 그 사람은 작고 연약한 대상만 골라 죽였던 약간 건장한 체격의 이 살인자에게 별안간 찾아든 완전한 부동不動 상태에 놀랐을 것이다. 그것은 자고 있을 때보다도 훨씬 두드러지는 부동 상태였다. 마치 에이버리가 순식간에 혼수상태에 빠지는 바람에 세상이 그 없이 돌아가고 있는 듯했다. 그의 연녹색 눈은 반쯤 감겼고, 숨소리는 거의 들리지 않았다. 감방 동료가 있었다면 에이버리의 햇볕에 굶주린 피부에 돋은 소름도 봤을 것이다.

하지만 가상의 감방 동료가 에이버리의 뇌 속을 들여다봤다면 느닷없이 폭주하는 활동에 충격을 받았을 것이다.

손으로 정성스레 눌러쓴 단어들이 폭탄처럼 에이버리의 뇌 속에서 폭발했다. 물론 그는 WP가 누구인지 알고 있었다. MO와 LD와 그밖의 모두를 알고 있듯이. 그 이름들은 마음속에 장전된 총의 방아쇠였다. 그는 언제든 내키면 방아쇠를 당겨 짜릿한 기억의 물줄기를 발사할 수 있었다. 그의 뇌는 유용한 정보로 가득한 서류함이었다. 이제 몸이 정지하면서 정신이 좀더 효율적으로 활동하기 시작했고, 그는 WP라고 표시된 서랍을 열고 안을 들여다보았다. 몇 년간 들춰보지 않았던 그 서랍 안을.

WP는 그의 취향이 아니었다. 그는 주로 MO나 TD를 사용했다. 그 둘이 제일 좋았다. 하지만 WP도 무시할 만한 대상은 아니었다. 머릿속 서랍 안에 에이버리는 자신의 경험에서, 아동실종사건을 다룬 신문과 텔레비전 보도에서, 그리고 나중에는 자신의 재판에서 모아들인 다량의 정보를 저장해두었다. 재판은 카디프의 그림 같은 형사법원으로 옮겨 열렸는데, 말로는 그에게 싸울 기회를 주기 위해서라지만 누가 보더라도 이길 가능성은 매우 희박했다.

윌리엄 피터스, 열한 살. 짙푸른 눈 위로 드리운 금발, 분홍빛 뺨과 하얀 피부, 그리고 잠깐이었지만 귀까지 걸리는 환한 미소.

에이버리는 초라하고 조그만 마을 가게에 들렀었다. 루크 듀베리를 묻느라 배가 고팠던 그는 햄 샌드위치를 샀다. 그리고 습관에 따라 그 지역신문 〈엑스무어 뷰글〉을 훑어보았다.

지역신문은 에이버리 같은 사람에게는 정보의 샘이었다. 아이들의 사진으로 도배되다시피 하기 때문이다. 해적 복장을 하고 자선 행사에 참석한 아이들. 전국 클라리넷 대회에서 은상을 받은 아이들. 겨우 열한 살인데도 13세 미만이 참가하는 대회에 선발된 아이들. 축구나 크리켓 운동복 차림의 아이들. 게다가 편리하게도 사진 밑 캡션에는 아이들 이름이 하나하나 적혀 있었다. 때로 그는 기삿거리를 찾는 신문기자 행세를 하며 아이들에게 전화를 걸었다. 아주 손쉬운 일이었다. 우쭐한 부모들은 아이의 하찮은 성공을 끌어낼 수 있다는 기대에 감지덕지하며 수화기를 건넸다. 어린 얼굴에 떠오른 혼란과 충격을 보고 아이의 귀에서 수화기를 낚아채는 부모는 기의 없었다.

때로 그는 어떤 아이의 이름과 신상 정보를 미끼로 공원과 놀이터에서 마주친 아이들에게 말을 걸기도 했다. "너 몇 살이니? 그럼 너 내 조카 그랜트 알겠구나? 인명 구조상 받은 애 말이야. 몰라? 그래, 맞아. 난 그애 삼촌 맥이야." 그러고는 자리를 떴다.

어쨌든.

샌드위치를 들고 막 밴에 탔을 때 그는 윌리엄 피터스—나중에 신문을 보니 그애 엄마는 빌리라고 불렀다—가 가게에 들어가는 모습을 보았다. 잠깐 스치듯 본 게 다였지만 빌리가 나올 때까지 기다리는 게 좋겠다고 생각했다. 그는 햄 샌드위치를 먹으며 기다렸다. 〈엑스무어 뷰글〉은 사지 않았다. 그곳 사정에 훤했기 때문이다. 엑스무어에 살지는 않았지만 방금 그곳에 시체를 한 구 파묻은 터라 그 지역 아이들은 웬만하면 건드리지 않으려고 명심하고 있었다. 하지만 빌리에게는 뭔가 특별한 점이 있었다.

잠시 뒤 소년이 나왔을 때 에이버리는 그게 뭔지 알았다.

이렇게 세월이 흐른 지금도 에이버리는 표적을 알아본 그 순간의 짜릿한 전율을 어느 정도는 다시 불러낼 수 있었다. 몸은 굳어 있는데 입안 가득 침이 고이는 바람에 바보처럼 침을 질질 흘리지 않으려면 삼켜야 했다.

빌리는 깡마른 편에 속했지만 쾌활한 표정이 아주 매력적이었다. 에이버리의 밴에서 멀어져가는 그는 방금 산 몰티저스 한 봉지가 자신의 짧은 삶에서 마지막 식사가 될 거라는 사실을 모른 채 행복해했다. 에이버리는 과자를 오도독오도독 씹으며 거리를 기세 좋게 걸어가다가 플라스틱 우유병을 발견하고 도랑을 따라 차면서 가는 빌리의 모습을 보고 슬며시 미소지었다. 그는 자신감 넘치는 아이가 좋았다. 자신감 넘치는 아이일수록 열심히 도와주려고 할 가능성이 더 높았다. 조금이라도 더 차창 안으로 머리를 들이밀려고……

그는 기어를 넣고 슬슬 거리를 내려갔다. 지도를 몸 쪽으로 가져가면서……

에이버리는 부르르 떨었다.

"자네 무덤 위로 거위라도 지나가던가?"

철창 사이로 라이언 핀레이 교도관이 음흉한 눈초리로 에이버리를 흘겨보았다. 그는 술독이 오른 딸기코를 에이버리의 공간에 들이밀고 물기 어린 푸른 눈으로 이리저리 살폈다. 감방 안의 살인자는 속으로는 증오로 뻣뻣해지는 기분이었다.

"핀레이 교도관님. 안녕하세요?"

"그럼, 아널드."

에이버리는 그가 더 증오스러웠다.

아널드.

마치 둘이 오랜 친구 사이라도 되는 것처럼. 마치 조만간 어느 날 밤 점호 시간에 라이언 핀레이가 에이버리의 팔을 끼고 "어이, 친구. 열쇠 있는 데까지 함께 가자고"라고 말하기라도 할 것처럼. 마치 에이버리가 목도 굵고 머리통도 굵은 교도관들 틈에 끼어 블랙 앤드 탠*을 마시면

* 비터와 스타우트를 섞은 술.

서, 정해진 시간에 감방 문을 여닫고 '온순한' 도둑들을 각기 다른 층으로 인도하는 게 얼마나 힘든 일인지 아느냐는 하소연을 들어주고 잡담을 즐기기라도 할 것처럼.

"뭐 흥미로운 소식이라도?" 핀레이가 에이버리의 손에 있는 편지를 턱짓으로 가리키며 말했다. 그 순간 에이버리는 핀레이가 편지를 이미 읽었다는 것을, 두꺼운 검은 펜으로 지울 만한 내용이 없어서 그가 실망했다는 것을, 지금 이 질문은 그 안에 든 정보를 캐내려는 어쭙잖은 시도라는 것을 알아차렸다.

"그냥 편지예요, 핀레이 교도관님."

"오랜만에 받아본 거지, 그렇지?"

"그렇죠."

"음, 좋은 일이지."

"그런가요?"

핀레이는 그다음 공격할 말을 생각하느라 잠시 뜸을 들였다.

"집에서 온 건가?"

"네."

이번에도 핀레이는 잠시 머뭇거렸다. 그는 왼쪽 콧구멍에서 성가신 뭔가를 끄집어내며 시간을 벌었다. 에이버리는 감탄스러울 만큼 잘 참아냈다.

"집에 무슨 일 있대?"

핀레이가 코를 후비는 동안 에이버리는 바로 이 질문을 예상하고 완벽하게 답을 준비해두었다.

"특별한 일은 없어요. 제 사촌이 컴퓨터광이거든요. 저한테 고물 워드 프로세서가 있었는데, 암스트래드 거요. 사촌 말이 수집 가치가 있다나 뭐라나. 늘 달라고 했었거든요."

"그 친구 괴짜군그래?"

"괴짜죠."

무심코 하는 행동인 듯 핀레이는 감방 안을 둘러보았다. "그래서 줄 생각인가?"

에이버리는 어깨를 으쓱했다. 그러고는 빙그레 미소지었다. 모든 것을 쏟아부은 미소였다. "그야 두고봐야죠."

핀레이는 이십사 년째 교도관으로 일해왔지만 그 미소를 본 순간 의심이 눈 녹듯 사라지면서 불현듯 에이버리와 뭔가 아주 굉장한 비밀을 공유하고 있다는 느낌이 들었다.

핀레이 때문에 생각의 기차가 멈춰 섰지만 그 느낌은 정말 좋았다. 한낮에 멈춰 세우기에 그 기차는 너무 좋았다. 침대칸은 없어도 어디까지나 밤에 달려야 하는 기차였다. 그는 기차를 생각하면서 속으로 미소지었다. 오늘밤 그는 WP에 대해 다시 생각해볼 참이었다. 지금 당장은 이 이상한 짧은 편지로 대변되는 가능성에 관심이 쏠렸다. 가능성은 감옥살이의 첫번째 피해자였다. 감방 문이 철커덕 닫히기가 무섭게 가능성은 줄어들었다. 죄수들 대부분에게 한번 줄어든 가능성은 두 번 다시 회복되지 않았다. 겨우 몇 달을 있든 몇 년을 있든 죄수들은 자신들의 삶에서 가능성을 구두끈처럼 몰수당했다는 사실을 문득 깨달았다. 그들은 사무직은 아예 꿈도 못 꾸고 날품팔이나 실업수당만 기대할 수 있었다. 죄수들에게 가능성이란 완전히 다른 개념이었다. 종신형 죄수에게 가능성은 훨씬 더 작은 것을 의미했다. 으깬 감자 대신 감자칩의 가능성, 잘게 다진 고기 대신 두툼하게 썬 고기의 가능성.

에이버리는 SL이 누군지 몰랐지만 편의상 남자라고 생각하기로 했다.

SL은 이 편지를 쓰면서 무척 신중했다. 그는 소아성애자와 연쇄살인범이 받거나 보내는 편지는 모두 검열을 거친다는 사실을 알아차리거나 배울 만큼 똑똑했다. 그래서 처음부터 끝까지 짧고 애매하게 썼다. 또한 그는 간단한 이름 머리글자만으로도 에이버리에게 뭔가를 의미하리라는 것을 알 만큼 똑똑했다.

하지만 당연하게도, 발신인 주소가 결정적이었다. 처음 투옥되었을 때 에이버리는 십큇과 그 근방 사람들로부터 수십 통의 편지를 받았다. 대부분 무례하거나 애원하는 내용이라 금세 잊어버렸지만 기억이 맞다면(그도 그럴 것이 교도소에서는 그렇게 많은 편지를 계속 가지고 있을 수가 없었다) 빌리 피터스의 누나에게서도 한 통 받았다. 빌리에게 무슨 일이 있었는지, 어디 묻혀 있는지 알고 싶다는 내용의 평범한 편지였다. 그녀는 에이버리에게 자신의 어머니가 불행에서 벗어나게 해달라고 애원했다. 그는 얼마나 근사한 우연의 일치인지 빌리도 스스로를 위해 똑같은 부탁을 했다고 답장을 썼다.

에이버리는 빌리 피터스의 누나가 그 편지를 받았을 가능성은 거의 없다고 생각했다. 그가 편지를 교도소 우체통에 집어넣고 나서 하루 뒤 B동 샤워실을 사용하게 됐다는 사실이 이런 확신을 더욱 부채질했다. 교도관들은 그에게 격리동 샤워실이 다시 배관 공사중이라고 말했다. 파이프, 구경, 변기 압축기 같은 관련 용어들까지 들먹이면서 배관이라는 화제를 놓고 B동까지 가는 내내 두 교도관은 무척 즐거워 보였고, 불결하기 짝이 없는 수건 말고는 아무것도 걸치지 않은 채 샤워실에 남겨졌을 때 그는 그 이유를 알 수 있었다.

그는 이 주 동안 병원에 있으면서 그중 첫 주는 엎드려 지냈다.

아이러니하게도 이 년 전 이곳 롱무어의 보호 죄수동 샤워실은 정말 보수 공사에 들어갔었다. 에이버리는 공사가 끝날 때까지 십이 일간 목욕을 하지 않기로 했다.

에이버리에게 그것은 중대한 결정이었다.

아널드 에이버리는 더러워지는 것을 마치 전염병 대하듯 싫어했다. 어쩌다 다른 죄수나 교도관의 손이 닿기라면 하면 곧장 샤워실로 달려가 옷과 피부를 박박 문질러 씻었다.

살인을 하고 시체를 파묻고 나면 그는 어김없이 박박 문지르고 또 문질렀다.

청결은 신앙 다음으로 중요했다.

교살은 그가 생각해낼 수 있는 가장 깨끗한 방법이었지만 더러 게워내는 아이가 있는가 하면, 무서운 나머지 오줌을 지리는 아이도 있었다. 물론 그보다 더 골치 아픈 짓을 하는 아이도 있었다. 그럴 때면 혐오감이 그의 열정에 찬물을 끼얹어 소중한 경험을 망친 아이가 그렇게 증오스러울 수 없었다. 두세 번인가는 일을 끝내기 전에 도저히 참을 수 없어서 아이에게 호스로 물을 뿌려야 했던 적도 있었다.

아이들은 죽고 나면 혐오감을 주었다. 살아 있을 때는 그를 그토록 흥분에 떨게 했던 무기력한 눈물조차 싸늘하게 식어가는 얼굴에서는 혐오스러운 자국으로 바뀌었다.

어쨌든.

확신할 수는 없었지만 WP의 누나가 보낸 편지도 같은 주소, 그러니까 반스터플 로드 111번지에서 날아왔을 가능성이 높았다.

그렇다면 SL은 누구일까? 정의감 넘치는 이웃? WP의 어머니? 사촌? 손자? 아니면 죽은 아이의 빈자리를 메우기 위해 가족을 새롭게 꾸려보겠다는 생각으로 나중에 낳은 아들이나 딸? 잠시 에이버리는 골똘히 생각해봤지만 하나같이 가능성이 있어 보여 거기에 너무 많은 시간을 허비하지는 않았다.

친애하는 에이버리 씨가 좋았다. WP도 좋았다. 도와달라는 호소는 적절하고도 간단명료했다.

하지만 아널드 에이버리에게 깊은 인상을 준 것은 '진심을 담아'라는 글귀였다.

스티븐 램이 아널드 에이버리에게 맨 처음 쓴 편지는 도저히 읽을 수 없을 만큼 여기저기 굵은 검은색 펠트펜으로 지워진 채 그에게 반송됐었다. 검열관은 편지 사분의 삼을 그런 식으로 계속 지워나가다가 결국 죄수에게 아예 전달조차 하지 않았다. 그러고는 마지막 사분의 일 부분에 '수취 불가'라고만 갈겨써서 십콧으로 돌려보냈다.

스티븐은 창피했다. 마치 가짜 수염을 붙이고 18금 영화를 보러 몰래 들어가다가 들킨 꼬마가 된 느낌이었다.

며칠 뒤 그는 자신을 용서하고 자신감을 회복해 다시 시도하기로 했다. 그는 자신은 겨우 열두 살이라며 스스로를 다독였다. 열두 살짜리가 연쇄살인범에게 편지 쓰기 같은 일을 처음부터 잘할 수는 없었다.

그 다음주 내내 그는 마음속으로 편지를 쓰고 또 썼다. 그때마다 잘라내고 깎아내고 다듬기를 반복하다가 마침내 필요한 정보의 저울 반대쪽에서 시작하기로 결정했다. 그 결과 편지의 처음 90퍼센트가 완성되었다.

그뒤 '당신의 진실한 벗이'와 '당신의 충실한 벗이' 중 어느 표현을 쓸지 고심하느라 또다시 이 주를 보냈다.

받는이의 이름을 알고 보내는 개인적인 성격의 편지인데도 스티븐은 '당신의 진실한 벗이'라는 표현을 쓰기가 거북했다. 그냥 그럴 수가 없었다.

하지만 오리어리 선생님이라면 '당신의 충실한 벗이'라는 표현에 대해 트집 잡을 터였다.

그 문제 때문에 스티븐은 밤잠을 못 자고 역사 시간과 지리 시간에도 멍하니 허공만 응시했다. 쉬는 시간 내내 한 마디도 하지 않고 루이스 옆에 앉아 있을 때 고민은 절정에 이르렀다. 루이스는 스티븐과 얘기를 나눠보려고 세 번이나 시도했다가 그에게 '바보'라고 소리치고는 성큼성큼 가버렸다.

스티븐은 어느 쪽으로든 결정을 내려야 한다는 걸 알았다.

펜을 들고 자신의 필체 중 가장 단정한 블록체 대문자로 편지를 쓰기 시작했을 때 불현듯 묘안이 떠올랐다. '당신의 진실한 벗이'라는 표현 대신 '진심을 담아'라고 쓰기로. 그로써 모든 문제가 말끔히 해결되었다. 그는 진심 어린 부탁을 했지만 누가 뭐래도 '살인범의 진실한 벗'은 아니었다.

스티븐은 기대에 부풀어 그 짧은 편지를 부쳤다.

열흘 뒤 그는 답장을 받았다.

친애하는 SL에게

나는 댁이 무슨 말을 하는지 모르겠습니다.

좋은 하루 되십시오.

진심을 담아

AA

8

"꼴도 보기 싫은 달걀과 토마토잖아." 루이스는 샌드위치를 노려본 뒤 실눈으로 스티븐을 올려다보았다. "네 건 뭐야?"

스티븐은 삽에 기대 맨팔로 얼굴의 땀을 훔쳐냈다. 그는 거짓말이라도 할 것처럼 대답을 망설였지만 그래봐야 골치만 더 아플 뿐이었다.

"피넛버터."

"피넛버터!" 루이스가 벌떡 일어났다. "바꿔 먹을래?"

"아니."

루이스는 그가 바꾸기 싫어할 줄 알고 있었다. 스티븐은 토마토를 먹으면 속이 안 좋았다. 루이스는 그 사실을 익히 알고 있었고, 자기가 알고 있다는 걸 스티븐도 알고 있다는 걸 알았지만, 달걀과 토마토 대신 피넛버터를 먹고 싶다는 생각에 그만 이기적으로 굴고 말았다.

"헛소리 집어치워. 빼고 먹으면 되잖아. 좋아, 반반. 그러면 공평하지?"

그는 이미 스티븐의 스파spar 봉지를 뒤지고 있었다. 제이코비 씨의 가게는 예전엔 그냥 제이코비 씨의 가게였다. 지금은 스파로 바뀌었고, 제이코비 씨는 그 커다란 가슴에 화살촉 로고가 위치하는 녹색 에어텍스 셔츠를 입어야 했다.

스티븐은 무기력하게 루이스의 등만 바라보았다.

"좋은 쪽은 손대지 마."

그는 속으로 한숨을 내쉬었다. 루이스와 같이 다니는 데는 일장일단이 있었다.

혼자 있을 때면 스티븐은 땅을 파고 파고 판 다음 샌드위치를 먹고 물을 마시고 나서 또다시 땅을 팠다. 날씨가 좋은 토요일에는 구덩이를 다섯 개나 팔 수 있었다. 하나같이 열한 살짜리 소년만한 길이와 깊이와 너비였는데, 스티븐도 이렇게 판다고 무슨 이점이 있을 거라고 생각할 만큼 어리석지는 않았다. 코끼리처럼 생긴 너비 60센티미터, 깊이 120센티미터의 구덩이만 계속 판다 해도 성공할 가능성은 비슷하다는 것을 잘 알았다. 하지만 그는 특정한 크기와 모양의 시체를 찾고 있었고, 그가 파놓은 구덩이는 끊임없이 그 점을 일깨웠다. 지치고 대개는 외로운 작업이었지만 이상하게도 보람이 있었다.

하지만 루이스가 이따금 황무지를 급습할 때면 모든 것이 달라졌다. 확실히 재미있고 후드 운동복을 입은 불량배들이 집까지 쫓아올 가능성도 줄어들었지만 단점도 있었다.

무엇보다 루이스는 와서 늘 "도와줄까?"라고 말은 하면서도 나서서 도와준 적은 한 번도 없었다. 삽을 가져온 적도, 그렇다고 스티븐의 수고를 덜어준 적도 없었다.

더욱이 루이스의 존재 자체가 스티븐에게 도움은커녕 실제로는 방해만 됐다. 루이스는 끊임없이 말을 했고, 그가 질문하면 스티븐은 대답하지 않고는 못 배겼다. 루이스는 이것저것 가리키는 것도 많았다. 스티븐은 헤더 위로 머리를 숙이고 있느라 보지도 못하고 별 관심도 없는 것들에 대해 루이스는 같이 얘기하고 싶어했다.

"어! 저거 좀 봐!"

"뭔데?"

"저거. 저기!"

그러면 스티븐은 고개를 들고 삽에 기대야 했다.

"뭔데?"

"나도 몰라. 독수리였던 것 같기도 하고."

"말똥가리일 확률이 높아. 이 주변에 아주 많거든."

"날 뭘로 보고? 내가 바본 줄 알아? 나도 말똥가리 안단 말이야. 아까 그건 말똥가리 아니었거든."

그러면 스티븐은 어깨를 으쓱하고는 다시 구덩이로 돌아갔다. 루이스는 앉아서 주변을 구경하거나, 아니면 육지 측량부 지도를 집어들고 파란 볼펜으로 스티븐이 팠던 곳에 ×표시를 했다. 그래놓고 보니 구덩이들이 별자리처럼 여기저기 흩어져 있었다.

"여긴 파기가 나빠."

"어디나 다 마찬가지야."

"아니야, 안 그래." 긴 침묵. "왜 그런 줄 알아?"

"왜 그런데?"

"넌 살인자처럼 생각하지 않잖아."

"뭐?" 스티븐은 끙끙거리면서 풀들을 왕창 잡아 비틀어대며 씨름하고 있었다.

"그러니까 네가 뭘 해야 할지 생각해보란 말이야. 네가 사람을 죽이면 어디 묻을 것 같아?"

"하지만 그 남자는 이곳과 덩커리비컨 사이에 시체들을 묻었는걸."

루이스는 침묵했지만 잠시뿐이었다.

"어쩌면 거기서 다들 잘못 생각했을 수도 있어. 봐봐, 내가 만약 여섯 명을 죽여서 여기 묻었다면 그다음에는 아마도 다른 곳에 묻겠지. 저기. 아니면 블랙랜드 위쪽이나. 그런 식으로 시체가 발견될 가능성을 줄이는 거지, 알겠어?"

긴 침묵.

"스티븐? 알겠느냐고?"

"그래, 알아."

"다음에 도와주러 올 때는 블랙랜드를 파볼게."

루이스가 하는 또다른 일은 그의 샌드위치를 먹는 것이었다. 스티븐은 안에 뭐가 들었는지 속이려고 해봤지만 루이스는 매번 확인한 뒤 어쨌든 먹었다. 그러고 나면 스티븐은 배가 고프든 아니든 바로 루이스의 샌드위치를 먹어야 했다. 안 그러면 루이스가 그것마저 홀랑 먹어버려 아무것도 남지 않았기 때문이다.

그리고 루이스는 지겨워했다. 세 시간이나 더 땅을 팔 수 있는데도 네시만 되면 집에 가자고 졸라대기 일쑤였다.

스티븐은 루이스와 있으면서 구덩이를 네 개 이상 파본 적이 있긴 한지 기억나지 않았다. 그런데도 루이스가 도와주러 오겠다고 말할 때마다 스티븐은 늘 친구를 부추겼다. 친구가 곁에 있으면 스티븐은 이상하다는 기분이 덜했다. 친구가 있는 한은 시체 한 구를 찾기 위해 엑스무어 절반을 파헤치는 것이 지극히 정상인 듯했다.

이제 그는 삽을 내려놓고 스파 봉지를 가져와 열었다.

"좋은 쪽을 먹었잖아!"

"아냐!"

"그랬으면서! 빵 껍질이 있는 반쪽을 먹었잖아!"

루이스의 주근깨 박힌 넓적한 얼굴에 정말 몰랐다는 표정이 스치고 지나갔다. "너한테는 그게 좋은 쪽이었어? 미안, 친구야."

스티븐은 한숨을 쉬었다. 이런다고 무슨 소용이 있을까? 그와 루이스는 적어도 여섯 번은 샌드위치의 좋은 쪽을 놓고 토론했었다. 루이스도 그 못지않게 어느 게 좋은 쪽인지 잘 알고 있었지만 그렇게 뻔뻔스레 발뺌하는데 그 앞에서 대체 뭘 할 수 있단 말인가? 피넛버터 샌드위치의 좋은 쪽이 과연 친구와 맞바꿔도 될 만한 가치가 있을까?

물론 스티븐은 그 답이 '그렇지 않다'는 걸 알고 있었지만 어렴풋이 이런 느낌도 들었다. 계속 나쁜 쪽만 먹어야 한다면 자신이 언제고 폭발해서 그 무엇도 막을 수 없는 분노의 물결로 루이스를 쓸어버릴지 모른다고.

그는 자기 몫의 샌드위치를 재빨리 먹어치우고서 루이스가 남겨놓은 달걀 샌드위치 반쪽에서 토마토를 골라냈다. 이번에도 나쁜 쪽이었다. 그는 넌더리를 내며 어쨌든 먹었다.

스티븐은 루이스에게 편지에 대해 말하지 않았다. 스티븐 제라드*에게 사인을 부탁하는 편지를 쓰기라도 한 것처럼 창피했다.

당연히 스티븐 제라드의 사인을 가지고 있다면 전교 남학생이 보고 만지고 싶어할 터였다(빌리 삼촌은 빼고. 그가 못난 맨시티 팬이었다는 사실이 얼핏 떠올랐다). 하지만 막상 사인을 손에 넣을 때까지 편지에 그런 부탁을 써서 보낸 사람은 매일같이 비웃음과 어쩌면 물리적인 폭력에도 시달려야 할 터였다.

따라서 궁극적으로 윌리엄 피터스의 시신이 발견되면 모를까, 그전

---

* 이 소설이 출간된 2010년 당시 리버풀 FC 소속 축구 선수.

에는 누구도 편지의 존재를 알아선 안 되었다.

그때 가서야 비로소 스티븐은 자신이 한 일을 인정할 생각이었다. 보나마나 할머니와 엄마는 결과가 수단을 정당화했다는 사실에 동의하고 고마워할 터였다.

스티븐이 아널드 에이버리의 편지를 받고 처음 느낀 흥분은 내용을 읽고 나서 실망으로 바뀌었다. 처음에는 그랬다.

하지만 며칠 뒤, 깔끔한 필체로 쓰인 편지 속 두 문장이 그의 마음속에서 깊은 의미를 띠기 시작했다. 장광설을 늘어놓은 여섯 장짜리 편지라면 모를까, 편지지 맨 위에 있는 에이버리의 교도소와 감방 주소를 제외하면 자세히 읽고 분석할 필요가 있는 부분이 그 두 문장뿐이라는 바로 그 사실 때문이었다.

나는 댁이 무슨 말을 하는지 모르겠습니다.

이틀 뒤 스티븐은 이 말은 진실이 아니라는 결론을 내렸다. 진실일 리 없었다!

루이스의 주장과 달리 스티븐은 편지를 쓸 때 최대한 살인자의 입장에서 생각하려 했고, 살인자가 생각하는 방식에 대해 대부분의 열두 살 짜리보다 많이 알고 있었다.

바지에 오줌을 지렸던 그 사건(다행히 그도 루이스도 그 일은 두 번 다시 입에 올리지 않았다) 이후 엄마는 빌리 삼촌에게 무슨 일이 있었는지 얘기해주었다.

처음에 스티븐은 너무 충격이었던 나머지 멍했지만 루이스가 신나서 꼬드기는 바람에 서서히 흥미를 갖게 되었다. 어머니는 에이버리의 이름을 알려줬지만 그밖의 것에 대해서는 말을 아꼈다. 대신 그때부터 일

년 넘게 스티븐은 연쇄살인범에 대한 책을 읽었다. 아무에게도 알리지 않는 게 좋겠다는 생각에 도서관에서 빌려온 책들을 배낭에 숨겨놓고 이불 속에서 손전등 불빛에 의지해 읽었다.

삐걱거리는 발소리가 가까워질 때마다 안전한 이불 고치 속에서 가슴 졸이는 순간을 숱하게 보낸 끝에 그는 자기 나이 또래의 어떤 소년보다 살인에 대해 많은 것을 알게 되었다.

그는 조직적 살인자와 비조직적 살인자에 대해 배웠다. 쾌락 추구형과 전리품 수집형, 사냥감을 스토킹하는 유형과 기분에 따라 덮치는 유형에 대해서도. 짓뭉개진 강아지와 가죽을 벗긴 고양이, 집단 따돌림의 가해자와 피해자, 관음증과 방화, 광포한 난도질과 냉철한 해부에 대해서도 읽었다.

스티븐의 높은 독서열은 크게 두 가지 효과를 가져왔다. 먼저, 학교에서 측정한 결과 읽기 능력이 일 년 만에 일곱 살에서 열두 살 수준으로 뛰어올랐다. 두번째로, 아널드 에이버리 같은 연쇄살인범들이 언뜻 미치광이처럼 보여도 실은 말도 못하게 체계적이라는 사실을 배웠다. 이런 지식은 에이버리가 유형에 들어맞는다면 자신이 죽인 희생자들을 아주 똑똑히 기억하고 있을 확률이 높다고 말해주었다.

무엇보다 에이버리는 희생자 한 명 한 명을 신중하게 골랐고, 희생자들의 이름을 모른 채 죽였다면 나중에라도 무슨 수를 쓰든 반드시 알아냈을 것이다.

학교 도서관에서는 요일과 상관없이 하루에 십오 분 동안 공짜로 인터넷을 사용할 수 있었다. 스티븐은 그 시간을 이용해 자료를 검색했는데, 온라인상에서 찾아낸 에이버리의 재판 기사는 고작 두 건밖에 되지 않았다. 그래도 그 기사 덕분에 에이버리가 야스민 그레고리의 이름을 〈브랙널&디스트릭트 뉴스〉에서 골랐다는 사실을 알게 되었다. 야스민은 앤 공주에게 볼품없는 홍백합 꽃다발을 선사한 아이였다. 야스민이 무릎을 살짝 구부리며 인사하는 사진도 있었다. 나중에 에이버리가 홀어머니와 사는 집에서 딸의 무사 귀가를 호소하는 가족들의 사연을 다룬 신문 스크랩과 함께 나온 것이었다. 경찰은 신발 상자에서 그 신문 스크랩들과 더불어 앞쪽에 반짝이는 글씨로 '화요일'이라고 적힌 야스민의 노란색 속바지도 발견했다. 속바지는 깨끗이 세탁되어 있었다. 기사에 따르면 에이버리는 '체액을 혐오했다'.

또한 기사는 야스민이 적어도 이틀 동안 살아 있었다고 전했다. 스티븐은 다시 인터넷을 검색해 하늘색 드레스를 입은 야스민의 사진을 찾아냈다. 금발에 앞니가 벌어진데다 약시였다. 야스민만 보여주기 위해 불필요한 배경은 잘랐지만 스티븐은 이 사진을 찍을 때 그애가 개를 안고 있었다는 걸 알 수 있었다.

조그만 학교 도서관은 숨막힐 듯 더웠지만 스티븐은 몸을 떨었다.

커다란 노란 개를 안고 있는 야스민 그레고리. 어쩌면 눈 때문에 학교에서 놀림받는 게 가장 불행한 일이라고 여겼을 야스민 그레고리. 화요일 속바지를 입고 집을 나섰지만 목요일까지는 살해되지 않았던 야스민 그레고리…… 스티븐은 서둘러 컴퓨터 스위치를 껐다.

에이버리가 빌리 삼촌은 얼마나 살려두었을까?

사서가 그의 뒤에서 혀를 쯧쯧 찼다. "끝낼 시간이 지난 것 같은데. 약속을 제대로 지키지 않으면 다시는 사용 못할 줄 알아."

"죄송해요." 스티븐이 말했다.

그는 집으로 천천히 발걸음을 옮겼다. 마음이 뒤숭숭했다.

에이버리는 사회규범이란 규범은 모조리 무시한 채 불가사의할 정도로 쉽게 수사망을 피해다니며 의심할 줄 모르는 작고 연약한 상대만 골라 덮치면서 죽음의 천사처럼 순식간에 그의 가족의 안전핀을 뽑아버렸다. 그러고는 폭탄이 폭발하는 모습은 아예 지켜보지도 않았다.

스티븐의 머리로는 에이버리의 범죄를 그저 얼핏 잡아챌 수 있을 뿐이었다. 그 말 자체는 생각해낼 수 있었지만, 머릿속에 떠오르는 그 즉시 에이버리가 저지른 일의 정확한 의미가 그로부터 스르르 빠져나가고 말았다. 그것은 머릿속에 오래 담아두기에는 너무도 극악하고 이치에 닿지 않았다. 에이버리는 다른 규칙, 다른 사람들은 상상조차 할 수 없는 규칙에 따라 놀았다. 그 규칙은 완전히 딴 세상에서 나온 듯했다.

한번은 뜻하지 않게 아널드 에이버리가 사는 세상을 얼핏 본 적이 있었는데, 어찌나 무서웠던지 간담이 서늘해졌다.

하루는 지리 시간에 제임스 선생님이 은하계 사진을 보여주었다. 그녀가 그 안의 태양계를 가리키는 순간 스티븐의 온몸에 충격이 퍼져나갔다. 얼마나 작은가! 얼마나 미약한가! 얼마나 하찮고 보잘것없는가! 저 빛나는 알갱이 안 어딘가에 지구라는 점이 있고 인간은 그 표면에 붙어 살아가는 미생물에 지나지 않았다.

아널드 에이버리가 저지른 짓은 어찌 보면 당연했다! 그러면 안 되는 이유가 있는가? 물질세계 전체에서 중요한 것은 과연 무엇일까? 빛나는 알갱이 안의 한 점에 붙어 살아가는 저 미생물들 가운데 겨우 하나한테 일어난 일을 놓고 안달복달하는 나 스티븐 램은 바보가 아닐까? 결국 미생물 같은 존재일 뿐인데 다들 뭣 때문에 그렇게 흥분할까? 에이버리는 더 큰 그림을 보았다. 에이버리는 인간 생명의 진정한 가치가 정확히 0이라는 것을 알고 있었다. 0은 빼앗으나 빼앗지 않으나 똑같았다. 양심은 스스로 부과한 쾌락의 방해물일 뿐이었고, 고통은 너무도 덧없는 것이어서 백만 명의 아이가 고문당하다 죽어간들 우주의 눈으로 보면 그야말로 눈 깜짝할 사이에 지나지 않았다.

그런 생각이 들자 스티븐의 뺨과 귀가 두려움으로 얼얼했다. 마치 외계의 무언가가 잠시 마음을 급습해 그를 현실에서 끌어내서는 시커먼 무無의 바다를 표류하게 하려고 시도했던 듯했다. 고개를 들자 제임스 선생님과 반 아이들의 관심과 경멸이 섞인 눈초리가 그에게 쏟아지고 있었다. 그는 자신이 뭘 어떻게 했기에 눈길을 끄는지 몰랐지만 상관없었다. 다시 돌아와서 그저 마음이 놓였을 뿐이다.

나중에 이 일을 기억해내고 스티븐은 편지를 계속 비밀에 부쳐야 하는 이유를 깨달았다. 그것은 축구 선수나 팝 스타에게 편지를 쓰는 것보다 훨씬 훨씬 더 나빴다. 부기맨에게, 산타클로스에게, ET에게, 현실의 이 행성에서는 처음부터 아예 존재하지 않았던 누군가에게 편지를 쓰는 것이나 다름없었다.

스티븐은 악마에게 편지를 보내 자비를 부탁하고 있었다.

그렇게 독서와 조사와 지리 시간의 직관을 거쳐 편지를 쓸 때쯤 되자 스티븐은 아널드 에이버리에 대해 많이 안다는 느낌이 들었다.

스티븐이 에이버리가 자신이 말하는 것에 대해 너무도 잘 알고 있다고 확신했던 이유는 바로 그 때문이었다. 그가 거짓말을 하고 있다면 "좋은 하루 되십시오"라는 말도 의심해봐야 하지 않을까? 일단 그런 생각이 들자 스티븐은 이번에도 자신의 추측이 맞다는 확신이 섰고, 그래서 에이버리의 말 속에 숨은 진짜 의미를 찾기 시작했다.

순전히 그의 부탁을 거절할 의향이었다면 굳이 그 세 마디를 집어넣을 이유가 없지 않았을까? 스티븐은 의미론을 공부한 적은커녕 그 말을 들어본 적도 없었지만 아널드 에이버리의 편지는 그 과목을 접하기에 좋은 출발점이었다. 오리어리 선생님이 그의 추론을 들었다면 깊은 인상을 받았으리라.

스티븐은 서머싯에 살았지만 그렇다고 시골뜨기는 아니었다. 에미넘

CD도 한 장 가지고 있었고, 총소리와 총알이 난무하는 할리우드 갱 영화는 헤아릴 수도 없이 봤다. 그런 이상한 세계의 이상한 사람들의 경험을 토대로 스티븐은 완벽한 거절은 이런 식이어야 하지 않을까 추측했다. "다시는 나한테 편지 보내지 마쇼, 젠장." 아니면 "엿이나 먹어라, 씨팔." 스티븐은 반어법이 뭔지도 몰랐지만 에이버리의 답장이 뭔가를 풍기고 있다는 인상을 받았다. 그 세 마디가 표면적인 의미와는 다른 의미를 띠고 있다는 것을 알았다. 사흘째 되는 날, "좋은 하루 되십시오"라는 글귀는 스티븐의 마음속에서 "넌 용감한 아이구나"를 뜻하는 암호로 자리잡았다. 그리고 닷새째는 이렇게 말하는 듯했다. "이런 정보를 얻으려고 시도하다니 대단한데."

일곱째 날, 그는 그 의미를 확신했다. "다음번엔 더 잘할 거야."

9

봄이 하루 쉬는 바람에 빗속의 반스터플은 최고의 도시 계획 전문가가 와도 답이 없는 상태가 되고 말았다.

거센 바람이 사람들의 얼굴에 빗방울을 뿌려대고 누런 흙탕물로 변해버린 토 강의 넓은 수면에 수많은 잔물결을 일으켰다.

시내 중심가의 체인점들도 날씨에 포위된 채 그 위의 낡은 빅토리아풍 건축물들을 피난처 삼아 웅크리고 있는 듯했다. 막스&스펜서는 올해 스트랩 패션의 한시적 본거지였는데, 그 출입구 안에서 다리가 한쪽뿐인 웬 주정뱅이가 성난 목소리로 고래고래 소리치고 있었다. "〈빅 이슈〉* 좋아하네."

위쪽에 매달린 꽃바구니들에서 앵초와 겨울 팬지가 꽃잎이 이파리에 들러붙거나 물기를 머금어 아래로 축 늘어진 채 안 그래도 흠뻑 젖은 쇼핑객들에게 물을 뚝뚝 떨어뜨리고 있었다.

---

* 노숙자인에게 판매를 맡겨 자활을 돕는 영국의 대중문화잡지.

스티븐은 사람들이 어떤 기분인지 잘 알았다. 젖은 머리가 그의 이마에 달라붙었고 빗물이 옷깃 아래로 흘렀다. 할머니는 야구 모자를 용납하지 않았고, 스티븐은 놀림감이 되기 딱 좋은 노란색 방수모 같은 모자를 쓰길 거부했다. 데이비는 너무 어려서 그냥 쓰는 수밖에 없었지만. 가끔 스티븐은 스리슬쩍 레티의 우산 밑으로 들어갈 기회를 노렸다.

할머니는 투명 비닐 스카프를 머리에 두르고 턱밑에서 양끝을 묶었다. 그 스카프는 대부분의 사람들이 한두 번 걸치고는 내다버리거나 잃어버리는 그런 종류의 물건이었다. 할머니가 그 스카프를 간직한 시간은 적어도 스티븐이 살아온 세월과 맞먹었다. 집에 돌아오면 할머니는 라디에이터 위에 스카프를 올려놓고 말렸다. 그러고 나면 부채처럼 접어 자 정도의 크기로 만든 다음 돌돌 말아 고무줄로 묶어서 가방에 깔끔하게 보관했다.

지난번 운동화만 해도 스티븐이 이 년 내내 신다가 쓰레기통에 내다놓자 할머니는 '멀쩡한' 끈까지 버렸다며 일주일 동안이나 뚱해 있었다.

레티는 지갑을 뒤져 장 볼 품목을 적어놓은 목록을 꺼내 들여다보고 있었는데, 사람들이 밀치고 지나가자 인상을 찡그렸다.

"그래, 정육점에도 들러야 하고, 시장에도 들러야 하고, 밴베리스에도 들러야 해." 그녀가 말했다.

티브턴이 좀더 편하고 가까웠지만 반스터플에는 밴베리스가 있었다.

"밴베리스에서 뭘 사게?" 할머니가 미심쩍은 듯 말했다.

"그냥 속옷 좀 사려고요." 애써 밝은 척하려고 길게 늘여서 말했어도 스티븐은 그녀의 목소리에서 날카로운 음색을 느꼈다.

"왜, 지금 건 어쩌고?"

"정말이지 여기서 이런 문제로 입씨름하고 싶지 않아요, 엄마!" 그녀의 입은 웃고 있었지만 눈은 그렇지 않았다. 목소리가 밝아질수록 가늘어졌다. 금방이라도 갈라질 것만 같았다.

할머니는 딸이 기어이 속옷에 돈을 낭비하고 싶다면 내 알 바 아니라는 듯 어깨를 으쓱했다.

레티는 장 볼 품목 목록을 도로 집어넣고 스티븐에게 돌아섰다. "넌 데이비 데리고 재가 생일 때 받은 용돈으로 하고 싶은 거 하게 해주고. 열두시 반에 다시 만나자."

그 말에 데이비의 얼굴이 환해졌다. "케이크 매장에서?"

"그래, 거기서 만나."

할머니는 결국 자신의 생각을 꺼내놓기로 작심하고 딸의 등뒤에 대고 아주 큰 소리로 말했다. "누가 네 속바지를 본다고 그러냐?"

레티는 돌아보지 않았지만 스티븐은 그녀가 입술을 깨무는 모습을 보았다. 데이비는 엄마와 할머니를 번갈아 쳐다보았다. 순식간에 그의 흥분은 불안으로 바뀌었다. 그 말이 무슨 뜻인지는 몰랐지만 이상한 낌새는 감지했다.

레티는 스티븐의 아노락 옷깃을 잡고 그의 턱에 닿을 정도로 끝까지 지퍼를 올렸다.

"스티븐, 이러고 다니다 감기 든다!"

그는 아무 말도 하지 않았다.

"어서 데이비 데리고 가. 엉뚱한 데 돈 못 쓰게 하고, 알겠니?"

이렇게 해서 스티븐은 데이비 옆에 꼭 붙어 있어야 하는 신세가 되고 말았다. 지독한 할머니! 할머니가 잠자코 있었다면 엄마는 기분좋게 데이비를 데리고 다녔을 테고, 그러면 자신은 도서관에 갈 수 있었을 텐데. 이제 그가 데이비를 끌고 다녀야 했다.

데이비는 생일 때 받은 용돈이 있었다. 3파운드. 데이비가 상자에서 고무 공룡을 모조리 꺼내 하나씩 살펴보고 나서 하나도 사지 않는 동안 스티븐은 줄곧 안절부절못했다. 데이비는 그다음 상자로 옮겨갔다. 상자에 가득 든 작고 투명한 공 안에는 훨씬 더 싸구려 장난감이 들어 있었다. 한참을 신중하게 생각한 끝에 데이비는 안에 분홍색 플라스틱 공깃돌이 들어 있는 공을 골랐다. 가격은 75펜스였다.

스티븐은 데이비의 손을 잡아끌며 서둘러 도서관으로 향했지만 사탕 가게가 나오자 데이비는 그 앞에서 뭉그적거리며 버텼다. 또다시 스티븐은 데이비가 바와 봉지뿐만 아니라 단지 안까지 일일이 들여다보고서 마침내 벌레 모양의 젤리 25펜스어치와 컬리월리 바 하나를 들고 나올 때까지 기다려야 했다. 데이비는 무선 조종 자동차를 파는 모퉁이 가게에도 들르려 했지만 스티븐은 동생을 계속 끌고 갔다.

먼지 낀 높다란 창문 틈새를 비집고 들어오는 햇살이 없어 도서관 안은 음침하고 추웠다.

사서는 한쪽 귀에 귀걸이를 하고 머리도 한쪽만 지그재그로 민 젊은 남자로 이름표에 '올리버'라고 쓰여 있었다. 그는 의심스러운 기색으로 스티븐을 이름도 거창한 '기록 보관실'로 안내했다. 기록 보관실은 참고자료 서가 뒤쪽의 골방으로 사서의 자리에선 보이지 않는 곳이었다.

"몇 년도지?"

"90년 6월."

"1890년이니, 1990년이니?"

당황한 스티븐은 얼굴을 찡그렸다. 1890년 신문까지 보관되어 있으리라고는 생각해본 적이 없었다.

"1990년요."

올리버는 한숨을 내쉬며 서가 맨 꼭대기의 거대한 책들을 올려다보았다. 그러고는 깜빡이는 형광등을 켜더니 다시 올려다보았다.

그러고 나서 스티븐과 데이비에게서 떳떳지 못한 뭔가를, 도와주지 않아도 될 핑곗거리를 찾기라도 하듯 두 형제를 빤히 보았다.

"여기서 그거 먹으면 안 돼."

"알아요. 못 먹게 할게요." 스티븐이 말했다.

올리버는 코웃음 치며 사탕 쪽으로 손을 뻗었다. 데이비는 본능적으로 사탕 쥔 손을 뒤로 뺐다.

"내 기록 보관실에 컬리월리는 어림도 없지."

데이비는 도움을 바라는 눈으로 스티븐을 쳐다보았다.

"아저씨 드려, 데이비. 안전하게 보관해주실 거야."

데이비는 마지못해 사탕을 건넸다.

그러자 올리버는 등받이 없는 의자를 맞은편으로 걷어차더니 그 위에 올라가 커다란 책 한 권을 끌어내려서는 심통 사납게 책상 위에 턱 내려놓았다.

"먹어서도, 오려서도, 접어서도, 핥아서도 안 된다."

스티븐은 눈을 깜작였다. 그가 뭣 때문에 책을 핥는단 말인가?

"알았니?"

"네."

스티븐은 하나밖에 없는 의자에 앉았고, 데이비는 바닥에 주저앉아 공깃돌이 들어 있는 공을 열기 시작했다. 올리버가 출입구에서 어슬렁거렸지만 스티븐은 본척만척했다. 결국 그는 자리를 떴고, 그제야 스티븐은 거대한 책을 펼쳤다.

〈웨스턴 모닝 뉴스〉는 예전에 판형이 훨씬, 훨씬 컸다. 그 커다란 신문에서 똑같은 글씨체의 이름을 보게 되니 기분이 이상했다. 그 두꺼운 책을 한 장 한 장 주의깊게 살피고 있으려니 꼭 난쟁이 요정이 인간의 책을 읽고 있는 느낌이었다. 그 생각에 스티븐이 낄낄거리자 데이비가 쳐다보았다.

"뭐가 그렇게 재밌어?"

"아무것도 아냐."

인터넷으로 찾을 수 있는 자료도 괜찮았지만 군데군데 빠진 부분이 있었다. 에이버리 사건은 인터넷이 생기기 전에 일어났고, 그러다보니 인터넷으로는 알 수 없는 부분이 많아 스티븐은 답답했다. 하지만 적어도 인터넷에서는 오래된 양말 냄새 같은 건 나지 않았다.

플라스틱 공을 열려고 씨름중인 데이비는 어지간히 집중했는지 혀를 쑥 내밀고 있었다.

"형이 열어줘?"

"나도 할 수 있어."

신문은 누렇게 바랜데다 너무도 얇았다. 가장자리가 나달나달 닳다 못해 찢어진 페이지도 있었다. 스티븐은 그 두꺼운 책을 좀더 효율적으로 다루기 위해 자리에서 일어섰다.

'학대, 고문, 살해.' 이 제목이 나오면서 스티븐의 검색 작업도 끝났다.

신문에는 아널드 에이버리의 사진이 있었다. 스티븐이 그의 사진을 보기는 처음이었다. 그는 단 하나라도 놓칠세라 자기도 모르게 책장에 더 가까이 붙었다. 집에서 받아보는 신문의 스포츠난에 실린 사진들과 비슷해 보였다. 엑스무어 콜츠를 상대로 두 배의 득점을 올렸거나 블랙랜더스에 석 점을 안겨줬던 젊은이와 별반 다르지 않았다.

스티븐은 혼란스러웠다. 그는 기대했었다…… 글쎄, 뭘 기대했던 걸까? 지금껏 머릿속으로 그렸던 에이버리의 모습은 모호했다. 어쩌면 아예 인간이 아니었을지도 모른다. 에이버리는 안개 낀 엑스무어의 어두운 형상, 악몽의 언저리에서 소리 죽인 채 어슬렁거리는 움직임의 집합

체였다.

하지만 여기 현실의 에이버리가 있었다. 뻔뻔하게 경찰 카메라를 똑바로 바라보는 그가. 멋들어지게 한쪽 눈을 가린 검은 앞머리, 상냥한 인상을 주는 살짝 들린 코, 거의 다문 채 보일 듯 말 듯 미소를 머금은 커다란 입. 스티븐은 에이버리의 입술이 아주 붉다는 점에 주목했다. 흑백사진이었지만 그 정도는 알 수 있었다. 좀더 자세히 살펴보자 스티븐은 에이버리가 입을 거의 다물다 만 이유도 알 수 있었다. 그는 뻐드렁니였다. 흰색 화소가 그렇다고 암시하고 있었다.

스티븐은 그 사진을 보고 자신이 동요하길 바랐지만 에이버리는 유죄를 선고받은 범인이라기보다 희생자에 더 가까워 보였다.

에이버리에게 당한 희생자들의 사진도 있었지만 당시 재판중이라 〈웨스턴 모닝 뉴스〉는 희생자로 '추정되는' 아이들이라는 표현을 썼다.

사진 캡션에 따르면 토비 던스턴은 '가장 어린 희생자'였다. 삐죽 튀어나온 귀에 눈꺼풀에도 주근깨가 있는 여섯 살 사내아이는 활짝 웃고 있었다. 스티븐은 싱긋 웃었다. 토비의 모습이 우스꽝스러워 보였기 때문이다. 잠시 뒤에야 그는 기억해냈다, 토비가 죽었다는 사실을.

1면에는 도표도 있었다. 엑스무어 지도였다. 스티븐은 주머니에 접어넣어둔 종잇조각을 꺼내 울퉁불퉁하고 쭈글쭈글한 럭비공처럼 생긴 지형을 베껴 그렸다. 여섯 아이의 시신이 발견된 지점마다 ×가 표시된 가운데, 화살표로 각 희생자의 사진과 연결되어 있었다. 토비 던스턴의 같은 사진, 야스민 그레고리의 다른 사진, 그리고 밀리 루이스 크러프, 루크 듀베리, 루이즈 레버릿, 존 엘리엇.

스티븐은 럭비공 안에 빨간 펜으로 아이들의 이름 머리글자를 적어넣었다. 다들 황무지 중앙에 몰려 있었다. 지도에는 십콧이 나와 있지 않았지만 스티븐은 매장지가 그곳과 덩커리비컨의 중간 지대라는 것을 알 수 있었다. 세 명은 덩커리비컨의 서쪽에 묻혀 있었다.

그가 매장지의 정확한 위치를 확인하기는 이때가 처음이었다. 어쨌든 지금까지 대체로 맞는 지역을 파고 있었다 생각하니 마음이 놓였다. 물론 이 지도에서 1평방센티미터는 실제로 광활한 황무지에서는 몇 킬로미터에 해당했다. 하지만 스티븐은 자신의 탐색 작업을 떠올리는 것만으로도 새로운 힘이 솟아났다.

그는 신문을 조심조심 반듯하게 접었다. 그리고 읽기 시작했다.

6월 10일은 카디프에서 열린 재판 첫날이었다. 그 말인즉슨, 법정에서 검찰 측이 사건의 가장 핵심 부분을 이야기한다는 뜻임을 스티븐은 금세 알아차렸다. 그것은 〈매치 오브 데이〉나 매번 "〈ER〉 지난 회에서는……"으로 시작하는 번지르르한 미국 텔레비전 드라마와 비슷했다.

연쇄살인범 아널드 에이버리, 지난 회에서는……

이름이 프리처드-퀸 QC였던(여전히 그 이름일 테지만) 검사는 공소사실을 진술하는 내내 에이버리가 의심의 여지 없이, 논쟁의 여지 없이, 번복의 여지 없이 유죄라고 말했다. 그의 입에서 '아마도'나 '어쩌면'이라는 말이 나올 여지는 없었다. '냉혹한' '피도 눈물도 없는' '잔인한' 같은 말로 가득 넘쳐났기 때문이다.

법정에서 프리처드-퀸 씨는 에이버리가 어떻게 아이들에게 접근해 길을 물었는지 설명했다. 그런 다음 에이버리는 아이들에게 집까지 태워다주겠다고 제안했다. 그 제안을 받아들인 아이들은 죽었다. 제안을 받아들이지 않았어도 운전석 차창으로 머리가 끌려들어가면 대개는 죽었다.

스티븐은 그 뻔뻔함에 깜짝 놀랐다. 그렇게 간단했다니! 몰래 뒤를 밟지도, 숨지도, 낚아채서 도망치지도 않았다. 그저 아이가 몸을 많이 기울여 약간 기우뚱하면 놀라우리만치 힘세고 재빠른 손으로 일을 해치웠다.

열린 차창 밖으로 버둥거리는 빌리 삼촌의 발을 떠올리자 스티븐은 속이 울렁거렸다.

"이거 좀 해줘."

스티븐이 고개를 들었더니 데이비가 언제 갖다놓았는지 책상 위에 분홍색 공깃돌들이 있었다. 이제 그는 그중 두 개를 한데 붙여 꽉꽉 누르며 스티븐에게 내밀었다.

"어쩌라고?"

"해줘!"

"뭘?"

데이비의 얼굴이 시무룩해졌다. "꽉 안 붙잖아! 붙여줘!" 그러면서 의지만 있으면 물건도 녹일 수 있다는 듯 공깃돌 두 개를 붙이려고 기를 썼다.

"그래봐야 안 붙어. 원래 그래."

데이비는 몹시 못마땅한 눈으로 공깃돌을 쏘아보았다.

"봐, 내가 보여줄게."

스티븐은 바닥에 공깃돌을 던져서 흩어놓고 벽 쪽으로 굴러가 있는 빨간 고무공을 가져왔다. 그러고는 공을 튀긴 뒤 공깃돌을 하나 집고, 다시 공을 튀긴 뒤 공깃돌을 두 개 집었다.

"봤지? 이렇게 하는 거야."

데이비의 얼굴에는 불만이 역력했다.

"한번 해볼래?"

데이비는 고개를 저었다. 그는 생일 용돈의 대부분을 아무 관심도 없는 물건을 사는 데 써버렸다는 것을 서서히 깨닫고 있었다.

"나 그거 싫어. 컬리월리 먹을래." 그가 심술이 나서 말했다.

"갈 때 찾으면 되잖아." 스티븐이 말했다.

입 밖으로 그 말을 내뱉자마자 그는 아차 싶었다. 데이비는 그 말을 초대로 받아들여 덥석 물었고 그 자리에서 당장……

"집에 가고 싶어."

"일 분만 있다가 가자."

"지금 가고 싶단 말이야!"

"일 분만, 데이비."

데이비는 먼지투성이의 타일 바닥에 드러누워 팔다리를 버둥거리며 큰 소리로 칭얼댔다. 그 와중에 공깃돌들이 바닥 여기저기로 흩어졌다.

"조용히 해!" 스티븐은 입에 손가락을 갖다대고 조용히 시켰지만 이미 너무 늦었다.

올리버가 출입구에 모습을 드러냈고, 둘은 밖으로 나왔다.

비가 그치고 해가 최선을 다하고 있었지만 자동차들이 쌩쌩 지나가면서 방심한 행인들에게 여전히 물보라를 튀겨댔다.

스티븐은 데이비에 비해 자신의 걸음걸이가 너무 빠르다는 것을 알았지만 신경쓰지 않았다. 그는 보조를 맞추려고 거의 뛰다시피 하는 동생의 찡얼거림을 무시한 채 손을 잡아끌고 계속 걸음을 재촉했다. 보람도 없이 시간만 허비한 날이었다. 스티븐네 가족은 일 년에 딱 세 번 반스터플에 왔다. 크리스마스와 8월에 교복을 살 때, 그리고 생일. 스티븐의 생일은 12월이라서 생일 겸 크리스마스 나들이를 했다. 하지만 이번 나들이는 3월 1일인 데이비의 생일에 맞춰 나온 것이라, 다음에 엄마가 스티븐의 발 크기와 교복 셔츠의 해진 곳들을 보고 한탄하면서 형제를 이곳으로 데려올 때까지는 몇 달을 기다려야 했다.

그래서 이 나들이에서 무엇을 얻었나? 아무것도 없었다. 조잡한 지도

한 장과 올리버라는 형태의 적을 얻었을 뿐. 올리버는 아마도 두 번 다시 그를 기록 보관실에 들여보내주지 않을 테고, 어쩌면 도서관에도 들이지 않을지 몰랐다. 멍청한 데이비와 멍청한 공깃돌.

서둘러 걷고 있는데, 쇼핑객들의 얼굴이 스티븐의 눈에 휙휙 들어오기 시작했다. 군중이 개개인으로 이루어졌다는 사실을 처음 의식하기라도 하듯.

개개의 뭐? 개개의 농부? 과학자? 변태? 살인자?

별안간 섬뜩한 느낌이 들면서 스티븐은 반스터플의 쇼핑객들에게 관심이 생겼다. 아널드 에이버리도 쇼핑을 했을 터였다. 이웃들에게 정상으로 보였을 테지? 스티븐이 이불 속에서 읽은 책들에는 '정상'인 이웃, 아들, 형, 사촌이 살인광으로 밝혀졌을 때 당혹감을 감추지 못했던 친구들과 심지어 가족들의 입에서 나온 증언이 가득 실려 있었다. 아널드 에이버리나 그와 닮은 누군가가 이 거리를 자유롭게 활보하고 있을지도 모른다고 생각하니 스티븐은 불안해졌다. 그는 조심스레 주변을 둘러보았고 데이비를 잡은 손에 힘이 들어갔다.

옷가게 몬순의 창문 안쪽에서는 머리가 희끗희끗한 남자가 부인이 무슨 말인가를 정답게 속삭이는 동안 어둡고 탐욕스러운 눈길로 주변을 두리번거렸다.

지저분한 치마 차림의 여자애가 형편없는 실력으로 낡은 기타를 연주하며 단조로운 목소리로 〈A Whiter Shade of Pale〉을 부르는 동안 그녀의 잡종개는 너무 기력이 없어 도망도 못 치고 젖은 담요 위에서 몸을 떨었다.

젊은 남자가 스티븐과 데이비를 향해 걸어왔다. 커트 코베인처럼 지저분한 노란 머리에 갈색 염소수염을 기르고 가죽 재킷을 걸치고 있었다. 혼자였다. 혼자가 나쁜가? 스티븐은 그 남자와 눈이 마주치자 그러지 말걸 하고 후회했다. 젊은 남자는 무관심해 보였지만 어쩌면 그것은 계략일지도 몰랐다. 어쩌면 남자는 일부러 스티븐과 데이비를 지나쳐 그 둘을 방심하게 만든 뒤 되돌아와 데이비의 오른팔을 붙잡고, 아무리 비명을 지르고 애원해봐도 스티븐은 절대 이길 수 없는 줄다리기를 시작할지도 몰랐다. 그러는 사이 쇼핑객이 하나둘 주변으로 모여들겠지만 선불리 나서서 말리려는 사람은 없겠지……

"아야, 형! 너무 아파!"

"미안." 그가 말했다.

밴베리스가 눈앞에 있었다.

"어디 가는데, 램?"

불량배들.

스티븐의 가슴이 세차게 뛰다가 철렁 내려앉았다. 그는 달리기를 잘했고 무서우면 더 잘 달렸다. 토요일의 반스터플에서라면 불량배들을 쉽게 따돌릴 수 있을 터였다. 데이비만 없다면 말이다. 동생을 향한 분노가 다시 치솟았다.

"아무데도." 스티븐은 그들의 얼굴을 쳐다보지 않았다.

"엄마 만나러 가." 데이비가 말했다. "우리 케이크 사먹을 거야."

불량배들은 웃었고, 그중 한 명이 더이비의 명랑하고 높은 목소리를 흉내냈다. "엄마 만나러 가. 케이크 사먹을 거야."

데이비도 덩달아 웃었다. 스티븐은 동생에게 향하던 분노가 갑자기 방향을 바꿔 심술 사나운 불량배들에게 쏟아지는 것을 느꼈다. 그는 그들의 상대도 되지 않았고, 계속 그 자리에 있다간 흠씬 두들겨맞을 게 뻔했다. 그의 유일한 강점은 기습밖에 없었다. 데이비가 웃고 있는 바로 지금……

쇼핑 인파에 용기를 얻어 스티븐은 데이비를 질질 끌다시피 하면서 불량배들을 밀쳐내고 앞으로 달려나갔다. 세 소년은 그의 배짱에 잠시 어안이 벙벙했지만 곧이어 뒤쫓았다.

처음에 데이비는 달리는 속도에 놀랐다. 하지만 스티브의 얼굴을 보고 대번에 상황의 심각성을 깨달았는지 기를 쓰고 보조를 맞췄다. 스티븐이 팔을 끌며 군중 사이를 마구 헤치고 지나가는 바람에 데이비는 사람들의 팔꿈치와 허벅지에 연신 머리를 짓찧었다. 형제는 작고 겁먹은 두 개의 핀볼처럼 쇼핑객들에게 이리저리 떠밀렸다.

스티븐 혼자였다면 있는 힘껏 뛰었을 테지만 데이비를 데리고 있는 상황에서는 한 걸음 한 걸음이 중요했다. 그는 20미터밖에 떨어져 있지 않은 밴베리스 유리문으로 곧장 향했다.

불량배들이 스티븐의 목적지를 알아차리고 그를 가로막으려 들었다. 그들은 스티븐만큼 빠르지는 않았지만 더 난폭하고 주변 사람들을 피해다닐 생각도 별로 없었다. 군중이 갈라지면서 겨우 30센티미터 거리까지 좁혀온 불량배들의 모습이 보이자 데이비가 비명을 질렀다.

유모차를 끌고 나온 아줌마가 아무 생각 없이 그 사이에 끼어들어 얼쩡거렸다.

"제기랄!"

불량배 하나가 유모차에 걸려 넘어지고 나머지 둘도 주의가 산만해진 틈을 타 스티븐과 데이비는 밴베리스 유리문을 쏜살같이 통과했다.

중년의 뚱뚱한 경비원이 즉시 형제 쪽으로 고개를 돌리자 스티븐은 가까스로 달리기를 멈췄다. 데이비는 영문도 모른 채 겁에 질려 뒤쪽을 살폈다.

밖에서는 불량배들이 성난 아기 엄마에게 욕설을 퍼부으며 정문으로 돌진하고 있었다.

"형……?"

"쉬이이!" 스티븐은 손을 홱 잡아당겨 주의를 준 다음 동생을 데리고 가방과 목걸이와 벨트를 파는 코너로 침착하게 걸어갔다. 조치를 취할 태세였던 경비원은 두 남자애가 금방 느긋하게 굴면서 여느 고객처럼 보이는 바람에 무산되자 눈살을 찌푸렸다.

유리문이 쾅 열리고 불량배들이 곧장 경비원에게 달려들었다.

스티븐은 데이비와 함께 에스컬레이디에 올라타면서 뒤돌아보았다. 경비원이 문 밖으로 쫓아내는 동안 불량배들은 분을 참지 못하고 자신들의 권리에 대해 고래고래 소리질렀다.

"두고보자, 램!"

점잖은 쇼핑객들은 당황한 표정으로 주변을 둘러보았다. 스티븐은 얼굴이 빨개져서 앞만 보았다. 데이비는 절대 놓치지 않겠다는 듯 형의 손을 꼭 잡았다.

10

친애하는 에이버리 씨,

답장 감사합니다.

댁이 여기 있었으면 좋았을 텐데요.

진심을 담아,

십콧 반스터플 로드 111번지, SL

에이버리는 깜짝 놀랐다. 편지는 아무것도 말하지 않았다! 간청하지도, 애원하지도, 가석방 심리에서 그를 도와주겠다고 제안하지도 않았다. 첫번째 심사는 그도 참석하지 않은 채 진작 열렸고 그 결정에 따라 그는 헤비트리에서 그보다 한 단계 낮은 롱무어로 이감되었다.

그는 편지를 다시 읽어보았다. 그의 안에서 분노가 서서히 피어오르기 시작했다. 그가 보낸 편지는 무뚝뚝하고 내용도 아리송했다. 물론 그도 잘 알고 있었다. 자신이 전달하고 싶은 논조를 정확히 구사하기 위해 며칠을 고심했기 때문이다. 검열을 통과하려면 무슨 말인지 전혀 모르겠다는 식이되, 영리하고 결연한 수신자의 응답을 유도하려면 적당히 약을 올려야 했다. 에이버리의 편지함은 벌써 십팔 년째 비어 있었기 때문에 그 자신조차 편지를 받을 때의 짜릿한 설렘을 거의 인정하지 못했다. 더욱이 그냥 편지도 아니고 그가 좋아하는 주제를 다루는 편지 아닌가. 게다가, 결정적으로, 아이들 중 한 명의 가족과 관계있는 사람이 보낸 편지였다.

SL의 첫번째 편지는 아널드 에이버리의 눈앞에 추억과 흥분으로 가득한 판도라의 상자를 활짝 열어젖혀 보였다. 그는 WP에서 출발해 모든 각도에서 기억을 더듬어나갔다. 그러느라 며칠이 걸렸다. 그 며칠 동안 에이버리는 여왕 폐하의 수인이 아니라 자기 자신의 손아귀에 붙잡힌 수인이었다. 그 며칠 동안은 파란 실핏줄이 비치는 핀레이 교도관의 코도 그의 짜증을 불러일으키는 힘을 잃고 말았다. 그 며칠 동안은 겨자를 뿌린 햄버거가 아니라 작은 종이 통에 담긴 콧물이 건네졌다 해도 전혀 상관없었다. 그 며칠 동안 그는 자유로웠다.

그러고서 그는 처음으로 돌아가 아이들 한 명 한 명을 새롭게 음미하기 시작했고, 그 황홀경은 거의 한 달이나 이어졌다.

그리고 이제 이 편지.

SL은 진지하게 편지를 주고받기로 약속했지만 알고 보니 애를 태우는 데 도사였다. 마치 여자처럼! 아이처럼! 사실 그는 SL이 결국 여자였다고 해도 놀라지 않았을 것이다! SL이 편지를 쓰기 시작해놓고 어떻게 아무 내용 없는 이런 편지를 보낼 수 있단 말인가? SL은 뒈져버려라!

분한 나머지 그는 A5 용지를 갈기갈기 찢어버리려고 접다가 종이 뒷면에서 뭔가를 발견했다.

에이버리는 얼굴을 찌푸리며 종이를 들어 불빛에 비춰보았지만 아무것도 나타나지 않았다. 종이를 비스듬히 기울이다 비로소 그게 뭔지 알아챘다. 가슴이 마구 뛰었다.

아널드 에이버리는 감방 문을 부서져라 두드려대며 연필을 달라고 소리쳤다.

SL이 사용한 A5 용지는 질이 좋았다. 아니, 질 좋은 것 이상이었다. 거의 카드처럼 두꺼웠다. 에이버리는 학교에서 배운 미술 지식을 떠올렸다. 약간 거친 질감을 살린 수채화용 종이인 듯했다.

에이버리는 철창 사이로 서명까지 해가며 받은 뭉툭한 연필로 편지 뒷면을 한참 조심스럽게 문질렀다.

SL은 이 종이 위에 다른 종이를 올려놓고 그림을 그려 자국을 남겼는데(이런 영악한 연락 방식으로 미루어 그는 다시 한번 SL이 남자라고 생각하게 됐다), 손이 흔들려서일 수도 있지만 어쩐지 일부러 빼뚤빼뚤 그은 듯한 선 하나가 종이 위쪽에서 시작해 커다란 고리 모양을 이루고 있었다. 선 안에는 LD라는 머리글자가 있고 거기서 약간 밑으로 내려오면 SL이라는 머리글자가 있었다.

그외 종이 뒷면에 찍힌 기호는 물음표가 전부였다.

에이버리는 하마터면 웃음을 터뜨릴 뻔했다. 메시지가 천진할 만큼 단순했기 때문이다. 그와 SL이라면 모를까, 다른 사람들에게는 아무 의미 없는 선 하나와 네 개의 문자로 SL은 엑스무어의 윤곽을 나타내고 있었다. 그리고 에이버리에게 루크 듀베리의 시체가 발견된 곳을 알고 있다는 것을 보여주는 동시에 자신의 위치를 알리면서 빌리 피터스가 어디 있는지 다시 묻고 있었다.

아널드 에이버리는 빙그레 미소지었다. 제대로 편지를 주고받을 상대가 생겼다.

11

어린 시절 아널드 에이버리가 보기에 좋은 일들은 너무 빨리 일어나는 듯했다. 뭐든 너무 쉽게, 너무 빨리 죽었다. 새들은 씨앗으로 유인해 그물로 잡으면 경멸스럽게도 금세 항복했다. 친구의 하얀 생쥐는 아무 의심 없이 온순히 앉아 있다가 그에게 머리를 짓밟혔다. 할머니의 뚱뚱한 줄무늬 고양이 레니는 하얀 욕조의 물속에 집어넣자 처음에는 사납게 버둥거리더니 이내 잠잠해졌다.

그중 아무것도 그에게 맞서지 않았다. 아무것도 애원하거나 간청하거나 거짓말하거나 위협하지 않았다. 물론 레니는 그를 할퀴려 들었지만 피할 수 있었다. 그다음 물에 빠뜨려 죽인 흑백 얼룩 고양이 빕스는 벼룩시장에서 훔친 오토바이용 장갑을 끼고 사정없이 찢어발겼다.

어렸을 때부터 그는 자동차나 놀이터에서 사라진 지 겨우 몇 시간 만에 목이 졸려 죽은 채 발견된 아이들에 대한 기사를 읽으면 그런 낭비가 도무지 이해되지 않았다. 누군가가 그 모든 위험을 무릅쓰고서 최고의 목표, 즉 아이를 훔쳐 손에 넣었다면 어째서 유괴한 뒤 금방 죽일까?

에이버리에게는 도무지 말이 안 되는 소리였다.

열세 살 때 그는 자기보다 어린 남자애를 낡은 석탄 창고에 가두고 거의 하루 온종일 꺼내주지 않았다. 그 아이가 다칠까봐 겁이 나긴 했지만 누군가를 통제할 수 있다고 생각하자 신이 났다. 여덟 살인 티머시 리드는 처음에는 웃었지만 그다음에는 부탁했고, 그다음에는 요구했고, 그다음에는 문을 요란하게 두드려냈고, 그다음에는 이르겠다고 협박했고, 그다음에는 죽이겠다고 협박했고, 그다음에는 아주, 아주 조용해졌다. 그러더니 애원이 시작되었다. 감언이설과 약속과 자포자기와 눈물로 이어지는. 에이버리는 티머시의 애처로운 울음소리만큼이나 자신의 대담함에 전율했다. 날이 어두워지기 전에 풀어주면서 그것은 그가 통과해야 하는 시험이었다고 말했다. 이제 둘은 비밀 친구가 됐다. 어린 소년은 두려움에 떨며 아널드가 자신의 비밀 친구이며 아무에게도 절대 말하지 않겠다고 약속했다.

그리고 그는 약속대로 비밀을 지켰다.

몇 주가 지나서야 티머시 리드는 경계심을 풀고 아널드가 다정하게 건네는 인사에 응답하기 시작했다. 그는 훔친 스쿠버 액션 맨이나 슬쩍한 사탕을 받지 않을 수 없었다. 창고 사건이 있고 나서 두 달 뒤 티머시는 아널드가 비쩍 마른 아홉 살짜리 골목대장을 다그쳐 울리며 비굴한 사과를 받아내는 광경을 지켜보았다. 놀이터에서 그 아이는 모두에게 들리도록 사과를 했고, 티머시는 자기보다 나이도 많고 덩치도 큰 소년을 같은 편이자 보호자로 두게 되자 한심하게도 고마워했다.

그리고 일단 티머시 리드가 자신을 영웅으로 우러러보기 시작하자 아널드는 아주 친하고 아주 은밀한 친구만이 들어줄 수 있는 부탁을 할 때가 됐다는 것을 직감했다.

아널드 에이버리는 아이의 행동이 이상해지고 학교 성적도 곤두박

질쳐 부모가 꼬치꼬치 캐물을 때까지 티머시 리드를 학대했고, 그 직후 경찰이 왔다.

그렇게 해서 아널드는 첫번째 교훈을 얻었다. 동물의 장점은 말을 할 수 없는 데 있다는 것을.

열네 살 때 아널드 에이버리는 3개월 형을 선고받고 소년원에 수감되었다. 거기서 그는 매일 밤—그리고 이따금 낮에도—진정한 성적 힘은 물어보고 얻는 게 아니라 그냥 가지는 것임을 배웠다. 처음에는 그 방정식에서 고통을 당하는 쪽이 그 자신이었다는 사실은 이 두번째 교훈의 가치를 더욱 높여줄 뿐이었다.

그는 집에 갔고, 두 번 다시 그곳으로 돌아가지 않았다.

그가 (티머시 리드와 놀랍도록 닮은) 폴 배럿을 죽이기까지 칠 년이 더 걸렸지만 기다린 보람이 있었다. 에이버리는 폴을 열여섯 시간 동안 살려두었다가 덩커리비컨 근처에 묻었다. 아무도 에이버리를 의심하지 않았다. 아무도 그에게 묻지 않았다. 그가 밴을 몰고 웨스트컨트리 주변을 돌아다니며 지역 신문을 읽고, 이 집 저 집 전화를 걸고, 아이들과 얘기를 나눠도 그를 두 번 바라보는 사람은 아무도 없었다.

그리고 아무도 폴 배럿의 시체를 찾지 못했다. 사람들은 소년의 집이 있는 웨스트워드호! 일대만 수색했다.

그래서 에이버리는 덩커리비컨이 시체를 묻기에 안전한 장소라고 생각했다.

그리고 그는 그곳을 잘 이용했다.

12

언덕의 헤더가 비를 흠뻑 머금어 고개를 숙이고 있다가 스티븐이 땅을 파자 젖은 풀밭 위로 으스스하게 물기를 뚝뚝 떨어뜨렸다.

그는 구덩이를 두 개 판 뒤 치즈 샌드위치를 먹고 나서 하나 더 팠다.

양의 턱뼈 사건의 의미를 생각해보게 된 후로 땅을 파는 작업은 점차 매력을 잃어갔다. 강렬한 흥분 상태에서 완전히 바닥을 치는 경험을 하고 나자 차라리 잘됐다는 생각이 들었다. 이제 팔꿈치에 전해지는 충격도, 등을 쿡쿡 쑤시는 통증도, 손바닥에 박히는 가시도 그저 성가실 뿐이었다.

이전과 다른 우울한 기분의 밑바탕에는 짜증 섞인 불만이 자리하고 있었다. 그 불만 때문에 루이스와도 거리를 두었고, 데이비에게도 툴툴거렸다. 그저 열심히 땅을 파다보면 대개는 약간 피곤하다는 생각 외엔 마음속의 잡념이 싹 사라지는 이곳 황무지에 나와서도 성질을 내고 있었다. 하지만 그 자신과 삽과 발아래 끝없이 펼쳐진 황무지 말고는 성질을 부릴 대상이 없었다.

에이버리에게서는 감감무소식이었다. 뒷장에 기호를 남긴 편지를 보낸 지 거의 이 주가 지났다. 에이버리가 너무 신중한 걸까? 비밀 메시지를 알아차리지 못할 만큼이나 신중하단 말인가? 빌리 삼촌을 살해한 자가 앞면의 의미 없는 글만 읽고 편지를 휴지통에 던져넣기라도 한 걸까? 만약 에이버리가 편지 뒷면을 봤다면 뜻을 이해했을까? 살인자의 입장에서 볼 때 스티븐은 에이버리가 대답하지 않고는 못 배기게 충분히 유도했다고 생각했다. 하지만 에이버리가 암호를 풀지 못했을 수도 있었다. 아니면 그러고 싶지 않거나. 어쩌면 그는 스티븐이라는 성가신 고양이에게 쫓기는 쥐 노릇을 하고 싶지 않을지도 몰랐다. 롱무어에서 아무 소식 없이 하루하루 날짜가 지나가자 스티븐은 낭패감을 억누를 길이 없었다. 루이스에게 자신의 두려움을 털어놓고 싶었지만 이건 혼자 처리해야 할 문제라는 걸 잘 알았다. 세상 그 누구도 그가 한 일을 이해하지 못할 터였다. 사실 스티븐은 편지 왕래에 대해 털어놓으면서 횡설수설하는 자신의 모습을 충분히 상상할 수 있었다.

그는 우편물이 도착할 때마다 늘 그 자리를 지키고 있으려고 이미 애쓸 만큼 애썼다. 우편물은 일찍, 오전 일곱시경 도착했다. 요즘 들어 스티븐은 십오 분 전으로 자명종을 맞춰놓았다. 프랭크 타이드콧이 골목으로 들어설 때에 맞춰 계단 꼭대기에 서 있기 위해서였다. 무슨 일이 있어도 엄마나 할머니가 그 앞으로 온 편지를 집어와선 안 됐다. 지금까지 스티븐은 우편함을 통해 개인 우편물을 받아본 적이 없었다. 심지어 크리스마스카드도. 그러니 질문이 날아들 게 뻔했다. 하지만 실망감이 쌓여갈수록 추위에 곱은 발로 계단 위에서 우편물을 기다리는 순간들은 더욱 중요해졌다.

그는 구덩이를 하나 더 파기 시작했지만 뿌리가 잔뜩 엉킨 땅에 겨우 한 번 삽질을 하고서 삽을 내동댕이치고 암담한 심정으로 그 자리에 벌렁 드러누웠다.

그와 거의 동시에 그의 싸구려 방수 바지 속으로 습기가 스며들었다. 냉기가 도는 땅이 밑에서 그를 움켜잡더니 젖은 헤더가 물을 뚝뚝 떨어뜨리며 수의처럼 그의 몸을 휘감았다. 작업하느라 흘린 땀이 순식간에 마르면서 몸이 부르르 떨리기 시작했다.

바다 안개가 육지로 스멀스멀 밀려와 썩은 해조류 냄새를 풍기며 짙게 드리웠다.

스티븐은 지척을 분간할 수 없는 광활함 속에서 자신의 존재가 점점 줄어드는 듯한 느낌을 받았다. 은하계 사진이 떠올랐다. 그는 머나먼 곳의 한 점 속 티끌에 붙은 알갱이 위에서 살아가는 미생물의 원자 중 하나였다. 방금 전까지도 그는 똑바로 서 있는, 강하고 열을 발산하는 존재였다. 잠시 뒤, 지금은 시체나 다름없는 모습으로 우주를 떠다니고 있었다. 에이버리가 옳았다. 그 모든 것은 아무 의미가 없었다.

눈시울이 뜨거워지더니 스티븐은 별다른 조짐도 없이 별안간 울기 시작했다. 처음에는 눈물만 흘러내렸지만 곧이어 몸도 뒤따라서, 마치 버려진 아기처럼 헤더 사이에서 몸부림치며 흐느껴 울기 시작했다. 가슴은 들썩였고, 위장은 딱딱하게 뭉쳤고, 추워서 하얗게 질린 두 손은 절망한 나머지 허공에 대고 힘없이 주먹을 흔들어댔다.

몇 분간 그는 거기 누워 흐느꼈다. 이 기분의 정체가 무엇인지, 어디서 왔는지도 모른 채. 그나마 일관되게 드는 감정은 자신이 미친 게 아닌가 하는 막연한 불안밖에 없었다.

울음이 잦아들더니 그쳤고, 뿌옇기만 한 하늘에서 이슬비가 소리 없이 소용돌이치며 떨어져내려 빨갛게 달아오른 눈을 식혀주었다. 그는 눈을 깜빡거렸지만 몸을 제대로 가눌 수 없었다. 가슴에서 스며나온 피로가 몸 구석구석으로 퍼지며 납덩어리처럼 그를 황무지로 내리누리는 바람에 꼼짝도 못하고 거기 그대로 누워 지시를 기다리는 수밖에 없었다.

육체가 완벽하게 정지한 상태에서 스티븐의 정신이 먼 곳으로 갔다가 차츰 돌아왔다. 처음에 그는 스스로가 너무 불쌍했다. 어머니가 와서 아들을 찾아내 하얗고 보송보송한 수건으로 감싸주며 집으로 데려가 스튜와 초콜릿 푸딩을 먹여주었으면. 그런 일은 지금은 물론 앞으로도 영영 일어나지 않을 거라는 생각이 들자 흐느낀 직후의 여운이 싹 가셨다. 그보다 더 시린 마음속 상처는, 그런 기억이 있길 바라지만 실제로 일어난 적은 아마 절대 없었을 거라고 말했다. 사실 그에게는 보송보송한 수건이나 스튜는 둘째 치고 비를 맞아 추위에 떨 때 안전하고 따스한 팔로 감싸주는 어머니에 대한 기억이 전혀 없었다. 대신 그의 발에서 젖은 양말을 거칠게 벗겨내는 어머니, 세탁물 바구니 속 더러운 옷을 보고 소리치는 어머니, 제각각이고 해진데다 저녁에 쓰고 걸어놓으면 다음날 아침까지도 항상 축축한 수건들로 너무나 거칠게 머리를 말려주는 어머니에 대한 기억은 많았다. 그 기억은 여기저기 얼룩진 화장실 깔개에 대한 생각으로 이어졌다. 마치 실외가 천천히 스며들어와 냉기와 기어다니는 것들로 집안이 가득해지기라도 한 것처럼, 그 깔개는 겨울철이면 어김없이 변기 뒤에서 자라는 불그죽죽한 곰팡이의 거처였다. 데이비는 처음 곰팡이를 봤을 때 울음을 터뜨렸고 변기 근처에 가느니 차라리 이불에 오줌을 쌌다. 하지만 지금은 식구들 모두가 그렇듯 그도 그쯤은 아무렇지 않아했다. 때로 가족들은 버섯과 흰곰팡이에 대한 농담까지 주고받게 됐지만, 먼지 하나 없이 깨끗한 루이스네 집에 있다 돌아와서 현관문을 열 때면 눅눅한 냄새가 스티븐의 코를 찔러댔다. 그는 자기 옷에서 나는 냄새를 맡지는 못했지만 반 아이들에게서 나는 향긋한 세제 냄새는 맡았고, 그로 인해 노란 별처럼 자신의 주변에 떠도는 가난의 악취를 짐작하고 마음이 불편했다.

그는 깨끗하다고 느껴본 적이 한 번도 없었다. 진흙투성이가 되어 황무지를 벗어날 때도, 데이비와 같이 쓰는 미지근한 물이 담긴 욕조를 나올 때도, 역시 데이비와 같이 쓰는 침대에서 먼저 일어나 전날 입었던 교복 셔츠를 다시 입을 때도.

그에게 무슨 일이 일어났던 걸까? 스티븐은 마음이 혼란스럽고 빙글빙글 도는 것 같았다. 왜 그런 일이 일어났던 걸까? 그는 대체 어디로 갔을까? 어딘가로, 어찌된 영문인지, 예전의 꼬마는 사라지고 새로운 그가 그 자리를 차지했다. 새로운 스티븐은 〈매치 오브 더 데이〉를 시청하지도, 50펜스 하는 튀김을 사려고 블루 돌핀에서 줄을 서지도 않았다. 새로운 스티븐에게는 스티커 책 '사커 스타'에 실린 스티븐 제라드보다 삶 자체가 더 중요했다. 새로운 스티븐은 매일 오후 이곳에 나와 땅거미가 내려앉을 때까지 먼지를 뒤집어쓴 채 땀을 흘리며 곰팡이가 슨 샌드위치를 먹고 녹슨 삽으로 힘없이 땅을 찔러대면서 죽음을 찾았다.

삼 년 동안 이것이 그의 삶이었다. 삼 년! 그는 방금 형을 선고받은 듯 느껴졌다. 그의 뒤에 펼쳐진 삼 년이라는 허송세월을 생각하니 마치 앞으로 또 그만큼의 시간을 보내야 한다고 들은 것처럼 충격적이었다. 그에게 무슨 일이 일어났던 걸까? 그는 대체 어디로 갔을까?

자기연민에 뒤이어 찾아온 분노는 너무도 강렬해서 스티븐은 몸을 가누기 어려웠다. 마치 그렇게 하면 그 충격을 떨쳐버릴 수 있기라도 하듯 한 손을 쳐들었다. 분노는 물불 가리지 않고 날뛰었다. 단 한 번의 격렬한 몸짓으로 스티븐은 몸을 돌려 무릎을 꿇고 앉아 헤더와 풀을 부여잡고 한 움큼씩 뽑으며 손톱으로 흙을 파내고 젖은 풀을 손바닥으로 때렸다. 팔다리를 마구 휘두르며 때리고 주먹질을 하고 발로 차대자 헤더가 머금고 있던 빗물이 그에게 튀었다. 목구멍 뒤에서 꺽꺽거리며 흘러나오는 애처로운 울음소리가 잦아들면서 작고 가냘픈 숨소리로 바뀌었다. 이제 그를 숨쉬게 만드는 목표는 단 하나, 바로 이 행성을 공격하는 것이었다.

그러고 나서 의식을 차렸을 때 스티븐은 무릎을 꿇고 땅에 이마를 댄 채 자연 앞에 엎드려 있었다. 지구를 입으로 파들어가기라도 한 듯 주먹과 입 여기저기 긁힌 자국이 나 있었다.

그는 천천히 일어나 앉아 자신의 히스테리가 황무지에 입힌 미미한 피해를 둘러보았다. 뿌리가 뽑힌 채 여기저기 흩어져 있는 풀 뭉텅이 몇 개, 줄기에서 뜯긴 채 땅 위에서 죽어가는 헤더, 파헤쳐진 채 빠르게 물이 차오르고 있는 손바닥만한 진흙 웅덩이 두세 개. 그래봤자 아무것도 아니었다. 아무것도 아닌 것보다 더 아무것도 아니었다. 겨울 풀을 찾아 땅을 파내는 망아지, 누워서 자고 있는 아기 사슴, 쭈그리고 앉아 똥을 누는 양도 분노에 눈이 먼 스티븐이 남긴 것보다는 이 엑스무어에 많은 흔적을 남겼을 터였다.

그는 희뿌연 하늘을 머리에 이고 휘청거리며 일어섰다. 삽은 영겁 전에 그가 떨어뜨린 곳에 그대로 있었다. 도시락과 지도도 근처에 있었다. 세상의 종말에나 어울리는 안개 속에 서 있는 그에게는 아무 의미도 없는 낯선 물건들이었다.

그는 집에 가려고 돌아섰지만 지금 여기가 어디쯤인지 도무지 알 수 없었다. 사방을 두리번거려도 3미터 앞밖에 볼 수 없었다. 그 이상은 전혀 보이지 않았다. 저 안쪽 평범한 소년의 마음속에 있는 뭔가가 소용돌이치는 무의 공간 속으로 무턱대고 비틀거리며 나아가려는 그를 붙들어 세웠다. 전에도 지금처럼 황무지에서 안개에 갇혀 완전히 길을 잃은 적이 있었다. 하늘이 파랗고 햇살이 가득한 날에도 이 백색은 사방을 슬금슬금 뒤덮었다. 이 년 전 스티븐은 화이트아웃 상태에 빠져 텅 빈 무덤 옆에서 세 시간을 앉아 있다가 여름이 다시 모습을 드러내고 나서야 집으로 가는 길을 찾을 수 있었다.

그 기억은 스티븐을 얼추 정상이라는 상태로 다시 되돌려놓았고 그는 그 자리에 그대로 있어야 한다는 걸 알았다.

추웠지만 그보다 더 추웠을 때도 있었다. 젖었지만 그보다 더 젖었을 때도 있었다. 배는 고프지 않았다, 아직은. 그는 다치지도 않았고, 멍청하게 안개 속으로 걸어가지 않는 한 별일 없을 터였다.

그는 삽을 흘끗 내려다보았다. 삽이 다시 낯익어 보였다. 사랑스럽지는 않았지만 적어도 낯익어 보이기는 했다.

다시 비가 내리고 있었다. 스티븐은 도시락 통을 뒤집어 머리에 썼다. 헤더 위에서는 살포시 내려앉는 비가 그의 두개골에서는 양철 지붕을 때려대듯 따다닥거렸다.

가만있으면 더 춥기만 할 것이다. 마지못해 그는 허리를 숙이고 삽을 집어들었다. 빗물이 고여 은빛으로 반짝이는, 아까 처음 삽질했던 자리를 발견하고는 다시 삽을 찔러넣었다. 첫번째 삽질은 건성이었지만 그 다음은 한결 나아졌고, 네번째에 이르러 스티븐은 평소의 리듬을 되찾았다.

구덩이를 반쯤 팠을 무렵 스티븐은 자신이 계속 땅을 파리라는 걸 깨달았다. 그저 몸을 덥히기 위해서가 아니었다.

땅을 파는 일을 통해 그의 삶에는 목표가 생겼었다. 물론 작고 보잘것없는 목표인데다 끝내 아무 성과도 얻지 못할 확률이 컸다.

하지만 목표는 중요했다.

어딘가에서 작고 야비한 목소리가 그것은 아무 의미가 없다며 끈질기게 들볶아댔다. 그 모든 것이 아무 의미 없다고.

하지만 스티븐 안에는 그보다 강한 또다른 목소리가 있었다. 그 목소리는 답을 제시하기는커녕 또다시 질문만 던졌지만 이번 질문은 안개에 가려 잘 보이지도 않는 하늘에서 보이지 않는 해가 기울기 시작하고 한참 지나서도 그가 계속 땅을 파도록 만들었다.

그 모든 것이 아무 의미 없다면, 어째서 그토록 중요하게 느껴질까?

13

“스티븐! 어서 아침 먹어!”

“지금 가요!” 스티븐은 덜덜 떨리는 손으로 봉투에서 연쇄살인범이 보낸 편지를 꺼냈다.

친애하는 SL

댁의 훌륭한 편지 감사합니다.

세월은 사람을 기다려주지 않습니다.

진심을 담아

AA

스티븐은 떨리는 손으로 종이를 뒤집어 불빛에 비춰보았다. 아무것도 없었다. 얇은 싸구려 종이여서 자국을 남길 수도 없었다. 그는 화장실 불을 켰지만 편지 뒷면에는 분명 아무 기호도 없었다.

스티븐은 눈살을 찌푸렸다. 에이버리가 그를 도와줄 의사가 없다면 왜 답장을 보냈을까? 전에는 깔끔하고 고르던 에이버리의 필체가 들쭉날쭉한 필체로 바뀌어 있었다. 이번 편지에서는 누가 봐도 급히 휘갈겨 쓴데다 대문자를 남용하고 있었다.

"스티븐!!"

"가요!!"

독서를 통해 그는 연쇄살인범들이 게임을 좋아한다는 걸 알고 있었다. 처음에는 희생자들과, 그다음에는 경찰과 게임을 벌인다. 그들은 과시욕이 강하다. 자신만이 알려줄 수 있는 것, 바로 그 과시욕 때문에 대부분의 연쇄살인범이 붙잡히고 만다. 어디까지나 붙잡히는 경우에는 그렇다.

어쩌면 에이버리는 그저 편지를 받고 싶어서 스티븐이 계속 편지를 쓰도록 유도하는 것인지도 몰랐다.

그렇다면 이번에도 답장을 보내도록 하기 위해 뭔가 미끼를 던지지 않았을까?

스티븐은 '훌륭한 편지'라는 그의 말을 칭찬으로 들어야 할지 아니면 비웃음으로 들어야 할지 알 수 없었다. 그의 편지가 명문이 아니라는 것은 누구보다 스티븐 자신이 인정하는 바였지만, 만약 에이버리가 단서를 발견하고 이해했다면 어쩌면 정말로 편지가 꽤 훌륭하다고 생각했을 수도 있다. 어쩌면 세월 어쩌고 하는 부분도 지금 스티븐의 그런 궁금증이 맞다는 뜻일지 몰랐다. 하지만 에이버리가 단서를 찾아냈다면 어째서 똑같이 지도로 응답하지 않았을까? 아니면—

화장실 문이 벌컥 열리자 스티븐은 벌떡 일어났다. 위층으로 냅다 뛰어올라왔는지 어머니는 얼굴이 벌겠다.

"대체 여기서 뭐하는 거야?"

"엄마! 나 지금 일보잖아!"

레티는 그를 내려다보았다. "바지도 안 내리고? 내가 너 십 분째 소리쳐 부른 거 알아?"

그녀는 그가 왼손에 들고 있는 편지를 알아차렸다.

"그게 뭐야?"

스티븐은 얼굴이 빨개진 채 편지를 접었다. "아무것도 아니에요." 어머니를 본 그는 부싯돌처럼 완고한 얼굴 표정을 읽었다. 그녀는 절대 순순히 넘어가지 않을 기세였다.

"그냥 편지예요."

"누가 보낸 건데?"

스티븐은 어머니의 쏘아보는 눈초리에 몸 둘 바를 몰랐다.

"이리 내."

그녀가 손을 내밀었다.

스티븐은 꿈쩍도 하지 않았고 레티가 편지를 채가도 감히 반항할 생각을 못했다.

레티는 편지를 펴서 읽었다. 그녀는 편지를 읽는 데 걸렸을 시간보다 더 한참 동안이나 아무 말이 없었다. 스티븐은 불안한 눈으로 어머니를 올려다보았다. 레티는 그 안에 어떻게 반응해야 할지 일러주는 지침이라도 숨어 있는 듯 편지를 뚫어져라 들여다보았다. 그러고는 편지를 잠깐 뒤집어보았다. 스티븐은 뒷장에 지도 자국을 남기지 않은 AA가 그렇게 고마울 수 없었다.

영겁처럼 느껴지는 시간이 지나고 레티는 아들에게 불쑥 편지를 내밀었다.

"당장 내려와."

스티븐은 어안이 벙벙했다. 그는 어머니를 따라 아래층 부엌으로 내려갔다. 우유에 불어터진 치리어스 시리얼 한 사발이 눈에 들어왔다.

할머니가 팔짱을 끼고 그를 노려보았다.

"어디서 뭐하고 있던?"

"화장실요."

할머니는 그 나이 또래의 남자아이들이 화장실에서 하는 짓이라는 게 점잖은 사람이 거기서 주로 하는 일과는 천양지차라는 것을 잘 안다는 듯 콧방귀를 뀌었다. 그 생각만으로도 스티븐의 얼굴이 빨갛게 달아오르자 할머니는 그것 보라는 듯 또다시 콧방귀를 뀌었다.

"걔 좀 내버려둬요, 엄마."

스티븐은 너무 놀라 시리얼을 떠먹다가 숟가락의 우묵한 부분을 아프도록 꽉 물고 말았다. 데이비가 시리얼을 먹다 말고 고개를 들었지만 할머니가 얼굴을 찌푸리자 얼른 다시 숙였다.

침묵 속에 아침식사 시간이 지나갔다. 스티븐은 자기 그릇과 숟가락을 씻은 뒤 연쇄살인범의 편지를 주머니에 넣고 학교로 향했다.

후드 운동복 차림의 불량배들이 학교 정문에서 기다리고 있다가 그를 붙잡았다. 어디서 튀어나왔는지 등뒤에서 그의 팔을 비틀며 머리를 내리눌렀다. 그 바람에 그는 발을 헛디뎌 하마터면 넘어질 뻔했다. 샨텔 콕스의 목소리가 희미하게 들려왔다. "놔줘." 그러자 공격당하는 상황이 더욱 굴욕적으로 느껴졌다.

"저 자식 점심 값 뺏어."

"난 그런 거 없어. 샌드위치를 싸서 다니거든."

"뭐라고 훌쩍대는 거야?" 누군가 그의 목소리가 잘 들리도록 머리카락을 잡아당겨 고개를 들게 했고, 다른 누군가는 경찰학교 졸업생처럼 손바닥으로 툭툭 치며 몸수색을 했다.

"샌드위치를 싸서 다닌다고."

머리카락을 움켜잡은 소년이 손을 흔들어댔다. 스티븐은 이를 악물었다. 배낭 지퍼가 열리나 싶더니 불량배들이 안을 뒤지는지 스티븐의 몸이 중심을 잃고 그쪽으로 끌려갔다. 그는 들개 떼의 발에 눌려 산 채로 잡아먹히는 영양의 심정이었다. 책, 종이, 펜. 여전히 그가 지니고 있는, 여전히 그의 일부인 이 물건들이 불량배들의 손에 마구잡이로 끄집어내져 그의 발치에 흩어졌다. 그는 욕지기를 느꼈다.

느닷없이 그의 턱밑에 뚜껑을 벗긴 점심 도시락 통이 들이밀렸다. 냄새가 나자 창피해 눈이 따끔거렸다.

"케이크는 없어?"

불량배들이 일제히 웃었다. 스티븐은 아무 말도 하지 않았다.

"배고파?"

"아니."

"저 새끼는 배고프대."

꼬질꼬질한 손 하나가 샌드위치를 집어 그의 입에 쑤셔넣었다. 그는 몸을 비틀며 입을 다물려고 했지만 별안간 한쪽 다리에서 느껴지는 격심한 고통에 비명을 지르는 사이 샌드위치가 그의 입을 틀어막았다. 생선 냄새가 나는 스펀지처럼 샌드위치가 입안에 꽉 들어차 숨이 막혔다.

스티븐은 컥컥거렸다.

"뭐야, 재수없게!!!" 꼬질꼬질한 손의 주인이 얼굴에서 젖은 빵 조각을 떼어내는 모습을 보고 그의 친구들이 웃어댔다.

"씨발, 하나도 안 웃기거든!" 그는 점심 도시락을 스티븐의 얼굴에 대고 짓뭉갰다—눈에 사과를 맞고 또다른 생선 페이스트 샌드위치에 밀려 코가 들리더니 이어서 짝퉁 타파웨어 모서리에 입술을 부딪혀 정신이 번쩍 들 만큼 아팠다.

그러다 갑자기 도시락이 땅에 떨어져 달그락대더니 불량배들은 검은 색과 빨간색 점퍼를 입은 아이들의 물결 속으로 사라졌다. 선생님으로 보이는 희미한 형체가 스티븐 쪽으로 다가왔다.

팔에 다시 피가 돌면서 그는 몸을 움찔거렸다.

"괜찮니?"

터진 입술에서 새어나온 피가 스티븐의 입안으로 흘러들어 짭짤했다.

"네, 선생님."

오리어리 선생님은 스티븐을 눈여겨 살폈다. 자기 수업을 듣는 학생이라는 것만 알았지 이름은 죽어도 기억나지 않았다. 소년은 바보 같아 보였다. 새빨개진 얼굴에는 네모난 도시락 자국이 자줏빛으로 진하게 찍혀 있었다. 이마에는 샌드위치 반쪽이 달라붙어 있고 두 뺨은 버터로 얼룩덜룩했다. 한쪽 눈은 멍이 들기 시작했고 몸에서는 생선 냄새가 났다. 그 냄새를 맡고 있으려니 생각났다. 곰팡내 같은 냄새를 달고 다니는 아이. 소년에게 느꼈던 연민의 정은 이제 희미한 혐오감으로 바뀌었다. 곰팡이와 생선. 그녀는 자기도 모르게 퉁명스러워졌다.

"그럼 어서 소지품 챙겨라, 사이먼. 종이 울렸다."

"네, 선생님."

그녀는 그를 알지 못했다.

그 사실이 그는 뼈에 사무쳤다.

그는 진심이 느껴지는 편지를 쓴 아이였다! 저희 할머니가 귀사의 생선 살을 먹다가 목에 가시가 걸렸습니다! 네가 보내준 닌텐도는 내 생애 최고의 선물이었어! 나는 가장 예의 바른 축구 선수 상을 받았다!

잠시나마 스티븐은 어렸을 때 죽은 삼촌의 시체를 찾을 수 있게 도와달라고 연쇄살인범에게 편지를 썼다고 말하면 오리어리 선생님이 자신을 기억해주지 않을까 생각했다. 하지만 그는 비참한 심정으로 그 말을 삼켰다. 그래봤자 그녀는 그를 거짓말쟁이로만, 섬뜩한 허풍쟁이로만 기억할 터였다. 아니면 더 나쁜 경우 그의 말을 믿고 편지 왕래를 그만두라고 말리거나. 어느 쪽이든 절망적인 상황이기는 마찬가지였다.

"서둘러라, 종이 울렸잖니."

"네, 선생님."

그가 비에 젖어 지저분한 도로에서 책과 종이를 집어드는 동안 그녀는 조급해하며 옆에 서 있었다. 그는 거의 다 뭉개진 샌드위치를 보고 창피하게 집어들 필요가 없어 다행이라고 여겼다. 눈을 멍들인 사과는 배수로로 굴러가 있어 거기서 썩게 내버려두었다.

차 밑에서 도시락 뚜껑을 찾기까지 이 분쯤 걸렸다. 무릎에 진흙을 잔뜩 묻히고 다시 일어났을 때 그는 오리어리 선생님이 아널드 에이버리의 편지를 들고 있는 모습을 보고 그 자리에 얼어붙고 말았다.

"훌륭한 편지 감사합니다."

스티븐은 잠자코 있었다. 무슨 말을 할 수 있겠는가? 그는 양미간을 약간 찌푸린 채 젖은 종잇조각을 유심히 살피는 그녀의 얼굴을 지켜보았다.

오리어리 선생님의 마음은 녹슨 번호 자물쇠의 다이얼들처럼 천천히 돌다가 마침내 딸각 소리를 내며 제자리를 찾았다. 그녀가 바라보자 스티븐은 가슴이 철렁 내려앉았다.

"여가 시간에도 편지를 쓰나보지?"

한순간 그는 잘못 들은 게 아닌가 생각했다. 하지만 그렇지 않았다. 그는 옷깃 틈으로 빠져나온 몸의 열기가 얼굴로 피어오르는 것을 느꼈다.

"네, 선생님."

그녀는 그래도 소년에게 관심을 기울일 만한 구석이 있어 다행이라고 여기며 흐뭇하게 미소지었다. 그녀에게는 교육자로서 살아온 삶이 헛되지 않았다는 것을 일깨워주는 이런 작은 신호들이 필요했다. 그녀가 편지를 내밀자 그는 쭈뼛거리며 받아들었다.

"뛰어, 사이먼!"

"네, 선생님."

스티븐은 뛰었다.

지리 시간.

스티븐은 남아프리카공화국 지도를 보고 그렸다. 그는 그 윤곽선을 다시 공책 뒷면에 대고 비치는 부분을 베껴 그린 뒤 광물자원을 지도 곳곳에 표시하기 시작했다. 금. 다이아몬드. 백금. 그런 진기한 물질들을. 자기 나라에서 나는 광물자원을 생각하니 그는 약간 코웃음이 나왔다. 영국이라 불리는, 해저산맥의 이 작은 봉우리에서 그나마 발굴할 만한 가치가 있는 광물이라고는 주석과 점토와 석탄이 고작이었다.

주석과 점토와 석탄, 그리고 시체들. 먼지 구덩이 속에, 흙속에, 잔디 아래 묻혀 있는 시체들. 잠자다가 소리 없이 죽은 시체들, 픽트족과 켈트족과 색슨족과 로마인들의 난도질당한 시체들. 달콤한 영국의 풀밭에서 칼에 스러진 왕당파와 의회파. 석탄과 주석과 점토 산업이 사양길로 접어들면서 시체 산업이 그 자리를 장악했다. 이제 색슨족 농부의 뼈가 땅속에서 조심스레 모습을 드러내며 황금시간대 텔레비전의 주목을 받았다. 몇 세기 동안이나 아무도 모르는 곳에 숨어 곤히 자고 있던 죽음을 들쑤셔 깨우는 무례함.

영국에서 시체는 남아프리카공화국의 금만큼이나 풍부한 광물자원이다. 작은 분홍색 점들로 줄어든 쇠락한 제국은 안에 틀어박혀 내부로 눈을 돌렸다—정복하는 것에 지쳐 두 손 들더니 이제 그 자신을 발견하고 있었다. 다 쓰러져가는 저택에 홀로 앉아 가까운 미래를 생각하다가 그동안 잊고 지냈던 먼 과거를 떠올리고는 나달나달 닳은 주소록을 뒤져 여기저기 전화를 거는 노인처럼.

영국은 정복자와 피정복자들의 시체 위에 세워졌다. 바로 지금도 스티븐은 교실 바닥 밑의 학교 건물 밑의 토대 밑의 흙속에 있는 시체들을 느낄 수 있었다. 의자 다리와 운동화 고무 깔창 아래로.

그렇게 많은 시체 가운데 스티븐이 원하는 건 겨우 한 구였다. 지나친 바람은 아닌 듯했다.

스티븐은 깨끗한 종이에 대고 연필심을 조심조심 누르면서 연쇄살인범 때문에 옛날부터 지금까지 땅에 묻힌 뼈가 과연 얼마나 될지 생각해보았다. 채널4의 〈타임 팀〉에서 지구에 묻힌 대퇴골과 깨진 두개골을 발굴했을 때 2천 년 전의 범죄 현장을 훼손하진 않았을까? 색슨족 소년이나 튜더 왕가 소녀가 희생자였을까? 많은 희생자 가운데 하나였을까? 지금으로부터 백 년 후의 고고학자들이 여섯, 여덟, 열 명의 희생자를 하나로 연결지어 생각하고 그들이 살해당했다고 확실히 말할 수 있을까? 그것도 한 사람 손에 살해당했다고?

아널드 에이버리는 여섯 명을 살해한 혐의로 유죄판결을 받았다. 거기다 빌리 삼촌까지. 거기다…… 얼마나 많을지 누가 알겠는가? 암매장되어 발견되지 않은 시체는 얼마나 될까? 전체 역사를 통틀어 그 숫자는 얼마나 될까? 집으로 걸어갈 때 발아래 희생자들의 뼈를 짓밟았을까? 그가 브렌던힐스의 낡은 광산들을 파헤칠 때 희생자들의 해골의 텅 빈 눈이 그를 빤히 내려다보고 있었을까? 스티븐은 부르르 떨었고 그 바람에 지도가 움직여 제자리를 벗어났다. 다시 조심스럽게 요하네스버그가 요하네스버그에 겹치도록 맞추는데……

"우아!"

주변의 아이들이 키들대는 소리에 제임스 선생님이 답안지를 채점하다 말고 고개를 들었다.

"좀 보여줄래, 스티븐?"

하지만 스티븐은 감탄을 내뱉으면서 마지막 숨까지 다 써버린 터라 여전히 숨을 멈추고 있었다.

스티븐이 베껴 그린 선은 원래보다 훨씬 더 구부러져 있었다. 양손이 떨렸다. 아니, 흥분과 두려움으로 온몸에 잔떨림이 일었다.

그는 『AA 로드 아틀라스』를 밀쳐냈다. 어찌나 세게 밀쳤던지 낡은 포마이카 식탁에 있던 책은 펼쳐진 채 바닥으로 떨어져 그만 책등이 갈라지고 말았다. 스티븐은 그 사실을 알아차리지도 못했다. 스티븐이 지도책을 이용하는 게 이번이 처음은 아니었다. 잠시 뒤 그는 아널드 에이버리에게 보내려고 사둔 도화지에 엑스무어의 윤곽을 그리기 시작했다. 이번에는 기름종이를 대고 그대로 베꼈다. 그는 다시 경계를 표시했다. 그리고 십킃도.

거실에는 텔레비전이 켜 있었지만 스티븐은 미심쩍은 눈초리로 현관 복도를 살펴보고는 에이버리의 편지를 펴서 식탁에 대고 편평하게 눌렀다. 그런 다음 편지 위에 기름종이를 올려놓고 십킃을 나타내는 점이 '진심을 담아SincereLy'의 대문자 'S'와 'L'과 겹치도록 맞췄다. 심장이 쿵쾅거리는 소리가 귀에까지 들렸다. '댁의 훌륭한Your Great'의 YG와 세월TiDe의 TD 둘 다 십킃 북동쪽 덩커리비컨 쪽에 묻혀 있었다.

에이버리는 그에게 야스민 그레고리와 토비 던스턴의 무덤을 알려주었던 것이다.

그는 결국 암호를 풀었다.

14

레티 램은 큰 집을 청소하면서 오랜만에 처음으로 큰아들을 생각했다.

물론 그녀는 매일 큰아들을 생각했다. 왜 아직도 안 일어나지? 숙제는 했나? 교복 타이는 어디다 뒀지? 하지만 진지하게 그 아이 생각을 해본 지가 며칠, 몇 주, 어쩌면 몇 달이 지난 것 같아 자꾸만 켕겼다.

그런 생각이 들기가 무섭게 애써 털어버렸다. 그녀는 스티븐을 생각할 때마다 데이비가 생각났고, 데이비를 생각할 때마다 작은아들을 편애하는 데서 오는 죄책감에 시달렸고, 죄책감을 느낄 때마다 자신의 어머니, 가엾은 피터스 부인이 빌리를 얼마나 편애했는지가 떠올랐다.

이것은 닳고 닳은 길, 시간과 사람들을 연결하는 웜홀이라 스티븐을 생각할 때면 늘 빌리가 생각났다. 그녀의 뇌가 그 둘을 너무 쉽게 연결하는 바람에 둘은 같은 사람이나 마찬가지였다. 스티븐과 빌리. 빌리와 스티븐. 스티븐의 나이가 빌리가 실종됐을 무렵의 나이와 거의 같다는 사실은 그의 죄를 더욱 무겁게 할 뿐이었다. 물론 그녀는 스티븐을 사랑했지만 빌리에 대한 분노와 죄책감이 덩달아 큰아들에게도 향할 때마다 끊임없이 그 사실을 상기해야 했다.

레티는 현관 탁자에 남은 동그란 컵 자국을 문질러 닦았다. 자신의 귀중한 마호가니 가구라도 되는 듯 혀까지 차가며.

그것은 그녀의 잘못이 아니었다. 다들 특별히 좋아하는 게 하나쯤은 있지 않은가? 지극히 자연스러운 일이었다. 더구나 데이비는 누구라도 좋아할 만한 아이였다. 아주 귀엽고 쾌활한데다 의도치 않게 웃긴 소리도 곧잘 했다. 그런데 왜 기분이 찜찜해야 한단 말인가? 어쩔 수 없지 않은가? 거기에는 스티븐 본인 탓도 있었다. 그 아이는 원래 혼자 있기를 좋아하는데다 매끄러운 이마 한가운데 벌써부터 주름이 희미하게 패어 있었다. 그 아이는 늘 근심 어린 표정이었다. 마치 걱정을 달고 사는 사람처럼!

언제나 그렇듯 스티븐을 생각하니 레티는 슬며시 화가 났다. 그 아이는 늘 세상 근심은 혼자 다 짊어진 듯 보였다. 쥐방울만한 게 건방지게시리! 가족을 먹여 살리는 사람은 그녀였다. 스티븐이 블루 돌핀에서 튀김을 사먹을 수 있도록 다른 여자네 집 바닥을 문질러 닦는 사람도 그녀였다. 홀몸으로 두 아이를 기른 사람도 그녀 아닌가? 그 아이가 아니었다! 그 나이 또래 아이에게는 지금이 인생에서 가장 행복한 시절이어야 했다!

컵 자국은 지워질 기미가 보이지 않았다. 솔직히 사람들은 많이 가지면 가질수록 귀한 줄 모른다. 그녀는 부엌으로 들어가 식료품실을 열어보았다. 식료품실은 레티가 듣도 보도 못한 이국 음식으로 가득차 있었다. 모두 막스&스펜서에서 사온 것들이었다. 그녀에게는 그것이 음식으로 보이지 않았다. 레티의 머릿속에서 해리슨 가족이 식료품실에 보관하는 음식과 그녀의 식탁에 올라오는 단조로운 싸구려 음식 사이에는 어떤 연관성도 없었다.

마음껏 드세요, 해리슨 부인은 늘 그렇게 말했다. 물론 그녀는 자연산 버섯 타르트나 베이비콘과 꼬투리째 먹는 완두콩을 곁들인 생크림 닭고기 요리까지 뜻하지는 않았다. 그녀가 '아이들 찬장'이라고 부르는 곳에 보관하는 과자와 비스킷을 두고 하는 소리였다. 레티는 그 찬장에서 먹을 만한 것을 꽤 오랫동안 찾아보았지만 선물용으로 포장된 초콜릿 비스킷 봉지를 뜯거나 숙성 체다치즈와 통후추로 맛을 낸 과자 포일을 벗길 엄두가 나지 않았다. 대신 그녀는 싸가지고 온 커스터드 크림을 꺼내 부스러기가 떨어지지 않도록 싱크대 위에서 먹었다.

하지만 그녀는 식료품실에서 브라질너트와 호두와 아몬드와 마카다미아가 든 단지들을 눈여겨봐두었다. 브라질너트는 최상품이라 깨진 알이 하나도 섞여 있지 않았다. 별수없이 그녀는 한 알을 반으로 갈랐다.

그러고는 브라질너트 반쪽을 탁자에 대고 문지르며 컵 자국이 서서히 희미해지는 것을 확인했다.

그 편지는 스티븐 앞으로 온 것이었다. 그녀가 큰아들 생각을 했던 이유는 바로 그 때문이었다. 그녀는 개인적인 편지가 명명백백한데도 굳이 읽은 것 때문에 마음이 약간 언짢았다. 하지만 빌어먹을, 십오 분이나 목이 쉬도록 고함쳐 불렀었다! 그애는 귀가 먹었나? 벨벳처럼 보드랍고 앙증맞은 데이비의 귀와 달리 스티븐의 귀는 이상한 각도로 삐죽 튀어나온데다 끝이 늘 빨갰다.

편지는 어딘지 수상쩍었다. 그녀는 누가 보냈는지 묻고 싶었지만 결국 그러지 않았다. 그녀의 잠자고 있는 작은 일부가 열두 살 시절 닐 윈스턴이 그녀의 영어 연습장 뒤에 "네 머리 참 예뻐"라고 썼던 걸 기억해냈고, 그래서 스티븐에게 묻고 싶어도 꾹 참았다.

스티븐은 여자친구를 사귀기에는 너무 어리고, 너무 외톨이고, 그리고 너무 지독하게 비참해 보였다. 하지만 적어도 스티븐이 먼저 편지를 쓴 것은 분명했다. 댁의 훌륭한 편지 감사합니다. 레티는 문자메시지와 이메일이 있는 요즘 시대에 어떻게 써야 훌륭한 편지로 통하는지 궁금했다. 두 문장 이상이라서? 철자가 맞아서? 아니면 영원히 식지 않는 사랑을 고백해서?

레티는 스티븐 때문에 행복하지 않았다. 그녀가 걱정하는 일은 또 있었다. 열네 살짜리 걸레의 어미가 그녀의 집 현관에 나타나 친자확인검사를 요구하는 불상사가 일어나기까지 시간이 얼마나 걸릴까? 레티는 그 걸레가 검정고시에 통과하려고 헛되이 애쓰는 동안 그 어미와 번갈아 아기를 보는 미래를 그리며 눈살을 찌푸렸다. 그녀, 레티 램이 서른네 살에 할머니가 되는 미래. 레티는 갑자기 몸이 좋지 않아 탁자에 기대야 했다. 그녀는 제대로 살아보기도 전에 소용돌이에 빨려들어 죽음으로 끌려가는 기분이었다.

언제쯤일까?! 대체 언제쯤이면 제대로 살아볼 수 있을까? 저 쥐방울만한 녀석이 감히 내 인생을 망가뜨리다니. 한 번도 아니고 또.

그러고 나서 죄책감과 자기연민이 함께 밀려들었다.

눈이 따끔거려 손바닥의 볼록한 부분으로 눈을 꾹 눌렀지만 눈물이 마스카라를 망쳐놓았다. 데이비를 데리러 가기 전에 청소할 집이 아직 두 곳이나 더 있었다. 그녀는 그런 엉망인 몰골로는, 그녀 자신뿐만 아니라 다른 사람들의 하루까지 맥빠지게 하는 몰골로는 도저히 갈 수 없었다.

그녀는 숨을 깊이 들이쉬면서 그 짜증스러운 어질어질한 느낌이 지나가기를 기다렸다.

손에는 여전히 브라질너트 반쪽 두 개가 들려 있었다. 갑자기 오기가 발동해서 둘 다 먹어치웠다.

15

SL은 갈수록 참을성을 잃어갔다. 아널드 에이버리는 날카롭게 삐걱대는 스프링 때문에 하룻밤에도 자다가 열 번은 깨는 울퉁불퉁한 침대에 누워 배실배실 웃으며 편지를 얼굴에 갖다댔다.

편지는 간단하기가 꼭 선문답 같았다.

WP는?

SL은 자신이 알고 싶은 것만 알고 싶어했다. 그것은 에이버리에게 기쁨을 주었다. 아울러 정보도 주었다. SL은 여태껏 아주 영리하게 정체를 감춰왔다고 생각하겠지만 이번에는 부주의하게도 자신이 어떤 사람인지 에이버리에게 들키고 말았다. 아니면 적어도 에이버리의 경험에 미루어 추측할 수 있는 빌미를 남겼다.

에이버리가 생각하기에 우선 SL은 감옥에 갔다 온 사람은 아니었다. 만약 그랬다면 감옥에서는 뭐든 아주, 아주 천천히 일어난다는 것을 잘 알았을 것이다. 낮은 더디게 지나가고, 밤은 그보다 더 더디게 지나간다. 아침을 먹고 나서 점심시간이 될 때까지 한 시대는 걸린다. 점심시간과 저녁시간 사이에는 영겁의 세월이, 불이 꺼지고 잠자리에 들기까지는 영원의 시간이 있다. 그래서 그가 처음 편지를 보내고 나서 6, 7주가 SL에게는 까마득한 시간이었을지 모르지만 에이버리에게는 아무것도 아니었다. 에이버리 입장에서는 유쾌한 기억을 일깨우는 이 편지 왕래가 길면 길수록 좋았다.

그는 SL의 약한 모습에 깜짝 놀랐을 뿐만 아니라 약간 실망스럽기까지 했다. SL이 자기와 지적 수준이 비슷한 사람이라고 생각했지만 알고 보니 그보다 약간, 아니 훨씬 못 미쳤다. 이처럼 앞뒤 가리지 않고 조바심을 드러낸다는 건 상황을 제대로 생각해본 적 없는 사람이라는 증거였다.

에이버리는 메이슨 딩글이 자동차 키를 가지고 돌아오기를 기다리던 날을 고통스럽게 떠올렸다. 꾹 참기만 했어도. 두번째 아이가 깡충거리며 놀이터로 뛰어와 그가 앉은 곳 바로 옆 그네로 기어오르지만 않았어도. 자제심을 끌어내기만 했어도……

그의 범죄 이력에서 특히 계속 생각나는 것들 중에서도 이런 식의 메이슨 딩글 생각은 수두 딱지처럼 그를 성가시게 괴롭혀댔다. 그날에 대한 생각은 달갑지 않게 불쑥불쑥 찾아들어, 일주일에 한두 번씩 스스로를 어리석고 나약한 인간이라고 느끼게 했다.

이제 그는 딴사람이 되었다. 메아리만 울리는 이 돌과 쇠로 만들어진 무덤에 갇혀 지내면서 인내의 의미를 깨우쳤다. 특히 핀레이 교도관과의 공손한 대화는 인내심을 최대한으로 끌어올리지 않고는 불가능했다. 거의 한 시간이나 배식 줄을 서서 기다렸는데 웬 원숭이가 히죽대며 남은 라자냐라고는 냄비 바닥에 눌러붙은 찌꺼기뿐이라고 말할 때도 인내와 자제력을 발휘했다.

하지만 너무 늦었다. 마침내 인내와 자제력에 통달한 지금, 그동안 속으로 갈고닦았지만 막상 쓸 데가 없었던 칼이 이제 그의 속을 후볐다.

처음 SL의 신중한 편지가 날아든 뒤로 참을성 없이 요구하는 이번 편지가 무엇보다 반가운 이유는 바로 그 때문이었다. 그 편지는 SL의 갑옷에서 허점이 어디인지 알려주었다. 자신이 원하는 것을 어설프게 밝히는 사람 덕분에 에이버리는 오랫동안 느껴보지 못한 무언가를 갖게 되었다. 다름아닌 힘이었다.

16

아널드 에이버리에게서 답장이 없자 스티븐은 편지의 부재를 거의 몸으로 느꼈다. 때때로 귀가 가렵거나 아니면 목구멍이 간질간질했다. 귀와 목구멍 사이. 손가락을 귓속 깊숙이 넣어보고 헛기침을 여러 번 해봐도 전혀 소용없었다. 그렇다고 울고 싶을 만큼 절망에 겨운 것도 아니었다. 에이버리의 침묵은 손이 닿지 않는 저 안 깊숙한 곳의 가려움 같아서 그는 벼룩이 옮은 개처럼 벌렁 드러누워 데굴데굴 구르며 몸을 비벼대서라도 가려운 데를 긁고 싶다는 충동에 시달렸다.

사 주는 족히 지나갔다. 그사이 황무지의 헤더가 꽃망울을 터뜨리기 시작했다.

스티븐은 말랐지만 강단 있는 아이였는데, 그 사 주 동안 훨씬 더 수척해졌고 피곤한 갈색 눈 밑은 잠을 못 자 멍든 것처럼 거무스름하고 움푹 들어갔다. 아이의 얼굴에는 어울리지 않는 이마의 세로 주름도 더욱 깊어졌다.

그는 땅을 파는 일을 중단했다.

화장실 창밖으로 집들 뒤에 우뚝 솟은 황무지를 내다보면서 그 생각을 할 때마다 그는 속이 메슥거렸다. 그 생각은 그를 떠밀고, 팔꿈치로 쿡쿡 찌르고, 옆에 지켜 선 채 그의 보잘것없는 노력을 나무라면서 작업 중단에 눈살을 찌푸렸다.

아널드 에이버리를 통해 진실에 가까이, 아주 가까이 다가간 듯 느껴질수록 황무지를 주먹구구식으로 파헤쳤던 그동안의 작업이 점점 우스꽝스러워 보였다.

빌리 삼촌이 묻힌 곳을 아는 남자가 있었다. 스티븐은 그 남자에게 연락했다.

그 남자는 스티븐이 만든 게임의 규칙을 이해하고 기꺼이 동참했다.

그래서 스티븐은 다른 게임을 포기했다. 다른 선수도, 규칙도, 현실적으로 이길 전망도 없는 게임을.

혼자 하는 그의 게임이 결국은 가망 없는 일이었다고 인정하는 순간은 그의 짧은 인생에서 가장 충격적이고 고통스러운 기억으로 남았다. 그 때문에 스티븐이 의욕을 잃고 매사에 시큰둥하자 레티도 알아차릴 정도였다.

"오늘은 루이스랑 안 노니?" 마침내 그녀가 물었고, 그는 애처롭게 고개만 저었다. 레티는 더 묻지 않았다. 그리고 아들의 초췌한 얼굴이 그가 자신의 상상 속 여자아이를 임신시켰기 때문이 아니라 루이스와 싸워서 그런 것이기를 기도했다. 댁의 훌륭한 편지 감사합니다. 그 말이 불편하리만치 레티의 마음속에서 맴돌고 있었다. 너무 불안해서 입에 올릴 수도 없고, 너무 불안해서 잊어버릴 수도 없는 그 말이.

그녀는 그 원인이 루이스이길 기도했다. 그밖의 것이라면, 신경쓸 겨를이 없었다.

수업 시간에 『실버 소드』*를 한 페이지씩 돌아가며 읽는 동안 스티븐은 얼굴을 찡그린 채 칠판 쪽 허공을 바라보면서 아널드 에이버리가 끝내 답장을 보내지 않으면 어떻게 할지 생각해보았다. 상황을 순순히 받아들이고 전처럼 계속 그 일을 할 수 있을까? 머릿속으로는 고집스럽게 "그래"라고 우겼지만 스스로에게 거짓말을 하고 있다는 생각에 이내 얼굴이 빨개졌다. 진실은, 그가 어느새 에이버리에게 의존하게 되었다는 것이었다. 그는 둘이 하고 있는 고양이와 쥐 게임에 전적으로 희망을 걸고 있었다.

스티븐이 짧은 인생을 살면서 속마음을 털어놓을 사람이 있으면 좋겠다고 바란 순간은 이번이 기껏 백만번째였다. 루이스가 아닌 좀더 나이 많고 지혜로운 누군가. 그가 어디서, 어떻게 잘못했고 또 어떻게 바로잡아야 할지 알려줄 그 누군가.

그는 속으로 스스로에게 욕을 했다. 께름칙했지만 그가 아는 가장 나쁜 욕인 '젠장'까지 써가면서. 그는 젠장맞을 멍청이였다. 어찌된 영문인지 에이버리는 그의 지난번 편지에 열받아서 공을 집어들고 집에 가버렸다. 스티븐은 비로소 뼈저리게 실감했다. 그 공은 처음부터 에이버리 것이었다는 사실을. 가슴이 철렁 내려앉으면서 만약 이 게임을 계속하고 싶다면, 비록 진심이 아닐지언정 다시 친구가 되려고 노력해야 하는 쪽은 바로 자신이라는 것을 그는 깨달았다. 그토록 힘든 일을 삼 년이나 계속할 만큼 쇠고집인 그는 빌리 삼촌을 살해했을 가능성이 아주 높은 살인자에게 화해를 제안한다는 생각만으로도 울컥 화가 치밀었다.

하지만 전기 충격에 반응하도록 길들여진 생쥐처럼 그의 고집도 끝

* 영국 작가 이언 서레일리어가 1956년에 발표한 어린이 소설.

내 진실을 알지 못할 수도 있다는 공포 앞에서 금세 꺾이고 말았다. 그 충격이 어찌나 강렬했던지 온몸을 부들부들 떨다가 손목으로 책상을 아플 정도로 꽉 내리쳤다. 그 바람에 그는 현기증이 날 것처럼 빠른 속도로 교실로 돌아왔다.

"램, 바보처럼 왜 그래!"

오리어리 선생님만 빼고 다들 웃었다. 그녀는 후드 운동복을 입고 다니는 불량배에게만 약간 주의를 주었다. 실은 교실에서 쫓아내고 싶었지만 말을 안 들을까봐 두려워 시도조차 못했던 것이다. 대신 그녀는 소년에게 그다음 페이지를 읽으라고 시켰고, 그는 도끼눈을 하더니 마지못해 더듬더듬 읽기 시작했다.

스티븐은 한숨을 쉬며 이마에 번들번들 맺힌 땀방울을 훔쳐냈다. 혼자서는 더이상 계속할 수 없었다. 양의 턱뼈 사건 때 그는 터널 끝의 희미한 빛줄기를 얼핏 봤었고, 에이버리의 도움 없이는 어둠 속에서 길을 잃고 말리라는 것을 알고 있었다. 이것은 그릇된 희망이 지펴놓은 한순간의 환상이 아니었다. 그가 몇 달 동안 꼼꼼히 계획하고 실행해 이루어낸 실질적인 진전이었다. 에이버리는 한 번에 끝내야 하는 상대였다. 이번 기회를 날리면 다시는 기회가 없으리라는 것을 스티븐은 알고 있었다. 삶의 의미가 되는 수색 작업을 영원히 중단하거나, 아니면 지겹도록, 어쩌면 누더기를 걸치고 다른 사람의 쓰레기나 뒤지는 노인처럼 늙어서까지 땅을 파헤치고 있을지도 몰랐다. 훔친 테스코 쇼핑 카트가 아닌 주드 아저씨의 녹슨 삽이 곁에 있겠지만.

스티븐은 선택의 여지가 없다는 생각에 한숨을 내쉬었다.

어차피 그는 자랑할 만한 게 많은 아이가 아니었고, 자랑하고 싶은 마음을 억지로 삼키려면 속이 쓰리기야 하겠지만 못할 것도 없었다.

주드 아저씨처럼 그도 자신이 원하는 것을, 그가 아는 유일한 방법으로 이루려고 했었다.

이제는, 데이비처럼 그도 프랑켄슈타인의 친구가 되어야 한다.

17

아널드 에이버리는 자신이 만든 벤치들을 자유로 가는 승차권으로 여겼다.

투옥된 첫날부터 에이버리는 마음속에 단 하나의 목표를 품었다. 법적으로 가능한 한 제일 빠른 시점에 출소하는 것.

삶은 더이상 삶을 뜻하지 않았다. 전국에서 빗발치는 〈데일리 메일〉 독자들의 성난 아우성은 아널드 에이버리에게는 달콤한 음악이었다. 체포되었을 때 그는 삶이 더이상 삶을 뜻하지 않는다는 것을 알았다. 그 뒤 카디프에서도 그렇다는 걸 새삼 확인했다. 하지만 판사가 판결문을 읽을 때 속에서 느닷없이 메스꺼움이 느껴져 깜짝 놀랐다.

그래도 헤비트리에 도착했을 즈음에는 모범수가 돼서 머리카락과 이가 아직 쓸 만할 때 교도소에서 나가리라 결심했다. 즐기며 살 수 있을 만큼 아직 충분히 젊을 때.

무슨 수를 써서라도 그러리라 마음먹었다.

어쨌든……

자고로 모범수는 사회에 복귀하고 싶어하기 마련인지라 그는 몇 년 동안 무수한 수업과 직업 연수와 강좌를 신청했다. 수학 검정고시를 비롯해 영어 A레벨과 미술과 생물에 통과했을 뿐만 아니라 정신의학의 허풍스러운 지식을 습득했고 응급처치사 자격증도 땄다.

모두 애써서 딸 만한 가치가 있었다. 이 년 전 열린 첫 가석방 심사는 보안이 삼엄한 헤비트리에서 다트무어의 롱무어 교도소로 이감할 것을 승인했다. 그 결정에는 에이버리도 깜짝 놀랐다. 내심 바라던 일이었지만 사회 복귀를 위한 그런 외견상의 노력으로 자신의 목표를 단숨에 이루리라고는 전혀 기대하지 않았다. 하지만 당시만 해도 에이버리는 정말 너무하다고 생각했다. 다른 사람이었다면 격분해 들고일어났을 것이다. 물론 보안 수준이 낮은 교도소로 이감해도 좋다는 가석방 심사위원회의 권고가 이십 년을 복역했으니 그만 석방한다는 결정과 똑같지는 않았다. 그래도 아주 좋은 출발이었다.

헤비트리에 비하면 롱무어는 휴가지나 다름없었다. 격리동은 새로 말끔하게 칠을 했을 뿐만 아니라 교도관들도 눈에 띄게 덜 고압적이었다. 게다가 사회 복귀를 위한 활동 기회도 훨씬 잘 마련되어 있어서 그는 배관 강좌도 들었다.

하지만 본인도 깜짝 놀랄 만큼 그가 타고난 소질을 보인 분야는 따로 있었으니, 바로 목공일이었다.

에이버리는 자신이 나무에 관한 것이라면 뭐든 좋아한다는 걸 깨달았다. 톱밥의 바짝 마른 냄새, 나뭇결에서 느껴지는 보드라운 온기, 판자가 탁자로, 의자로, 벤치로 바뀌는 연금술 아닌 연금술. 무엇보다 그는 비교적 머리를 많이 쓰지 않고 사포로 닦고 모양을 내며 보내는 시간이 좋았다. 비록 사회 복귀와 가석방, 열반에 이르기 위해 잘 보이려고 하는 일이었지만 그 시간만큼은 마음껏 생각할 수 있었다.

이 년 동안 목공 수업을 들으면서 아널드 에이버리는 벤치 여섯 개를 만들었다. 그의 첫 작품은 엉성한 장부촉으로 대충 이어붙인 밋밋한 2인용 벤치였다. 하지만 가장 최근 작품은 빗각 버팀대와 몸에 꼭 맞게 곡선을 살린 등받이와 거의 눈에 띄지 않는 장부촉을 자랑해도 될 만큼 잘빠진 2미터짜리 3인용 벤치였다.

지금 에이버리는 일곱번째 벤치를 만드느라 묵묵히 사포질을 하는 중이었다. 그사이 그의 마음은 엑스무어 주변을 떠돌고 있었다.

에이버리는 황무지 냄새를 거의 맡을 수 있었다. 축축하고 풍부한 흙냄새와 향긋한 헤더 향기에 소와 망아지와 양의 배설물 냄새가 희미하게 섞여 있었다.

가장 먼저 에이버리는 덩커리비컨을 생각했다. 그의 모든 환상은 그곳을 중심으로 앙상한 덩굴손처럼 둥그스름한 언덕들을 가로지르며 뻗어나갔다. 거기 가면 선정적인 신문기사의 삽화가 아니라 실제 기억을 통해 시체를 묻은 자리를 일일이 찾을 수 있을 터였다. 감옥 생활 내내 그를 지탱해주는 기억을 통해, 여전히 밤이면 환상을 충족시키는 힘을 지닌 기억을 통해. 그 생각만으로도 입에 침이 고여 꿀꺽 소리내어 삼켰다.

다트무어는 아주 달랐다. 이곳 황무지는 잿빛이었다. 지표면 아래 가득하고 이따금 지구의 얇은 거죽을 뚫고 잔뜩 흐린 하늘을 향해 음산하게 삐죽 솟아 있는 화강암 때문에 단단하고 딱딱했다.

감옥 자체도 돌의 연장이었다. 잿빛에 무표정하고 보기 흉한.

다트무어에는 헤더가 거의 없었다. 삐죽삐죽한 가시금작화와 양들이 뜯어먹다 남긴 누런 풀만 있을 뿐. 푸근한 아름다움도 자줏빛 연무도 없었다.

다트무어는 엑스무어가 아니었지만 그래도 에이버리는 좁다란 창문으로 계절이 바뀌는 모습을 내다보길 좋아했을 것이다.

하지만 교도소 정신과 의사 리버 박사의 지시에 따라 창문이 폐쇄되고 말았다. 박사는 시야에 황무지가 들어오는 것만으로도 아널드 에이버리의 마음을 순화하려는 자신의 시도에 역효과를 가져온다는 이론을 내세웠다.

목구멍으로 위액이 올라오면서 에이버리의 마음속에 응어리진 리버 박사와 핀레이 교도관을 향한 증오와 분노가 함께 치밀었다.

이곳이 다트무어고, 그래서 그가 일시적인 미적 관심밖에 못 느낀다는 점을 리버가 이해하지 못하다니 그저 놀라울 따름이었다. 하긴 두 곳 다 황무지라는 사실은 산송장 같은 오십대의 리버가 창문 폐쇄를 지시하기에 충분한 이유였고, 그 때문에 에이버리는 여름철에도 생기 없이 우울하게 지냈다.

그가 마주한 끔찍한 딜레마는 리버가 반은 옳다는 점이었다. 전에 창문으로 봤을지도 모를 황무지를 에이버리가 비정상적으로 중요하게 여긴다는 리버의 생각은 틀렸지만, 반도의 북쪽 해안에 위치한 다트무어의 작고 예쁘고 포근한 사촌에 대해서는 어떤 생각, 풍경, 언급도 진정 엄청나게 중요시한다는 사실을 밝히지 않고는 에이버리가 그의 오해를 풀어줄 방법이 없었다.

그가 '엑스무어'라는 소리만 들어도 하루종일 발기할 수 있다는 것을 리버든 다른 누구든 알았더라면 그의 얼마 안 되는 특권은 가이 포크스가 교수대에서 떨어지던 속도보다 더 빨리 중지되었을 것이다.

에이버리가 성인을 죽인 적은 한 번도 없었지만 리버 박사라면 죽일 수 있을 것 같았다. 그 남자의 흉물스러운 에고는 그가 상담하는 수감자들에게 행사하는 힘에서 나왔다. 에이버리는 공감 능력이 젬병이었지만 첫 상담에서 자리에 앉자마자 오 분도 못 되어 리버 안에 도사린 우월

감을 꿰뚫어보았다. 마치 거울에 비친 자신의 모습을 보는 것 같았다.

그는 리버가 영리하다는 것을 알았다. 리버가 자신이 얼마나 영리한지 과시하길 좋아한다는 것도 알았다. 특히 이곳처럼 그가 그렇게 느낄 수밖에 없는 환경에서는 더욱더. 어쨌거나 리버보다 영리한 죄수라면 자신들이 정말 재수가 없어서 여기 들어와 있다는 것을 직어도 인정해야 했다.

리버가 자신의 지성을 뽐내도 에이버리에게는 전혀 문제되지 않았다. 재능 있는 사람은 그 재능을 사용해야 한다. 축구 선수는 축구를 하고, 곡예사는 곡예를 하고, 영리한 사람은 다른 사람보다 한 수 앞서기 마련이다. 그것이 다윈의 이론이었다.

리버 앞에서 에이버리는 어디까지나 평범한 강도이자 술주정뱅이 이상의 지능을 간간이 보이는 똑똑한 남자로 행세했다. 리버의 관심을 끌 만큼 똑똑하되 결코 그에게 경계심을 품게 하거나 그의 에고를 위협할 만큼 똑똑하지는 않은 것으로.

그는 리버에게 조언을 구하고 자신에게 역효과를 가져오는 한이 있어도 언제나 리버의 결정에 따랐다. 창문 폐쇄가 좋은 예였다. 리버가 창문을 막는 게 도움이 될지도 모른다고 말했을 때 에이버리는 그 남자의 목을 물어뜯고 싶은 충동을 억누르며 대신 입을 꾹 다물고 천천히 고개를 끄덕였다. 마치 다각도로 이리저리 생각해본 결과 그게 최선인 것 같다는 듯. 그러고 나서는 아쉽지만 불가피한 일이라는 듯 한숨을 내쉬었다. 물론 불가피하긴 했다.

리버는 미소지으며 기록을 했다. 아널드 에이버리는 그 기록이 자신을 기다리고 있는 담장 밖의 현실 생활로 데려가주리라는 것을 알고 있었다.

벤치는 자유의 사다리에 오르는 또하나의 방편이었다. 하지만 벤치를 만들고 있으면 즐거웠다. 게다가 명판이 주는 매력도 무척 컸고……

에이버리의 마른 손이 벤치의 나뭇결을 어루만지다가 모서리마다 나사 구멍이 뚫려 있는 반짝이는 놋쇠 판에 닿았다.

"드라이버 좀 쓸 수 있을까요, 교도관님?"

앤디 랠프는 마치 에이버리가 전에 미쳐 날뛰며 드라이버를 천 번은 휘두르기라도 한 듯 미심쩍은 눈으로 그를 보더니 필립스 드라이버를 건넸다.

"일자 드라이버로요, 랠프 교도관님."

랠프는 필립스를 다시 가져가고는 더욱더 미심쩍은 듯이 그에게 일자 드라이버를 내밀었다.

그러거나 말거나 에이버리는 그를 무시해버렸다. 얼간이.

그는 한 손에 들려 있는 놋쇠 판을 내려다보며 미소지었다. SL의 편지가 오기 전까지 투옥된 뒤로 가장 힘을 과시하며 짜릿했던 장면을 떠올리며……

"벤치를 만든다면서, 아널드."

"네, 리버 박사님."

"그래, 할 만한가?"

"네, 재밌습니다. 아주 만족스럽습니다."

"잘됐군, 잘됐어." 리버는 에이버리의 높은 만족도가 자신의 공이기라도 한 듯 점잔 빼며 고개를 끄덕였다.

"실은……" 에이버리는 말을 내뱉다 말고 입술을 초조하게 핥아댔다.

"무슨 일인데 그러지?" 리버가 갑자기 흥미를 보였다.

"생각하고 있었습니다."

"뭘?"

에이버리는 자세를 고쳐 앉고는 손가락 마디를 딱딱 꺾었다. 엄청난 딜레마와 씨름하는 사람의 모습으로. 리버는 잠자코 그를 응시했다. 세상 모든 시간이 그의 것이었기에.

"생각하고 있었습니다……" 이제 에이버리의 목소리는 잦아들어 거의 속삭임에 가까워졌다. 그는 검은 구두의 닳은 앞코를 내려다보며 더듬더듬 말을 이었다. "제 벤치들에 작은 놋쇠 판을 붙이면 어떨까 생각하고 있었습니다. 처음에 만든 형편없는 벤치 말고 다른 것들에요. 잘 만든 것들요."

"뭐?"

에이버리는 이미 깨끗한데도 성냥개비로 손톱 밑을 긁어냈다.

"이름을 새겨서요."

그의 목소리는 완전히 속삭임으로 바뀌었다. 그는 감히 리버를 바라보지 못했다. 리버는 (그 자신도 공모자라는 인상을 주기 위해—에이버리가 익히 아는 동작이었다) 앉은 채 몸을 앞으로 내밀었다.

"이름을?"

"저기…… 그…… 이름들……"

에이버리는 더는 말을 잇지 못하고 고개만 끄덕이며 자신의 무릎에 시선을 떨구었다. 지금이라도 리버가 눈물이 그렁그렁한 살인자의 눈을 상상하면서 자신이 무슨 말을 하려는 건지 알아채길 바랐다.

리버는 천천히 다시 똑바로 앉으며 파커 만년필 뚜껑을 딸깍거렸다.

에이버리는 고개를 수그린 채 소매로 얼굴을 훔치는 것으로 자기만의 지옥에서 사는 남자 연기의 마침표를 찍었고, 리버는 이 정신병자에게 홀라당 넘어갔다.

염병할 멍청이.

에이버리는 가장 잘 만든 벤치에 놋쇠 판을 조여 박고는 뒤로 물러서서 자신의 작품을 감상했다.

열 살의 루크 듀베리를 추모하며.

그에게 벤치는 이곳에서 나가는 승차권이었다. 하지만 아직 이 더러운 지옥 구덩이에 있는 동안은 이전엔 상상 못했던 기쁨에 이르는 승차권이기도 했다.

곧 그의 벤치들은 이미 다른 죄수들이 단조로운 화단과 깔끔한 테두리로 솜씨를 부려놓은 마당과 통로를 아름답게 장식했다. 운동 시간에 밖으로 나갈 때마다 에이버리는 곧장 벤치로 갔다.

다른 죄수들도 벤치를 만들었다. 이제 그들도 벤치에 조그만 명판을 달기 시작했다. 주로 자식이나 연인, 어머니의 이름을 새겼다.

하지만 에이버리는 다른 벤치에는 눈곱만큼도 관심 없었다. 그는 밀리 루이스 크러프를 추모하며 명판에 느긋이 기대앉았다. 바로 이럴 경우를 위해 때를 닦아낸 엄지손가락으로 일곱 살의 존 엘리엇을 지그시 누르기도 했다. 또 어느 잊지 못할 오후에는 루이즈 레버릿을 추모하며 명판을 응시하면서 벤치 등받이에 대고 사람들 눈을 피해 몸을 문질러대기도 했다.

그러는 동안 그는 기분좋은 아이러니를 음미했다. 그는 너무도 영리해서 실은 자신이 얼마나 똑똑한지 리버에게 들키는 법이 없었다.

얼마나 화가 나는지도.

SL의 편지를 얼마나 애타게 기다리는지도.

새로 익힌 인내심과 자제력에도 불구하고 에이버리는 요구뿐인 SL의 지난번 서신에 답장을 보내지 않은 것이 과연 잘한 일인지 고민되어 미칠 지경이었다.

그 노골적인 'WP는?'을 받고 나서 처음 이 주 동안 아널드 에이버리는 자신이 넘겨줄 마음이 없는 뭔가를 SL이 기다리고 있다고 생각하며 쾌재를 불렀다. 그 만족스럽고 흐뭇한 경험에 힘이 불끈 솟았다.

그다음 이 주는 약간 힘들었다. 자기만족 상태가 어느 정도 이어졌지만 만약 답장을 보냈더라면 지금쯤 SL의 답장을 기다리고 있지 않았을까 하는 아쉬움이 컸다. 그는 잘하고 있다고 스스로에게 계속 일깨워야 했다. 하지만 그의 결심은 시험대에 올랐고 SL이 포기한 건 아닐까 하는 의심이 들기 시작했다. 사람들에게 끈기가 없는 것 같아 걱정스러웠다. 에이버리에게는 끈기가 있었지만 그는 예외였다. SL은 참을성이 없었다. 그래서 화가 났거나 절망했거나 그냥 놀이에 싫증났는지도 몰랐다. SL이 에이버리를 달래려면 지금은 사과부터 해야 한다는 걸 깨닫지 못했을지도 모른다고 생각하자 겁이 났다.

SL의 첫 편지는 에이버리의 수감 생활을 통틀어 가장 흥미진진한 사개월을 예고했다. 그는 연락이 끊기는 걸 원치 않았다. 매번 편지를 받을 때마다 그는 자신의 전성기를 떠올렸다. 그리고 누구나 가장 좋았던 시절을 떠올리길 좋아한다며 스스로를 합리화했다.

일방적인 모라토리엄을 선언한 지 오 주째로 접어들자 에이버리는 의기소침해졌다. SL은 강적이었다. 에이버리는 밤에도 뜬눈으로 지새우며 괴로워했다. 그는 몹시 분했다. SL의 첫 편지가, 이젠 먼 옛이야기일 뿐이라고 생각했던 기억을 다시 불러내 마치 어제 일처럼 생생하게 되짚어볼 수 있게 해준 후로 그에게 밤은 기쁨의 오아시스로 바뀌었다. 하지만 이제 그런 야비한 기분을 다시 맛볼 수 없게 되자 뜬눈으로 누운 채 우편 체계의 허점 같은 현실적인 가능성이나, SL이 지금 자신이 경험하고 있는 바로 이런 벌을 주려고 짓궂게 장난삼아 편지를 꾸며냈을지도 모른다는 생각에 매달리며 속을 태웠다.

이 마지막 생각은 결국 에이버리에게 분노를 불러일으키며 그를 계속 강하게 만들었다. 그는 체포된 후로 분노에 휩쓸린 적이 거의 없었다. 에이버리는 무엇보다 체념이 필요한 수감 생활에 분노는 역효과만 초래할 뿐임을 잘 알고 있었다.

체념은 핀레이나 리버에 대한 분노와 더불어 그의 오랜 친구였다. 그는 그 둘을 볼 때마다 속에서 분노가 끓어올랐지만 절대 내색하는 법이 없었다.

이제, 반달의 빛도 비쳐들지 않아 그의 어둠을 밝히지 못하는 칠흑 같은 감방에서 에이버리는 짧지만 진심 어린 분노의 대상 목록에 SL을 추가하며 그가 지금까지 보낸 편지로는 자신에게서 단 한 마디도, 기호 하나도, 똥 묻은 휴지 조각 하나도 얻어내지 못하게 하리라 결심했다. 사과하기 전까지는.

SL이 마지막으로 편지를 보낸 지 오 주하고도 사 일 만에 에이버리는 다시 편지를 받았다.

지도도, 머리글자도, 물음표도 없이 딱 한 마디뿐이었다.

미안해요

에이버리는 씨익 웃었다. 굽실거린다기보다 유감의 뜻이 더 강했지만 그것으로 충분했다. SL이 교훈을 얻었고 이 게임에서 주도권을 쥔 사람은 그가 아니며, 따라서 에이버리에게 공손하게 굴어야 한다는 것을 깨달았기 때문이다. 그 한 마디로 그는 에이버리의 힘을 인정한 것이다.

에이버리는 일어나 앉아 어떻게 하면 그 힘을 가장 잘 휘두를 수 있을지 생각했다.

18

스티븐이 그 한 마디를 쓰기까지 얼마나 많이 고민했는지 알았더라면 아널드 에이버리는 더욱 고마워했을 것이다.

자신이 에이버리의 기분을 상하게 했고 그래서 화해가 필요하다는 것을 깨달은 뒤로 스티븐은 열 통이 넘는 편지를 썼지만 한 통도 부치지 않았다. 편지는 그가 그토록 정보에 목말라하는 이유를 두서없이 늘어놓은 설명에서부터 지도와 편달을 청하는 아부성 부탁, 먼 곳에 있는 죄수의 냉담함을 꾸짖는 분노 어린 일장연설에 이르기까지 그 내용과 어투가 다양했다.

저희 할머니가 무뚝뚝한 노인네이긴 하지만 그건 그분 탓이 아닙니다.

빌리의 시신을 찾는다면 모든 게 훨씬 나아질 겁니다.

나는 너무 지쳤습니다. 그러니 제발 제발 제발 좀 도와주세요.

내가 당신한테 그랬다면 당신 기분이 어떻겠어요?

그런 식의 편지가 계속 이어졌다. 몇 주째 쉬지 않고 감정의 롤러코스터를 타느라 스티븐의 속은 애원으로 메슥거리고 분노로 어지러웠다. 간단히 말해, 그는 알량한 자존심을 버리는 게 생각보다 훨씬 어렵다는 걸 실감했다.

그러다 마침내, '진심을 담아'라는 기막힌 표현을 떠올렸을 때처럼 간결하게 쓰기로 하고, 그냥 "미안해요"라고만 썼다. 에이버리가 그 말에 깔린 의도를 어떻게 해석하든 자신의 목적에 잘 부합하길 희망하면서. 그는 그보다 더도 덜도 할 수 없었다.

또다시 일주일이 지났고, 루이스는 샨텔 콕스가 아무래도 자기한테 반한 모양이라고 우겨댔다.

루이스가 자신의 성적 매력을 과신하기는 이번이 처음은 아니었다. 작년 여름에도 대수롭지 않다는 투로 멜라니 스파크가 젖꼭지를 만지게 해주었다고 말했다. 스티븐은 놀랐지만 신중하고 끈덕지게 조사한 결과 루이스가 맨살이 아니라 카디건과 블라우스 위로, 그것도 주로 갈비뼈를 더듬었으며, 변덕스러운 멜라니가 바로 팔꿈치로 루이스의 목을 쳤다는 사실이 드러났다. 스티븐이 우물쭈물하며, 그냥 어쩌면 젖꼭지를 만진 사건에서 멜라니는 적극적으로 응한 게 아니지 않았냐며 넌지시 말하자 루이스는 그에게 안됐다는 듯 싱긋 웃어 보이며 여자들은 원래 섹스를 앞두고 마음을 바꾸기 마련이라고 귀띔했다. 바로 그 점이 여자들의 특징이라고.

하지만 보아하니 샨텔 콕스는 마음을 바꿔먹지 않은 듯했다. 적어도 루이스에게 새로운 멍이 없는 걸 보면.

"랄로와 나는 저격수였는데, 걔가 창고 뒤로 도망쳐서 내가 뒤쫓아—"

"랄로는 어디 있었는데?"

"그 자식은 무서워서 벌벌 떨었어. 지난번 창고 뒤로 걔를 쫓아갔다가 호스로 얻어맞았거든. 하지만 난 창고 뒤로 쫓아갔지. 아빠가 어제 세차하느라 호스를 꺼내 쓰고는 앞쪽에 그냥 놔두었거든. 걔가 거기 그냥 서 있어서 총을 쏘았어. 그런데도 쓰러지지 않는 거야. 너도 알다시피 거기가 진흙탕이잖아?"

물론 스티븐은 알았다. 총에 맞아 루이스네 창고 뒤쪽 진흙탕에 쓰러졌던 적이 한두 번이 아니었으니까.

"그래서 내가 쓰러지지 않으면 포로로 잡아가겠다고 했더니 걔가 그럼 그러라고 말했고, 그래서 난 점퍼를 벗어 그애 팔을 등뒤로 돌려 묶었지, 뭐. 알지, 무슨 말인지?"

스티븐은 고개를 끄덕였다. 그 역시 루이스의 점퍼로 팔이 묶였던 적이 수없이 많았다. 하지만 아프지도 않고 빠져나가기도 어렵지 않았다.

"그랬는데 걔가 내 입술에 키스를 하잖아."

"걔가 너한테 키스를 했다고?"

"그랬다니까."

"혀로?"

"혀로?" 루이스는 당혹스러워 보였다.

"그래. 걔가 네 입안으로 혀를 넣었어?" 스티븐이 말했다.

루이스의 얼굴에 극도의 불쾌감이 스치듯 지나갔다. "구역질나!"

스티븐은 얼굴을 붉혔다. 어딘가에서 여자들은 그런다는 소리를 들었지만 루이스의 반응에 당황한 나머지 어디서 그런 소리를 들었는지, 또 믿을 만한 출처였는지 도무지 기억나지 않았다. 세상 경험이라는 측

면에서는 루이스의 말을 무조건 따르는 그의 성향은 그 둘의 우정에 없어서는 안 될 요소였고, 이제 그는 자신이 선을 넘었을 뿐만 아니라 선을 넘어 수렁으로 걸어들어가기까지 했으며, 따라서 얼른 방향을 돌려 단단한 땅으로 돌아가야 한다고 느꼈다.

그는 어깨를 으쓱하며 미안하다는 표정을 지었다. 루이스가 그를 쏘아보았다.

"그애 젖꼭지도 만졌어?" 스티븐은 루이스에게 으스댈 기회를 주는 것이 마른땅으로 돌아갈 수 있는 길이라고 생각했다. 그 생각은 틀리지 않았다.

루이스는 잠시 눈이 게슴츠레해지더니 곧이어 열심히 고개를 끄덕였다. "그럼, 양쪽 다 만져봤지. 한꺼번에. 내 거기가 딱딱해지고, 왜 그런 거 있잖아."

스티븐은 거짓말이라는 것을 알았다. 물론 다는 아니겠지만. 샨텔 콕스가 키스를 했거나, 아니면 루이스에게 키스를 당한 건 확실해 보였다. 하지만 그는 루이스가 언제 길을 벗어나 무턱대고 옆길로 새다가 미숙하게도 거짓말의 지뢰밭으로 들어가는지 늘 알아맞힐 수 있었다. 그런 일탈에 앞서 뭔가 찔리는 구석이 있는 눈빛이 되기 때문이다. 마치 내면의 눈으로 지평선을 살피면서 이제 곧 쏟아낼 거짓말에 뜻하지 않은 위험은 없는지 타진하기라도 하듯. 그래도 스티븐은 매번 그러려니 했다. 샌드위치의 좋은 반쪽 같은 것이었다. 말싸움을 해봐야 무슨 소용이 있겠는가?

게다가 낯설긴 해도 별안간 스스로가 어른스럽게 느껴지면서 드는 생각이, 그는 바로 지난주에 연쇄살인범에게 사과를 하지 않았던가. 그에 비하면 마당 창고 뒤에서 거기가 딱딱해졌다는 루이스의 거짓말을 듣는 것쯤은 대수롭지 않은 느낌이었다.

그뿐만 아니라 샨텔 콕스와 키스했다는 것은 자랑할 만한 일이었다. 그리 예쁘지도 않고 선머슴 같은데다 가슴도 작은 애였지만 앨리슨 러버콧처럼 남자아이들을 짓궂게 놀려대진 않았다. 그것만은 분명했다. 스티븐은 앨리슨 러버콧이 점심시간에 줄을 서 있는 동안 존 커비에게 젖가슴을 슬쩍 보여줬다는 얘기를 들었다. 그는 그 얘기를 거의 믿지 않았지만 누군가 그런 일을 당했나면 유소년 축구 팀 주장이자 솔직히 남학생 중 제일 잘생긴 존 커비일 확률이 높았다.

그 생각을 하니 스티븐은 혀에 대해 존 커비가 하는 소리를 우연히 들었다는 사실이 기억났다. 그렇다면 혀 이야기는 거의 사실이었다. 하지만 너무 늦었다. 그 화제에 대해 그는 이미 한발 물러섰다. 하지만 샨텔 콕스가 그의 입안으로 혀를 넣는다고 생각해도 그는 전혀 역겹지 않았다. 사실대로 말하면 온몸에 떨림이 살짝 일었는데, 조금도 기분 나쁘지 않았다. 얼굴이 빨개졌다. 어쩌면 자신은 정상이 아닌지도 몰랐다. 아널드 에이버리가 정상이 아니듯이. 그러자 그만 마음이 불편해진 그는 얼굴을 찡그리며 그 생각을 애써 머릿속에서 지워버렸다.

"왜 그래?" 루이스가 미심쩍은 눈으로 그를 빤히 보았다.

"아무것도 아냐." 그는 반사적으로 대답하며 얼굴을 들었다. 루이스네 집까지 거의 다 온 참이었다.

스티븐은 루이스와 헤어져 혼자 집으로 향했다.

창가에 앉아 있는 할머니에게 미소지어 보였지만 할머니는 그가 학교에서 집으로 걸어오는 것도 잘못이라는 듯 입술을 오므렸다.

데이비는 현관문 뒤쪽 복도에 자신의 장난감이란 장난감은 모조리 펼쳐놓고 있었다. 복도에 들어선 순간 발밑에서 딱 소리가 나 내려다봤더니 깨진 분홍색 공깃돌이 눈에 띄었다. 스티븐은 공깃돌을 굽도리널 쪽으로 냅다 걷어찼다.

"스티븐이니?"

긴장이 감도는 어머니의 목소리에 스티븐은 그 자리에 꼼짝 않고 서서 어머니한테 귀가 사실을 들키기 전에 도로 현관 밖으로 나가버릴까 말까 고민했다.

"방금 들어오더라." 할머니의 목소리가 음흉했다.

스티븐은 경계심 가득한 목소리로 물었다. "왜요?"

"이리 좀 올래?"

그가 고개를 들어보니 할머니가 부엌의 단두대로 무겁게 걸음을 옮기는 손자를 구경하려고 어느새 거실 문 앞에 서 있었다.

식탁에 앉은 어머니는 아널드 에이버리가 보낸 편지를 들고 있었다.

스티븐은 겁에 질린 나머지 방광이 수축해 거의 반으로 쪼그라드는 느낌이었다. 이대로라면 바지에 오줌을 지려 레고 우주정거장 사건을 재현할 판이었다.

레티가 그를 차갑게 쏘아보았다.

"너한테 편지가 왔구나."

그는 할말이 생각나지 않았다. 말을 어떻게 생각해내는지조차 기억나지 않았다. 목 뒤가 따끔거리면서 타는 듯했다. 이제 그의 삶은 끝났다.

레티가 편지를 내려다보면서 목청을 가다듬었다.

"사진 한 장이면 고마울 텐데요."

"뭐, 사진! 망측해라!" 할머니가 그의 뒤에 서 있었다. 그러더니 손자를 밀치고 다가가 레티의 손에서 편지를 낚아채려고 했지만 그녀는 내놓지 않았다.

"괜찮아요, 엄마. 내가 처리할게요."

할머니는 코웃음을 쳤다. 식구들 모두 그 코웃음의 의미를 알고 있었다. 그것은 누구보다도 자기가 제일 잘 안다는 뜻이었다.

할머니와 엄마가 잠시 딴 데 정신을 파는 사이 스티븐은 갈색 봉투를 힐끔거렸다. 전처럼 봉투에는 발신지가 어디인지 짐작할 만한 단서가 아무것도 없었다. 그는 에이버리가 편지지로 사용하는 종이에 교도소 표시가 없다는 걸 알고 있었다. 그는 싸구려 공책 종이를 사용했다. 그런 종이는 아무데서나 구할 수 있었다. 에이버리는 편지지 맨 위에 죄수 번호를 써넣었지만 사정을 모르는 사람에게는 아무 의미가 없었다.

봉투도 편지지도 익명이라는 사실이 스티븐에게 희망을 주었고, 희망은 또 용기를 주었다.

"읽어봐도 돼요?"

레티와 할머니는 그가 순금으로 된 속옷이라도 사달라고 졸랐다는 듯 동시에 그를 바라보았다.

"내 편지잖아요. 안 그래요?" 심지어 그가 희미하게나마 화난 기색을 담아 말하자 순식간에 레티는 불리한 입장이 되었다. 그녀는 자기 것도 아닌 편지를 열어보았다. 이유야 어떻든 그것은 정당화하기 어려운 행동이었다.

하지만 그녀는 그러려고 애썼다.

"그래, 네 편지일 수도 있어, 스티븐. 하지만 여자애한테서 온 편지라면 이건 내 일이기도 해. 네가 어떤 여자애를 건드려서 머잖아 이 엄마가 애 보기 신세가 되지는 않을지 알 권리가 있어, 나한테는. 알겠니?"

스티븐의 머릿속은 그동안 어머니의 생각이 밟아온 경로를 따라잡기 위해 달려가고 있었다. 정신 차리라고 스스로를 찰싹 때려주고 싶을 만큼, 고통스러운 정신적 혼란을 지나 마침내 그는 목적지에 이르렀다. 어머니는 편지를 보낸 사람이 여자애라고 생각하고 있었다. 비밀스러운 여자친구. 그와 섹스했을 확률이 높은 여자친구.

스티븐은 하마터면 큰 소리로 웃을 뻔했다. 그는 여자아이와 섹스를 하기는커녕 혀 이야기가 진짜인지 역겨운 농담인지조차 분간하지 못했다. 그의 섹스 경험이라고는 루이스가 되지도 않게 늘어놓는 젖꼭지와 발기에 대한 이야기를 들은 게 전부였다.

지난 이른 봄이었다면 스티븐 램은 큰 소리로 웃고 말았을 것이다. 하지만 시체를 찾기 위해 남몰래 연쇄살인범에게 편지를 쓴 스티븐 램은 그 기회를 놓치지 않고 자신에게 유리하게 이용했다.

그는 단호하게, 그러나 대수롭지 않다는 듯 한 손을 내밀었다. "읽어봐야 누가 보냈는지 알죠, 안 그래요?"

그의 차분한 목소리에 레티는 문득 죄책감을 느끼고 할머니가 뒤에서 이를 가는데도 아랑곳없이 그에게 편지를 건넸다.

스티븐은 편지를 흘낏 훑어보기만 하면 됐다.

사진 한 장이면 고마울 텐데요.

그게 전부였다. 에이버리의 이름 머리글자조차 없었다. 의심을 살 만한 것은 아무것도 없었다. 스티븐조차 아직은 내용을 전혀 이해하지 못했지만 결국 이해하게 될 터였다. 그는 자신이 이해하게 되리라고 확신했다. D와 B는 대문자였지만* 이것이 머리글자라면 당장은 떠오르는 의미가 없었다. 이름 머리글자가 DB인 희생자는 없었다. 그래도 상관없었다. 이미 편지도 읽었고, 암호를 푸는 방법도 알았다. 이번에도 풀 수 있을 것이다.

그리고 더욱 중요한 점, 어머니는 절대 풀지 못할 것이다.

"그 AA라는 여자애한테서 온 거니?"

* 원문에서 에이버리는 'A photo woulD Be nice'라 쓰고 있다.

스스로의 정직성이 의심될 만큼 태연하게 스티븐은 어깨를 으쓱했다.

"그냥 아는 여자애예요, 엄마."

"그냥 아는 여자애가 네 사진을 원한다고!" 레티는 의심과 분노의 끈을 다시 붙잡으려고 무진 애썼지만 스티븐의 솔직함에 그 시도는 무력해졌다.

다시 한번 그는 그저 어깨를 으쓱하면서 동시에 편지를 봉투에 집어넣어 검은색 교복 바지 뒷주머니에 찔러넣었다.

"내가 멋진 게 내 잘못은 아니잖아요."

다른 길로 갈 수도 있었지만 그는 이번만은 자신의 길을 갔다. 레티는 얼굴을 펴고 아들에게 미소지은 뒤 양팔로 아들의 허리를 감싸안았다. 그는 어머니가 행여 뺨에 뽀뽀라도 할까봐 건성으로 몸을 비틀었다.

그녀가 그 싸움에서 이기자 둘 다 웃었고, 할머니는 싱크대 쪽으로 돌아섰다. 하지만 그전에 스티븐은 자신의 농담에 할머니의 얼굴이 펴지는 것을 놓치지 않았다. 단 한 번의 더없이 행복한 순간, 스티븐은 자신이 땅을 파는 이유를 다시금 되새겼다.

이것을 위해서였다.

이런 순간을 위해서였다. 언제고 진정한 가족으로 거듭날 수 있다는 생각이 고통과 분노와 가난의 부스럼 딱지를 갑자기 뚫고 나오자 스티븐은 행복하면서도 아리도록 슬펐다.

그는 몸싸움을 그만두고 어머니가 몇 년 만에 처음으로 자신을 껴안도록 내버려두었다. 어머니가 졸려서 칭얼거리는 젖먹이를 달래듯 그의 등을 쓰다듬는 동안 그는 어머니의 어깨에 머리를 기댄 채 얌전히 있었다.

"조심할 거지, 그렇지, 스티븐?"

"물론이죠, 엄마."

"네가 상처받을까봐 걱정돼서 그래."

"알았어요, 조심할게."

"피임은 제대로 하는지 물어봐라." 그의 예상보다도 훨씬 빨리 본모습으로 돌아간 할머니가 말했다.

레티는 아들을 놓아주고 자기 어머니를 쏘아보았다. 행복한 순간은 지나갔고, 스티븐은 마지못해 몸을 일으켰다.

"그런 눈으로 보지 마라, 얘야. 너한테도 진작 물어봤더라면 그 꼴은 안 났을 텐데……" 그녀는 말꼬리를 흐렸지만 고개를 돌려 스티븐을 의미심장하게 쳐다보았다.

그는 얼굴을 붉혔다. 그 이유가 다는 아니었고 할머니에게 화가 나서이기도 했다. 어머니가 그의 손을 슬그머니 쥐었다.

"너 피임하는 법 알지, 스티븐?"

"엄마!" 그는 당황한 나머지 얼굴이 새빨개졌지만 그의 아주 작은 일부분은 바로 이 스티븐 램이 누군가에게 호감 가는 섹스 상대일 수도 있다—훗날 언제가 될지는 모르지만—는 가능성을 어머니와 할머니가 염두에 두고 있는 상황에 약간 우쭐해졌다.

그렇게 생각하니 조금은 기분이 좋았다.

하지만 주로 그저 당황스럽기만 할 뿐이었다.

그는 어머니에게서 뒤로 물러나며 열기가 머리에서 썰물처럼 빠져나가는 것을 느꼈다.

하지만 그는 어머니의 눈에서 근심을 읽었다. 어머니가 그를 붙잡는 바람에 그는 대충 대답했다.

"걱정 마, 엄마."

"걱정 안 하게 할 거지?"

그는 고개를 끄덕이며 뒤로 물러났다. 하지만 할머니의 얼굴을 보니 그가 너무 쉽게 넘어갔다고 생각한다는 걸 읽을 수 있었다.

그는 한 번에 두 단씩 계단을 올라갔다. 준비운동에 지나지 않았지만 루이스는 도전할 때마다 실패했다. 스티븐은 루이스가 굳이 계단 오르기에 의미를 둔다면 차라리 연습을 하는 편이 나을 거라고 생각했다. 계단 꼭대기에 이르러 그는 숨을 헐떡거렸다.

DB. DB. 이름이 DB인 아이는 없었다. 에이버리가 그에게 희생자가 더 있다고 알려주고 있는 걸까?

방에 들어서자 그는 창문으로 비쳐드는 희미한 빛에 대고 편지를 주의깊게 살펴보았다. 별다른 표시는 전혀 보이지 않았다. 그는 에이버리에게 편지를 보낼 때 사용했던 지도를 꺼내 자세히 들여다보았다. 글자들이 지도의 특정한 위치에 딱 맞아떨어지거나 하지는 않았다. 그래서 스티븐은 글자를 이리저리 끼워맞춰봤다.

사진 한 장이면 고마울 텐데요.

에이버리는 DB의 사진을 원하고 있다. 하지만 DB가 누구지?

사흘 뒤 스티븐은 갑자기 떠오른 답에 잠이 확 깼다.

그는 직감으로 알 수 있었다.

DB는 '누구'가 아니라 '무엇'이었다.

그것은 황무지의 가장 높은 지점으로, 모든 시체가 발견된 곳 근처였다.

아널드 에이버리는 덩커리비컨Dunkery Beacon의 사진을 원했다.

19

스티븐은 한 시간도 넘게 걸려서 덩커리비컨에 도착했다, 삽을 들고 있지 않아 속도를 냈는데도.

삽.

땅을 파는 일을 중단한 지금 그는 '삽'이라는 말을 떠올리는 것만으로도 잠재적인 실패에 대한 죄책감 때문에 괴로웠다.

그래도 삽이 없는 만큼 걸음은 빨랐다. 그는 양팔을 편안하게 흔들다가 점차 리듬에 맞추었고 땀도 조금씩 흘려가면서 오르막을—내내 오르막이다—터벅터벅 걸어 황무지로 올라갔다. 샌드위치도 신경쓸 필요가 없었다. 그저 물병과, 낡은 아노락 안에서 불룩 튀어나온 카메라뿐이었다.

카메라는 데이비의 것이었다. 그가 생일 때 받은 싸구려 일회용 카메라 세 개 가운데 하나. 데이비는 발과 천장과 흐릿한 사람들을 찍느라 첫번째를 허비했다. 두번째는 액션 맨과 외계 생명체 군단, 그러니까 색색의 목욕용 오일 거품들이 벌이는 장대한 해상 전투 장면을 찍다가 욕조에 빠뜨렸다. 너무도 뒤늦게, 알록달록한 캡슐들이 뜨거운 물에 녹아 하얀 기름막과 과일향 껌처럼 말랑말랑한 조각만 남자 그제야 데이비는 어쩌다 호사를 누리는 어머니의 분노가 고스란히 자신에게 쏟아지리라는 사실을 깨달았다. 그래서 겁에 질려 카메라를 그만 빠뜨리고 만 것이다.

세번째 카메라는 아널드 에이버리의 편지가 도착하기 전까지 침실 창턱에서 먼지를 뒤집어쓰고 있었다. 스티븐은 일말의 망설임도 없이 그 카메라를 훔쳤다.

그는 그 물건이 필요했고, 데이비는 아니었다.

덩커리비컨은 엑스무어에서 가장 높은 곳일 뿐만 아니라 가장 추운 곳이기도 했다. 바람에 펄럭거리는 싸구려 아노락의 금속 지퍼가 허벅지를 사정없이 때리자 그는 그렇게 생각했다. 더는 안 되겠다 싶어 지퍼를 올렸다.

스티븐은 1935년 덩커리비컨이라는 눈부시게 아름다운 지역을 국가에 기증한 것을 기념하는 현판을 잠시 들여다보았다. 있지도 않은 경치를 제외하고 볼만한 것이라고는 그것이 거의 유일했기 때문이다. 돌에 새겨진 기증자들의 이름을 보면서 스티븐은 코웃음을 쳤다. 이 사람들이 오늘 경치를 봐야 했다.

엑스무어에서는 브리스틀 해협이 종종 보였고, 어떨 때는 해협 건너 다른 나라 땅인 웨일스에 우뚝 솟은 브레컨비컨스도 보였다. 하지만 오늘은 빠르게 흘러가는 잿빛 구름들 사이로 드러난 하얀 하늘 아래 수평선만 흐릿하게 보였다. 그는 돌아서서 방금 걸어온 울퉁불퉁한 오솔길을 내려다보았다. 그 끝에 주차장이랍시고 자갈을 깔아 편평하게 다져놓은 작은 땅뙈기가 보였다. 자동차 두 대가 서 있었다. 드문 일은 아니었다. 사람들은 아름다운 경치를 좋아하고 다행히 걷는 것도 좋아하지만 그 둘을 동시에 즐기려면 차에서 내려야 하기 마련이다.

스티븐은 주변을 흘낏 둘러보았지만 아무도 보이지 않았다. 언뜻 단조로워 보이는 엑스무어의 언덕에서 사람들이 그렇게 빨리 사라질 수 있다니 놀라울 따름이었다.

덩커리비컨은 단조롭기만 하진 않았다. 여기저기 고대 무덤의 흔적을 보여주는 돌무더기가 있었다. 그는 주머니에서 파란색 플라스틱 카메라를 꺼내 천천히 한 바퀴 돌면서 어디가 가장 좋은 각도인지 고민했다.

너무나 빨리 그는 깨달았고, 그 순간 욕지기를 느꼈다.

에이버리는 자신이 시체들을 묻은 덩커리비컨의 그 지점이 제일 잘 보이는 각도를 원할 터였다.

스티븐은 여기까지 올라오면서 시체 생각은 한 번도 하지 않았다. 하지만 이제 반경 5백 미터 안에 시체를 암매장했던 자리가 세 곳 있다는 데 퍼뜩 생각이 미쳤다.

야스민 그레고리.

루이즈 레버릿.

존 엘리엇.

그는 누군가를 몰래 엿보는 듯한 찜찜함을 느끼며 무슨 증거라도 발견할 수 있지 않을까 싶어 주변의 땅을 샅샅이 살폈다. 이만큼 세월도 흘렀고, 이미 수색 당시 발굴했는데도. 이제 경의와 추모를 상징하는 표시인 고대 무덤은 그저 배경막에 지나지 않았다. 그의 기억이 빨간 볼펜으로 쓰인 세 명의 이름 머리글자를 바람에 흔들리는 가시금작화 위에 겹쳐놓으면서 그는 살인자의 눈으로 헤더를 헤집고 풀밭에 시체를 묻는 광경을 보았다. 하지만 평범한 소년의 머리로 다시 돌아왔다. 오래전 일이었다. 이제는 풀과 가시금작화와 헤더가 다시 기어나와 흙이 드러난 땅을 뒤덮고 피해자들의 가족과 온 국민이 입은 끔찍한 상처를 가라앉힐 만큼. 그는 정확히 어디를 봐야 할지 알지 못한다면, 거기에 상상력까지 동원하지 않는다면 아무것도 보이지 않으리라는 것을 알았다.

그래서 그는 상상했고, 먼지 낀 작은 뷰파인더를 통해 암매장 자리였던 곳으로 여겨지는 황무지의 일부를 응시하면서 셔터를 눌렀다. 여기까지 올라오는 데 걸린 시간을 생각하면 좀 빨리, 손쉽게 끝난 것 같아서 돌아다니며 다시 셔터를 누른 뒤 덩커리비컨을 터벅터벅 내려갔다.

주차장을 가로지르면서 스티븐은 자동차들을 멍하니 바라보았다. 때로 사람들은 무더운 날에도 개를 차에 두고 내렸다. 스티븐은 무더운 날 차 안에 갇힌 개를 발견한 자신이 차창을 깨고 꺼내, 키울 자격도 없는 멍청한 사람들로부터 구해내 다행이라 여기며 집으로 데려가는 모습을 꿈꿨다.

하지만 오늘은 무덥지 않았고, 엑스무어에 개를 데려오는 사람들은 대부분 산책시킬 목적이기 때문에 차 안에 개를 두지 않았다. 스티븐은 한숨을 쉬었다. 그 꿈이 현실이 되는 그럴싸한 기회를 잡으려면 슈퍼마켓 근처에 살아야 할 텐데, 십콧에는 슈퍼마켓이 없다는 것을 깨달은 것이다.

그는 돌아서서 잔뜩 찌푸린 하늘 아래 있는 갈색의 볼품없는 덩커리비컨을 바라보았다.

이곳 아래서 보니 빛의 각도 때문에 고대 무덤들이 눈에 훨씬 더 잘 들어왔다. 정상에서는 밋밋해 보이던 것들이 주차장에서는 돋을새김을 한 듯 뚜렷이 모습을 드러냈다. 이 각도에서라면 사진이 좀더 잘 나오겠다는 생각이 들었다.

그래서 스티븐은 추위에 곱은 손가락으로 주머니에서 한번 더 카메라를 꺼내 우뚝 솟은 언덕에 대고 셔터를 눌렀다.

그러고는 뒤돌아서서 집으로 걸음을 옮기기 시작했다.

십콧으로 이어지는 갈림길에 이르렀을 때 그는 후드 운동복 차림의 불량배 셋이 자신을 향해 다가오는 모습을 보았다. 가파른 산허리를 오르느라 힘이 드는지 고개를 숙인 채였다.

스티븐은 그 자리에 얼어붙고 말았다. 바위가, 덤불이, 나무가 단조롭기만 한 황무지에서 툭 튀어나와 숨을 곳을 만들어주기라도 할 것처럼 주변을 재빨리 훑어보았다. 그는 쓸데없는 짓이었다는 걸 알았다. 여기 좁다란 오솔길 옆 무성한 헤더 사이에 있으면 눈에 띄지 않을 터였다. 루이스의 멍청한 개 버니가 살아 있을 때 둘은 버니의 눈을 피해 그런 식으로 숨곤 했다. 두 소년은 버니가 토끼를 쫓아 달릴 때까지 기다렸다가 헤더 사이에 몸을 숨기고 휘파람을 불었다. 래브라도 잡종견이 주변의 황무지를 돌아다니는 소리를 들으며 둘은 숨죽여 킬킬거리고 속닥댔다. 그러다가 크고 축축한 코에 혀를 축 늘어뜨린 버니가 흥분해서 컹컹 짖으며 자신들을 찾아내면 매번 놀라움을 금치 못했다.

하지만 그것은 개의 시선이기에 가능했다.

스티븐은 알고 있었다. 지금 자신이 헤더 사이에 숨었다가는 불량배들이 3미터 거리까지 접근할 때쯤이면 모래 속에 머리만 처박은 멍청한 타조처럼 훤히 다 보이는데도 꽃에 납작 엎드린 채 바들바들 떠는 모습을 들킬 테고, 그다음에는 쫓기다 흠씬 두들겨맞을 뿐만 아니라 온갖 수모를 당하리라는 것을.

잠시 그곳에 우두커니 서서, 숨을 헐떡이며 다가오는 세 소년 중 누구라도 오솔길 앞쪽을 흘끔 올려다보다가 자신을 발견하도록 내버려둔 채 그는 고민 끝에 도망치는 게 상책이라고 결론내렸다.

카메라.

그 생각이 머릿속에 펑 나타났다. 불량배들에게 붙잡히면 카메라를 빼앗길 게 뻔했다. 아니면 망가지거나.

그는 주머니에서 재빨리 카메라를 꺼내 적당한 곳을 골라 헤더 사이에 떨어뜨렸다. 그러고는 그 위치를 머릿속에 새겼다. 연한 자줏빛 헤더 두 송이와 그 사이의 노란 가시금작화 가지 하나, 그 옆에 놓인 젤리빈처럼 생긴 돌멩이.

그러고 나서 뒤돌아본 바로 그 순간 세 소년 중 하나가 고개를 들어 그와 눈이 마주쳤다. 그는 카메라를 던져놓느라 지금 돌아서서 달아나려면 반드시 필요한 거리를 잃고 말았다는 걸 깨달았다.

순식간에 그들은 가까이 와 있었다.

"램." 가장 키가 큰 소년이 말했다.

그가 아무 말이 없자 그들은 스티븐을 어떻게 다뤄야 할지 몰라 잠시 망설이는 듯했다.

"돈 좀 가진 거 있냐?"

"아니."

난폭하고 부주의한 손길이 그의 옷을 움켜잡고 주머니를 까뒤집었다. 플라스틱 물병이 돌투성이 오솔길에 나동그라지며 병 안에서 철렁거리는 소리가 났다. 불량배들은 그의 청바지에서 36펜스를, 뒷주머니에서 아널드 에이버리의 접힌 편지를 찾아냈다.

키가 제일 작은 소년이 그의 가슴을 떠밀었다. 오르막길인데도 그는 반 발자국 뒤로 밀려났다.

"돈 없다며."

스티븐은 어깨를 으쓱했다. 키 큰 소년이 편지를 펼쳤다.

"사진 한 장이면 고마울 텐데요. 이게 무슨 뜻이야?"

"아무것도 아냐."

키 큰 소년이 신경을 써야 할지 말아야 할지 고민하며 스티븐과 편지를 번갈아 보았다. 그러다 결국 편지를 발기발기 찢어 헤더 위에 흩뿌렸다. 키 작은 소년이 다시 스티븐을 떠밀었다. 이번에는 어깨였다. 불량배들이 몸이 근질근질해 자신이 반격하기를 바라고 있음을 스티븐은 느낄 수 있었다. 그들은 자신들의 행동을 정당화할 도전을 원했다. 아무 반응도 없자 중간 키의 소년이 그의 아노락 어깨 자락을 홱 잡아당겼다. 그제야 스티븐은 옷을 뺏기지 않으려고 팔을 구부려 저항했다.

"내놔, 이 멍청아."

스티븐은 자기가 말해놓고도 귀를 의심했다. 그는 아노락 없이 집에 갔다간 어머니가 길길이 날뛸 거라고 구구하게 말하고 싶지 않았다. 낡은데다 방수도 잘되지 않지만 어머니의 기준으로 아노락이 수명을 다하려면 한참 멀었다는 것을 그는 알았다. 그렇다고 아노락을 도둑맞았다고 말할 수도 없는 노릇이었다. 그랬다가는 어머니가 불량배들의 부모들에게 따질 테고, 그러면 그는 차라리 삶을 끝내는 편이 나을 터였다. 하지만 어머니에게 아노락을 황무지에 두고 왔다거나 학교에서 잃어버렸다고 말할 생각을 하니 갑자기 뜨거운 눈물이 왈칵 솟았다. 중간 키의 소년은 그가 계속 저항하자 신이 나서 더 세게 잡아당겼다.

스티븐은 더는 애원하지 않으려고 입술을 깨물었다. 계속해서 어깻죽지를 잡아당기는 힘 때문에 그는 균형을 잃고 비틀거렸다. 그 틈을 노린 중간 키 소년이 옆으로 떠밀어 날카로운 가시금작화 위로 엎어지고 말았다. 아노락 소맷부리 안의 오른쪽 손목이 꺾이면서 잠시 그의 체중을 지탱하나 싶더니, 곧이어 나일론 옷이 확 잡아채 벗겨지면서 그는 옆으로 굴러떨어졌다.

한쪽 팔과 얼굴 옆쪽뿐만 아니라 심지어 스웨터와 청바지까지 뚫고 뾰족뾰족한 가시가 찔러댔다. 그가 얼굴을 보호하려고 머리를 쳐들자 불량배들이 웃는 소리가 들렸다.

"운동화 벗겨."

중간 키 소년이 아노락을 움켜잡았을 때부터 스티븐의 안에서 일어나기 시작한 분노가 이제 불량배들이 신발까지 벗기려 하자 그를 발길질하게 만들었다. 지난 크리스마스에 산 새 운동화. 어머니는 진흙투성이 운동화를 보고도 화를 냈었는데, 하물며 운동화가 없어지면 그를 죽이려 들 것이다.

마구 내젓던 두 다리가 불량배들에게 붙잡히자 그는 왼쪽 운동화를 지키려고 발목을 이리저리 틀었지만, 결국 벗겨졌다.

눈물이 이제 속수무책으로 쏟아졌다. 그들을 죽이고 싶었다. 귀를 잡아당기고 히죽거리는 얼굴들을 무릎으로 가격하고 싶었다. 젤리 빈처럼 생긴 돌을 집어들어서는 이가 부러져 피가 철철 날 때까지 웃는 입들을 때리고 싶었다.

대신 그는 그들이 오른쪽 신발마저 벗겨낸 다음 웃으며 자리를 뜨는 동안 펑펑 울었다.

그는 가시금작화가 온몸을 찔러대는 아픔에 얼굴을 찡그린 채 울면서 기다렸다. 바로 뒤쫓아 내려가기에는 너무 겁이 났다.

마침내 그는 자리에서 일어나 주춤주춤 가던 길로 다시 접어들었다. 양말 한 짝이 반쯤 벗겨져 있었다. 그가 가장 좋아하는 양말이었다. 할머니가 이 년 전 생일 선물로 떠준 그 양말을 그는 닳을세라 아껴가며 특별한 날에만 신었다. 다른 색깔이 섞인 잿빛 실로 골 지게 짠 양말은 할머니가 '프랑스 뒤꿈치'라고 부르는, 솜씨 좋게 방향을 트는 부분이 전체 모양을 잡아주어 꼭 만화에 나오는 것 같았다. 처음에는 컸고 이제는 작았지만 그는 여전히 특별한 날이면 그 양말을 신었다. 오늘은 덩커리비컨의 사진을 찍는 날이라 특별했다. 이제 그는 다른 이유 때문에라도 오늘을 기억할 터였다. 그는 다시 울기 시작했다. 눈물이 앞을 가려 젤리 빈처럼 생긴 돌을 찾기 쉽지 않았지만 결국 해냈고, 뒤이어 카메라도 찾아서 다시 길을 내려가기 시작했다. 발걸음이 무겁고 몸 여기저기가 아팠다. 집들 뒤쪽을 지나 도로로 나갈 수 있도록 울타리에 나 있는 계단에 이르렀을 즈음에는 양말 두 짝 모두 구멍이 나 있었다.

"잃어버렸다니 대체 그게 무슨 소리니?" 레티는 아직까진 길길이 날뛰지 않았지만 거의 그 길에 들어섰고, 스티븐은 어머니가 머잖아 목적지에 닿을 것임을 알았다.

"잘못했어요."

"어떻게 아노락에다 신발까지 잃어버릴 수 있니? 더구나 어디서 잃어버렸는지도 모른다니?"

"양말도 엉망이고." 할머니가 끼어들었다. "관절염 때문에 아픈데도 몇 주나 걸려 떠줬더니. 어떻게 된 애가 뭘 아낄 줄 몰라."

"얼마나 아꼈는데요!" 할머니가 자기 마음을 몰라주자 스티븐이 화가 나서 소리쳤다. 아껴뒀다가 특별한 날에만 꺼내 신는 걸 할머니는 몰랐단 말인가? 그 생각에 그는 다시 울음을 터뜨렸고, 마음 한편으로는 그런 자신이 지긋지긋해 한숨을 쉬었다. 오늘은 우는 거라면 지긋지긋했다. 아직도 눈물이 남아 있다는 게 믿어지지 않을 지경이었다.

"형아가 울어, 엄마!" 데이비가 관심을 보였다.

"재수없게, 꺼져." 그가 빽 소리질렀다.

"이 집에서 누가 그런 말 쓰래!"

레티가 그의 뒤통수를 찰싹 때렸다. 세게는 아니었지만 어쨌든 그는 깜짝 놀랐고, 다들 충격에 빠진 가운데 끔찍한 정적이 흘렀다.

어머니가 그의 머리나 얼굴을 때리는 일은 절대 없었다. 어쩌다 팔이나 다리를 후려치기는 해도 머리는 금지구역이었다. 주정뱅이와 임대주택 세입자들이나 아이 머리를 때린다는 암묵적인 이해가 있었던 것이다.

스티븐은 잘못했다 빌고 싶었다. 너무나도 그러고 싶었다. 어머니가 요전 날처럼 다시 안아주길 바랐다. 어머니의 어깨에 머리를 기대고 다시 갓난아기가 되어 양말이나 신발이나 아노락이나 불량배들이나 삽이나 시체나 연쇄살인범 때문에 걱정하지 않아도 되길 바랐다. 뜨거운 우유에 설탕을 타 들고 침대에 웅크려 누우면 잠들 때까지 누군가가 노래를 불러주고 머리를 쓰다듬어주길 바랐다.

사는 게 넌더리 났다.

그런데도 어머니는 그의 머리를 때렸다.

그래서 잘못했다고 하는 대신 고래고래 소리를 질렀다. "엄마도 재수없어!" 그러고는 어머니를 밀치고 2층으로 뛰어올라가 방문을 쾅 닫았다. 곧이어 머리끝까지 화가 난 어머니가 쿵쾅거리며 2층으로 올라왔다.

그는 자신이 도를 넘었다는 걸 알았다.

그토록 화가 나 있지 않았더라면 레티는 침대 옆에 서서 눈을 휘둥그레 뜬 채 항복의 표시로 양손을 벌려 앞으로 든 아들의 모습을 보고 그가 얼마나 무서워하고 있는지 알아차렸을 것이다. 그리고 더는 아들을 어찌할 수 없다는 것도.

"엄마, 잘못했어요!"

하지만 너무 늦었다. 레티는 다시 그의 머리를 때렸다. 그리고 다시. 그러더니 팔과 손과 귀를 때렸다. 결국 그가 양쪽 팔꿈치로 머리를 가리고 침대 위로 몸을 웅크리는 동안 손바닥과 느슨하게 쥔 주먹이 등에 빗발치듯 날아들었다.

데이비의 숨넘어갈 듯한 비명에 마침내 레티는 정신을 차렸다. 그녀는 좋아하는 아들을 품에 안고 부드럽게 달랬다.

"너 때문에 데이비가 얼마나 놀랐는지 봐!" 그녀는 죄책감이 뒤섞인 날카로운 목소리로 스티븐에게 소리쳤다. "내려와, 차 마시게."

"마시기 싫어요." 이불에 가려 그의 목소리는 잘 들리지 않았다.

"좋아. 나중에 달라고 하지 마." 레티가 데이비를 허리 위로 번쩍 들어올리며 말했다.

스티븐은 둘이 방을 나가 계단을 내려가는 소리를 들었다. 데이비에게 말하는 레티의 목소리는 낮고 부드러웠다. 그 목소리를 들으며 그는 마음 한편으로 그녀가 자신의 행동을 만회하려고 애쓰는 거라고 이해했다. 비록 그 상대가 그는 아니지만.

그가 코를 훌쩍이다가 불편한 몸을 움직이자 어머니의 반지가 스친 왼쪽 귀와 왼쪽 손목에 감각이 돌아오고 어깨뼈가 욱신거리기 시작했다. 귀를 만졌더니 손가락에 피가 살짝 묻어났다. 귓속도 약간 울렸고 손바닥으로 얻어맞은 왼쪽 뺨이 화끈거렸다. 그는 침대로 기어올라가 벽 쪽으로 돌아누워선 공처럼 몸을 잔뜩 웅크렸다. 갑자기 한기가 느껴졌지만 이불 속에 들어가려고 다시 움직이기가 싫어 팔로 몸을 감쌌다.

어깨에 와 닿는 부드러운 감촉에 그는 깜짝 놀랐다. 뒤에서 할머니가 이불을 끌어당겨 덮어주고 있었다. 두 사람의 눈이 잠깐 마주쳤지만 할머니는 몸을 세우고 돌아서서 갔다.

"할머니."

그는 영화 속에서처럼 할머니가 걸음을 멈추고 돌아보길 기대했지만 그런 일은 없었다. 할머니는 그대로 걸음을 옮겨 1층으로 사라져버렸다.

어찌나 울었던지 목소리가 갈라져 있었지만 할머니가 듣고 있기라도 하듯, 할머니가 걱정하기라도 하듯 어쨌든 그는 말했다.

"내가 그 양말을 얼마나 아꼈는데요. 잘 뒀다가 특별한 날에만 신었다고요."

스티븐은 할머니가 계단 꼭대기에서 잠시 멈춰 서는 소리를 들었다고 생각했지만 확신하지는 못했다.

20

사진은 제대로 나온 게 없었다.

덩커리비컨 정상에서 찍은 사진들은 카메라가 바람에 흔들렸는지 흐릿했고, 주차장에서 찍은 사진은 자동차 앞 펜더가 튀어나와 왼쪽을 가리고 있었다.

하지만 필름을 현상하느라 남아 있던 용돈을 탈탈 털었기 때문에 스티븐은 그나마 초점이 맞는 그 사진을 아널드 에이버리에게 보냈다.

21

라이언 핀레이 교도관은 죄수들 앞으로 오는 사진을 압수하며 희희낙락했다. 오늘도 예외가 아니었다.

짝이 맞지 않는 속옷 차림으로 너저분한 침대에 누워 있는 죄수들의 아내나 여자친구를 찍은 사진들은 대개 흐릿했다. 초점도 맞지 않는 그 사진들이 어떤 성적 환상을 일깨우려 했든 때로 그것을 산산이 깨뜨리는 자잘한 집안 살림이 부주의하게 함께 찍히기도 했다. 얼룩 고양이. 유아용 침대 창살 사이로 밖을 내다보는 지저분한 아기. 침실 바닥에 놓인 켄터키 프라이드치킨 상자.

죄수들은 사진을 받을 때도 있고 못 받을 때도 있었다. 이런 점에서 라이언 핀레이는 신이었다.

전라 사진은 즉각 몰수를 의미했다. 음란 행위나 그 비슷한 것도 마찬가지였다. 그런 사진은 파기가 원칙이고, 죄수의 아내가 별볼일 없는 여자라 해도 당연히 그래야 하지만 그전에 직원 매점에서 실컷 돌려보며 지저분한 말을 쏟아내기 일쑤였다. 해당 죄수는 '내용물 압수'라고 적힌 딱지가 동봉된 편지만 받을 뿐이었다.

션 엘리스는 딱지가 붙어 있지 않은 편지를 받아본 적이 단 한 번도 없었다. 그의 아내는 너무 뜨겁고 너무 거침없는 여자라서 그녀가 종종 보내는 사진들은 라이언 핀레이 교도관의 개인 수집품의 근간을 이루었고, 그사이 글로스터셔의 조그만 바클레이 은행 지점에서 출납계 직원 두 명의 얼굴에 총을 갈긴 이 은행 강도는 면회 때마다 입고 오는 얌전한 베이지색 레인코트 안에 숨겨진 아내의 몸을 까맣게 잊은 듯했다. 하지만 엘리스는 불평하는 법이 없었고, 핀레이와 다른 교도관들은 그를 비웃었다. 그 불쌍한 사내는 마누라가 집에서 기르는 개 사진을 보낸다고 생각했을지도 몰랐다.

오늘 핀레이와 앤디 랠프 교도관은 우편실의 포마이카 책상에 앉아 죄수들 앞으로 온 우편물 봉투를 되는대로 찢어 열어보고 있었다.

"어때요?" 랠프가 방금 찢은 봉투에서 꺼낸 사진을 보여주며 말했다. 앞니가 하나도 없는 자그마한 금발 소녀가 가슴 앞쪽에 온순한 고양이를 들고 있는 사진이었다.

"누구한테 온 건데?"

랠프는 봉투를 힐끗 보았다. "카림 압둘라히."

핀레이는 고개를 저었다. "그 변태는 스페이드 에이스만큼 새까맣잖아. 내가 보기에 친척 같지는 않은데."

피부색이 석탄보다 약간 옅은 정도인 랠프는 군말 없이 그 사진을 한쪽으로 던져놓고 편지에 딱지를 붙였다.

오늘 엘리스 부인의 사진은 비교적 평범했다. 사진 속 그녀는 멍한 얼굴로 하늘색 탱크톱을 들어올려 완벽한 가슴을 드러내고 있었다.

"맙소사, 이 젖통이 좀 봐."

랠프는 책상 너머로 사진을 들여다보며 히죽 웃었다.

"두 줌은 되고도 남겠네." 핀레이는 한숨을 내쉬었다. 그렇게 크고 단단하고 멋진 가슴을 잡아본 지가 까마득했다. 그의 아내 로즈의 쭈글쭈글하고 축 처진 젖통을 들려면 종이 상자에라도 담아야 할 듯했다.

그다지 음란한 사진은 아니었다. 다른 죄수였다면 망설임 없이 넘겨주었을 테지만 엘리스가 자신은 여태 구경도 못한 사진들 모두가 이 사진과 비슷하다는 것을 알아채고 난동이라도 부리면 안 되는 일이라 핀레이는 편지에 딱지를 붙이고 엘리스 부인은 주머니에 쑤셔넣었다.

몇 분 동안 두 교도관은 말없이 거의 읽기 힘든 편지들과 씨름하며 사진과 안전 면도날 여섯 개, 콘돔 열두 개, 『초보자를 위한 종이 접기』 같은 자질구레한 선물들을 분류했다.

랠프가 지친 얼굴의 빨간 머리 여자가 피자 상자를 들고 있는 사진을 잠시 보더니 동봉한 편지를 큰 소리로 읽었다. "……밤이면 당신이 내 똥구녕에 수셔박는 생각을 해요……"

그는 한숨을 쉬었다. "똥구멍하고 쑤셔박다를 이렇게밖에 못 쓰나."

그는 검열할 때 쓰는 검은색 펠트펜으로 두 곳을 바로잡은 뒤 '통과' 쪽 편지 더미 위에 던져놓고 아널드 에이버리 앞으로 온 그다음 편지를 집어들었다.

봉투 안에는 편지 없이 구도가 엉망인 사진 한 장만 달랑 들어 있었다. 어느 모로 보나 선배 교도관의 의견을 구할 필요가 없는 사진이었다. 앤디 랠프도 음란한 게 뭔지, 자극적인 게 뭔지, 성도착적인 게 뭔지쯤은 충분히 분간할 수 있었다. 자동차와 비에 젖은 언덕뿐인 사진은 누구한테든 이야기할 필요가 전혀 없었다. 라이언 핀레이한테는 더더욱.

인종주의자인 아일랜드 새끼한테는.

아널드 에이버리는 사진을 본 순간 현기증이 일었다. 성적 자극이 너무 커서 하마터면 정신을 잃고 쓰러질 뻔했다. 곧이어 그는 밤이 아니라서, 아직 어둠이 내리지 않아서 울고 싶었다. 창문을 막은 판자 때문에 감방은 늘 어두컴컴했지만. 리버가 창살 사이로 보이는 황무지 풍경을 가려놓았을지 몰라도 지금 그의 손에는 그보다 훨씬 더 달콤한 또다른 황무지의 풍경이 들려 있었다.

그의 살인자의 눈은 그 장소를 금세 찾아냈다. 야스민 그레고리. 거기 그 소녀가 있다. 아니, 좀더 정확히 말하면 그가 체포되고 나서 엑스무어에 파견된 과학수사대가 으스스한 비밀을 발굴하기 시작하기 전까지 그곳에 있었다. 시체가 있는 곳을 알려주겠다는데도 수사대는 그를 황무지에 오지 못하게 했다. 그가 무엇을 원하는지 너무도 잘 알고 있었던 것이다. 황무지의 흙을 한번 더 만져보고 싶어한다는 것을, 헤더를 헤집고 파놓은 추악한 구멍을 한번 더 들여다보고 싶어한다는 것을. 결국 추가 희생자를 찾는 수색 작업을 중단해야 했을 때도 수사대는 잔인하게도 그의 출입을 막았다. 하지만 그의 기억까지 지워 없애지는 못했다. 그때나 지금이나 지워 없애지 못했다. 그 기억은 향긋한 향유처럼 그의 몸 구석구석을 적셨다.

그는 이곳에 주차했었다. SL이 찍은 사진 속 자동차가 서 있는 자리 근처에. 그는 YG를 들쳐안고 비좁은 오솔길을 지나 둥그런 언덕 꼭대기로 올라갔었다. 지금도 그는 자신의 양팔에 가뿐하게 안긴 그 아이를 느낄 수 있었고, 자신의 발아래서 아직 몸에 온기가 남은 채 괴로워하던 그 아이가 어떤 심정이었을지 기억해낼 수 있었다.

그는 개처럼 온몸을 부르르 떨었다. 지금은 안 돼! 지금은 안 돼! 너무도 좋은 느낌이라, 너무도 강렬한 느낌이라 낮에 허비할 수는 없었다. 그는 사진에서 억지로 눈을 떼야 했다. 빛이 사라질 때까지 딴 데 정신을 팔아야 했다.

그는 사진을 베개 밑에 슬쩍 집어넣고 읽던 책을 펼쳐들었다. SL의 사진이 도착하기 전까지 그를 사로잡았던 마이클 코넬리의 『블랙 에코』였다. 하지만 더는 아니었다. 이제 그 책에는 아무런 흥미도 느끼지 못했다. 한 시간 동안 에이버리는 열 번도 넘게 베개 밑에 손을 넣고 사진을 더듬거렸다.

점심식사가 작은 위안이 돼주긴 했지만 그는 내내 불안하게 다리를 떨어댔다.

오후는 끔찍이도 더디게 지나갔다. 저녁식사 시간은 더 견디기 힘들었다. 소등은 밤 열시 삼십분이지만 에이버리는 여덟시 삼십분부터 베개 밑에서 사진을 꺼내 새로이 들여다보며 이따 어둠 속에 혼자 있을 때를 위해 머릿속에 담아두었다.

SL은 싸구려 카메라를 사용한 듯했다. 모든 부분이 초점이 맞아 또렷했다. 좋은 카메라였다면 그 절반의 기술만 있어도 초점거리를 조절해 전경은 흐릿하게 하고 덩커리비컨은 돋보이도록 했을 터였다. 그럼에도 그의 시선은 곧장 YG가 묻혀 있던 자리로 향했다. 정상까지 사분의 삼쯤 올라간, 양쪽에 헤더가 무성하게 자란 두 개의 고대 무덤 사이.

감정과 기억이 에이버리를 엄습했다.

그날은 이 사진처럼 우중충하지 않고 날씨가 맑았다. 하늘은 청명하고 등산객이 많았다. 그래서 에이버리는 해가 지고 그의 차가 주차장 자갈밭에 홀로 남을 때까지 기다려야 했다. 소녀를 차 트렁크에서 꺼내 마지막 영면 장소로 데리고 올라갈 때까지.

그가 소녀를 위해 일껏 마련한 곳에서 그녀를 파내 다른 데, 그가 고르지 않은 다른 곳에 묻었다고 생각하니 모진 칼날이 속을 후벼팠다. 더욱이 그가 알지도 못하는 곳에다. 그는 새로운 무덤의 위치가 신문에 실렸으리라 확신했지만 교도소에서는 그런 내용의 신문을 못 보게 했다. 야스민 그레고리는 그의 기억으로만 남아 있었다. 그리고 이 사진으로.

게다가 SL이 멍청한 자동차로 그의 시야를 가리지만 않았어도 존 엘리엇의 무덤까지 볼 수 있었을지 몰랐다. 존 엘리엇은 그의 취향이 아니었다. 소년은 그에게 오줌을 지렸다. 그 기억에 에이버리는 몸서리쳤다. 눈을 질끈 감고, 입으로는 숨을 쉴 수 없어 힘들게 코로 숨을 몰아쉬며 콧물 방울까지 만들던 존 엘리엇. 그것만으로도 끔찍했는데, 그후 살해되기 직전 겁에 질린 존 엘리엇의 방광이 그의 비싼 바지에 실례를 했다. 그는 소년에게 되갚아주었지만 바지는 내다버려야 했다. 그리고 신발도. 싸구려가 아니라 허시퍼피였는데. 바지와 신발에 묻은 소년의 오줌을 생각하자 욕지기가 치밀었다. 그 생각을 하면 지금도 소름이 끼쳤다.

에이버리는 그 기억을 떨쳐냈다. 그런 것으로 이 순간을 망칠 수는 없었다. 그는 다시 사진에 집중했다. 그런데 자동차가 버티고 있었다. 그것은 고통이었다. SL이 훌륭한 사진사가 아닌 또다른 이유는 바로 형편없는 구도였다.

그 사진을 받고 나서 처음으로 에이버리는 자동차를 뚫어져라 들여다보았다. 그렇게 하면 그 뒤쪽의 황무지가 보이기라도 하듯.

그래봐야 보이는 거라곤 자동차 앞 펜더와 사이드미러와 문짝 일부뿐이었다. 차종을 알 수 없는 짙푸른 색의 그 차는 화가 치밀 만큼 견고하게 그의 시야를 가로막았다.

그의 성격상 사기당했다는, 더도 덜도 말고 사기당했다는 느낌밖에 들지 않았다. 그는 화가 나서 자동차를 노려보았다. 눈으로 아무리 야스민 그레고리의 무덤을 좇아도 분노는 누그러질 줄 몰랐다.

그러다가 에이버리의 눈이 휘둥그레졌다. 그는 사진을 코에 닿을 만큼 가까이 가져갔다.

헉 숨을 내뱉었다가 완전히 숨을 멈췄다.

그가 차에 집착하지 않았다면 절대 그것을 보지 못했을 것이다! 놓쳤을지도 모른다고 생각하자 등줄기를 타고 오싹한 기운이 전해졌다.

사이드미러에 작지만 선명하게 사진사의 모습이 맺혀 있었다.

그 이미지는 아주 작았지만 그 순간 아널드 에이버리에게는 모든 게 달라졌다. 다시 엑스무어를 보게 되면서 그의 안에 불꽃을 일으켰던 느낌들이 작게 쪼그라들다 못해, 너무도 익숙한 멍하고 숨막히는 흥분의 쓰나미에 순식간에 휩쓸려갔다. 그러자 사타구니로 피가 쏠리고 입에 침이 고였다.

SL은 소년이었다.

그 생각은 작은 방에서 터지는 폭죽처럼 그의 머리 주변을 미친듯이 이리저리 빙글빙글 돌았다.

소년.

겨우 소년.

숨죽여 그 이미지를 보는데 눈이 따끔거리고 쿵쾅거리는 심장 소리가 귀에까지 들렸다.

소년. 열 살이나 열한 살쯤. 깡마르고. 바람에 헝클어진 검은 머리카락. 청바지와 지저분한 흰색 운동화. 이미지는 아주 작고 얼굴도 카메라에 가려 있었다…… 하지만 아널드 에이버리의 뇌가 본능적으로 알아보는 한 가지 형태가 있다면 그것은 바로 아이였다.

에이버리는 격렬한 욕망에 흐느끼듯 진저리치면서 다시금 숨을 들이쉬었다.

SL은 소년이었다.

그에게 가능성을 보여준 소년.

그에게 힘을 쥐여준 소년.

언뜻 순수해 보이는 덩커리비컨 사진 안에 영리하게도 자신의 이미지를 남겨, 아널드 에이버리에게는 가장 확실한 초대장을 보낸 소년……

22

주드 아저씨가 돌아왔다.

어느 날은 넷이다가 다음날은 다섯이 되었다.

스티븐이 방에서 3x-5y의 비례 문제를 도통 모르겠어서 끙끙대고 있는데, 복도에서 삐걱거리는 소리에 이어 주드 아저씨의 목소리가 들렸다.

"텃밭은 어떠냐?"

깜짝 놀라 돌아본 스티븐은 황급히 표정을 감추려 했다. 누군가를 만났을 때 너무 반가워하는 기색이면 별로인 법이다.

"토마토를 완전히 망쳤어요." 그는 어깨를 으쓱했다. "하지만 감자는 성공적이에요."

주드 아저씨가 씨익 웃었다. "흠, 감자는 바보도 잘 키울 수 있지. 아일랜드인을 봐."

"아저씨도 아일랜드인이잖아요!"

"내가 알기로는 그래."

그는 방안을 어슬렁거리며 데이비의 물건들을 구경했다. 그사이에도 얼굴에서 흐뭇한 미소가 떠나지 않는 것을 보고 주드 아저씨가 자신을 다시 봐서 얼마나 기쁜지 굳이 감추려 하지 않는다는 것을 깨달은 스티븐은 방금 전 자신의 모습이 부끄러웠다. 그는 침대에서 뛰어내려와 주드 아저씨의 허리를 껴안았다. 그 큰 남자의 두 손이 그의 등을 토닥이면서 오랜만에 만나 반갑다고 전하고 있었다.

주드 아저씨에게 모든 걸 털어놓고 싶다는 충동이 그의 안에서 광기처럼 불쑥 일었다.

주드 아저씨에게 결정을 미루자. 주드 아저씨가 감옥에 있는 아널드 에이버리를 만나 위치를 알아내게 하자. 주드 아저씨가 빌리 삼촌을 파내 모든 영광을 차지하게 하자. 스티븐은 이제 더는 영광 따위에 관심 없었다. 그저 끝나기를 바랄 뿐이었다.

그가 막 입을 열려는 찰나—

"네가 할머니한테 만들어드린 쇼핑 카트는 여전히 잘 굴러가더구나."

스티븐은 문득 자신의 목소리에 자신이 없어져 고개만 끄덕였다.

"외출할 때마다 끌고 다니신다며. 아주 만족하시고."

스티븐은 망설이다가 고개를 끄덕였다. 그는 이 좋은 화제를 망치고 싶지 않았다. 주드 아저씨가 그저 인사치레로 하는 말이 아니라는 것을 알았다. 할머니는 쇼핑할 일이 없을 때도 끌고 나갈 만큼 그 카트를 좋아했다. 안 그래도 허리가 말썽이었는데 요새는 튼튼한 카트가 뒤뚱대는 할머니의 이상한 걸음걸이를 곧잘 지탱해주었다.

"그새 많이 컸구나."

"네. 바지가 다 짧아요."

"내가 듣기로는 조만간 발목까지 오는 바지가 크게 유행할 거라던데."

스티븐은 코웃음과 함께 아저씨에게서 떨어졌다.

"그동안 어디 있었어요?" 목소리에 비난이 묻어나지 않게 하려고 애썼지만 여전히 칭얼거리는 투가 되었다.

"여기저기."

"왜 우리를 보러 오지 않았어요?" 또다시 스티븐은 땅을 치며 후회했을지 모른다. 주드 아저씨는 그의 아버지가 아니었다. 이제 어머니와 사귀지도 않는데 뭐하러 그들을 보러 오겠는가?

하지만 주드 아저씨는 양손을 펼쳐 보이며 한숨을 쉬었다.

"너도 알잖니, 스티븐. 남녀 관계라는 게 원래 그래."

주드 아저씨가 자기를 관계에 대해 잘 아는 듯한 대화상대로 여겨주어 스티븐은 약간 뿌듯했다. 그가 섹스에 대해 잘 안다고 생각하는 어머니에 뒤이어 아저씨가 그런 태도를 보이자 어른이 된 것 같기도 하고 사기꾼이 된 것 같기도 했다.

"그렇죠." 그가 말했다.

너무도 하고 싶은 질문이 있었지만 목구멍에 걸려 나오지 않았고, 그래서 그는 차라리 잘됐다 싶었다.

주드 아저씨에게 얼마나 있을 거냐고 묻는 건 너무 위험한 모험이었다.

할머니는 저녁식사를 하는 내내 한 마디도 하지 않고 주드 아저씨의 손톱을 못마땅한 듯 힐끔거렸다. 하지만 별수없이 맨날 뒤로 묶던 머리를 푼 레티는 처녀처럼 수줍어했고, 데이비는 쉴새없이 조잘대면서 주드 아저씨에게 질문과 의견 공세를 퍼부었다. 그가 늘어놓는 깜찍한 이야기에 모두 웃지 않을 수 없었다.

"나 소시지 나무를 키울 거예요, 주드 아저씨!"

"나는 왜 수염이 없어요?"

"주드 아저씨, 산울타리는 고슴도치 가시로 만든다는 거 알았어요?"

스티븐은 몰래 한숨을 쉬었다. 어머니가 데이비를 더 좋아할 만도 했다. 저렇게 재밌으니.

스티븐은 잠자코 그의 어머니가 제이코비 씨네 가게에서 주드 아저씨를 우연히 만나 차 마시러 오라고 초대했다는 정보를 주워들었다. 하지만 그가 정확히 어떻게 초대를 받았는지, 아니면 그가 먼저 차 한잔 하자고 했는지를 두고 약간 짓궂은 논쟁이 있었다.

그건 중요하지 않았다. 주드 아저씨가 다시 식탁 앞에 있었다. 그가 할머니를 구워삶고, 어머니를 놀려대고, 데이비의 응석을 받아주는 모습을 보면서 스티븐은 어깨 위에 낙관주의가 내려앉는 듯한 익숙지 않은 기분을 느꼈다.

그는 자기 몫의 구운 콩을 허겁지겁 먹자마자 양해를 구한 뒤 새로 산 싸구려 운동화를 꿰신고 육 주 전 삽을 놔둔 곳으로 부리나케 내달렸다.

삽은 거기 있었다. 그대로였다.

그는 창백한 손에 든 삽을 늘어뜨린 채 다시 터덜터덜 걸어 집 뒤로 돌아갔다. 주드 아저씨처럼 그의 삽도 집에 왔다.

스티븐은 뒷마당을 유심히 살폈다. 평범한 소년의 마음으로 토마토와 양상추가 어디서 자라야 좋을지 가늠했다. 양상추는 화분에 심어 높은 곳에 두어야 달팽이가 꾀는 것을 막을 수 있다. 감자가 대부분의 공간을 차지할 테지만 어머니가 상류층이 윔블던에 총출동했나보다고 느끼게 해줄 딸기 몇 그루를 심을 자리는 있었다. 랜들 씨는 작년에 멜론을 키우며 스티븐네에도 하나 주었었다. 멜론은 아무 맛도 나지 않고 껍질이 코르크처럼 딱딱했지만 스티븐은 고리타분한 영국 땅에서 그토록 색다른 뭔가가 자랄 수도 있다는 사실에 깜짝 놀랐었다. 어쩌면 그도 멜론을, 속살이 오렌지 같은 멜론을 키울 수 있을지 몰랐다.

그는 삽을 쥔 손에 힘을 주면서 죽음을 찾기 위해서가 아니라 생명을 주기 위해 땅을 파는 삽을 생각했다.

어머니가 밴베리스에서 새 운동화를 사준 게 뜬금없이 떠올라 흐뭇한 기분이었다. 그는 진심으로 바랐다. 이번에는 이 신발로 잘 버틸 수 있기를.

스티븐은 뒷벽에 녹슨 삽을 기대세우며 슬며시 미소지었다.

이제 정상처럼 느껴졌고, 그래서 좋았다.

23

아널드 에이버리는 탈옥을 생각해본 적이 없었다. 현실적으로 단 한 번도.

물론 감옥에 갇히고 처음 몇 달은 뜬눈으로 누워 다시 자유로워지면 뭘 할지 생각했었다. 하지만 그의 마음속에서 탈옥이라는 개념이 가장 중요하지는 않았다. 언젠가는 가석방될 테고, 그 시점은 재판에서 판사가 권고한 대로 이십 년은 복역했을 때일 거라 예상하고 있었다.

그 권고는 공정해 보였다. 아동살인범이라는 점만 빼면 에이버리는 준법정신도 투철하고 그야말로 보수당에 투표하는, 대부분의 구형은 한심할 만큼 부적절하며 몇몇 죄수의 조기 석방은 수치라고 생각하는 시민이었다.

그래서 최소한 이십 년을 복역해야 한다는 사실에 직면했을 때도 에이버리는 이전의 훌륭한 성품과 납세 사실을 들먹이며 자신의 형량에 대해 우는소리를 하지도 불평하지도 항소하지도 않았다. 대신 자격을 얻자마자 가석방 1순위 후보가 되기 위해 최선을 다하기로 결정했다.

샤워실에서 교도관 세 명에게 강간당했을 때도 에이버리는 그들이 자신을 욕보이며 즐거워하도록 내버려두었을 뿐 결코 불평하거나 보복하지 않았다.

상황이 좋아져 재활교육을 받게 됐을 때도 에이버리는 수강 신청을 하고 모든 수업에서 일등을 차지했다. 그러느라 적어도 약간의 노력을 기울여야 했지만.

리버 박사의 창문 폐쇄 지시로 영원히 어두컴컴한 곳에서 지내게 됐을 때도 에이버리는 그에게 고마워했다.

다른 실종 아동들에 대한 의혹이 제기됐을 때도 에이버리는 자신은 폴 배럿이나 윌리엄 피터스, 매리얼 옥슨버그를 절대 죽이지 않았다고 철석같이 맹세했다. 그 세 아이는 죽었을지 몰라도 그의 형량을 연장시킬 수 있는 힘이 있었고, 아무리 여전히 슬픔에 잠겨 있는 친지들의 고통을 덜어준다 해도 그는 그런 일이 일어나도록 내버려둘 생각이 전혀 없었다.

에이버리는 그래봐야 가석방은 이십 년 뒤에 가능하다는 앞선 판결이 바뀔 리 없다는 것을 알았지만 그런 노력을 통해 스스로 최대한 좋은 기회를 만들어왔다는 것도 알았고, 그래서 그 기회를 노리며 이 년쯤 더 기다리는 데 아무 불만이 없었다. 십이 개월 만에 그는 석방을 앞둔 재소자들의 사회 적응을 돕는다는 취지 아래 노섬브리아*의 개방형 교도소에서 시행하는 프로그램에 들어갈 수 있었다. 모든 일이 그가 계획했던 대로 흘러가고 있었다.

SL이 실은 소년에 지나지 않는다는 사실을 알기 전까지는.

그와 신뢰를 쌓아온 소년.

---

* 잉글랜드 북동부.

그와 비밀을 나누었던 소년.

그에게서 뭔가를 너무도 간절히 원하고 있어 잘 구슬리면…… 웬만하면 뭐든 할 소년.

물론 그가 그럴 생각이 없다면 문제될 것도 없었다.

하지만 지금이어야 한다, 이 년 뒤가 아니라. 가석방 허가가 떨어진다면. 그때쯤이면 소년은 십대의 꼴사나운 취미에 푹 빠져 완전히 다른 종류의 임무에 정신이 팔릴 터였다. 게다가 북부 어디쯤의 거지같은 사회복귀 시설로 풀려나 그가 사랑하는 엑스무어에서 훨씬 멀어지다니, 당연히 안 될 일이었다.

아널드 에이버리는 십팔 년을 보냈다. 기다리고 또 기다리면서, 열심히 생활하면서, 형기를 채우면서…… 십팔 년 동안 그는 아이들이 주는 그 크나큰 흥분을 가물거리는 기억에만 기대 떠올려야 했다. 기억을 간직하려고 아무리 애써도 옛날 기억은 너무 많이 사용해 결국 시들해질 수밖에 없었다.

SL의 사진은 그의 마음속 먼지투성이 후미진 구석구석을 환하게 비추는 초신성이었다. 그 사진은 확대경을 통과하는 레이저처럼 그의 논리와 좋은 의도를 꿰뚫었다. 이제 욕구가, 간절한 욕구와 가능성들이 그의 뇌를 쉴새없이 태우고 고문했다. 스티븐이 문틈으로 여름날 스케이트보드를 타는 미래를 보았듯 에이버리도 자신의 미래를, 이루 말할 수 없는 즐거움으로 가득 채워질 수 있는 코앞의 미래를 보았다. 에이버리의 뇌에서 화학물질 같은 것이, 성욕은 날카롭게 벼리고 분별 있는 의식은 무디게 만드는 뭔가가 쏟아져나왔다. 예전에도 똑같은 화학변화가 일어나서 에이버리는 심지어 경찰이 오기를 기다리는 와중에도 또다시 그 명령에 따라 한 소년을 욕보였다. 그의 생각은 온통 SL에게가 있었다. 그는 그가 어디 사는지 알았다. 그가 어떻게 생겼는지도 대략 알았다. 그는 그를 가르치고, 희롱하고, 지시할 수 있었다.

잘못된 방향으로.

마음대로.

지배할 수 있을 거라는 예상은 달콤했다. 그 상은 소중했다. 소년은 그의 손아귀 안에 있었다.

별안간 에이버리는 세상의 모든 시간이 너무도 굼떠 보였다.

무슨 일이든 일어날 수 있었다!

SL은 이사할 수도, 죽을 수도, 그냥 흥미를 잃을 수도 있었다. 에이버리는 그에게 편지를 써야 했다. 그가 찾고 있는 시체가 아주 가까이 있다는 희망을 주어야 했다. 그를 계속 붙잡아둬야 했다.

그는 자신을 절박하게 내몰고 새로 찾아낸 힘을 약화시키는 미묘한 변화에 분개했다. 하지만 그 힘을 다시 손에 넣는 확실한 방법을 알고 있었다. 지금 힘을 약간 포기하는 대신 나중에 완전한 지배와 지고의 기쁨을 얻을 수 있다면 기꺼이 타협할 용의가 있었다.

그래서 후회가 든 건 잠깐이었고—그 즉시 묵살해버렸다—아널드 에이버리는 감옥에서 탈출하기로 결론내렸다.

그것도 당장.

이 갑작스런 절박감은 또다른 남자를 부주의하고, 무모하고, 어리석게 만들 수도 있었다.

에이버리 슈퍼맨이 그랬다.

그는 겨울잠에서 깨어나 원기를 회복하고 으스대며 모든 감각을 들쑤시기 시작했다.

그는 자신이 얼마나 영리한지 알면서도 아주 오랫동안 명석한 머리를 쓰지 않았다. SL의 편지가 잠자고 있는 그의 IQ를 쿡쿡 찔러댔을 때도 그랬다. 하지만 이제 그는 잠에서 제대로 깨어나 웅웅거리며 돌아가는 선외 모터처럼 활발히 신호를 보내는 뉴런과 추운 밤 마신 브랜디처럼 자신의 몸속을 돌아다니는 지능을 느낄 수 있었다.

이제 그에게는 하루하루가 놓치고 싶지 않은 기회였다. 신중하게 계획을 세워야 한다는 걸 알았지만 뜻밖의 허점을 놓치지 않고 활용해야 한다는 것도 잘 알았다. 그것은 지능의 양면 공격이었고, 그는 그 도전 앞에서 살아 있음을 새삼 느꼈다.

일단 관심을 갖기 시작하자 에이버리는 마음속에 끝없이 흐르는 정보의 물줄기에서 몇 가지를 눈여겨보았다. 정보 하나하나가 평가와 분류를 거쳐 미래의 참고자료로 저장되었다.

그는 라이언 핀레이 교도관이 재수없는 멍청이라는 것을 언제나 알고 있었지만, 이제 그의 침착한 엷은 색 눈은 핀레이가 커다란 열쇠 뭉치를 너무도 조심성 없이 갖고 다니는 재수없는 멍청이라는 점에 주목했다.

열쇠 뭉치는 핀레이의 허리띠에 연결되어 있었는데, 방금 말한 허리띠에 달린 조그만 검은색 가죽 주머니 안에 안전하게 보관되어 있어야 했다. 교도소 당국은 열쇠 하나를 언뜻 보는 것만으로도 범죄자의 마음에 지울 수 없는 인상이 남아 정직이나 도덕이 들어설 여지가 없어질 수 있다는 것을 잘 알았다. 죄수가 몇 시간 안에 페이퍼백에서 뜯어낸 표지나 시리얼 상자 쪼가리로 열쇠를 똑같이 만들어낼 수 있었다. 그렇게 만든 열쇠는 오래가진 못하겠지만 한 번만 작동해주면 될 터였다.

이런 이유로 교도관들은 항상 열쇠를 눈에 띄지 않게 감춰야 했다. 문을 열고 주머니에 열쇠를 집어넣은 뒤 3미터를 걸어가 열쇠를 다시 꺼내 두번째 문을 열어야 했지만 실제로는 규칙을 따르기가 여간 성가신 일이 아니었다.

핀레이 교도관은 규칙을 따르지 않았다. 아널드는 별것 아니지만 둔한 핀레이의 방식에서 그가 사소한 규칙보다 자신이 위에 있다고 생각한다고 직감했다. 아널드와 마찬가지로. 물론 차이라면 핀레이가 규칙을 깼을 때란 열쇠 꾸러미를 함부로 다룬다는 것을 의미했다. 반면 아널드 자신이 규칙을 깼을 때란 무기력한 아이의 목을 조른다는 것을 의미했다.

모든 것은 상대적이다.

아널드는 핀레이 교도관이 이제는 열쇠가 그의 펑퍼짐한 엉덩이에 부딪히는 것조차 싫어한다는 점에 주목했다. 대신 그는 허리띠에서 열쇠 꾸러미를 아예 풀어 손가락으로 빙빙 돌리면서 복도 곳곳에 짤랑거리는 소리를 울리길 좋아했다. 핀레이 교도관은 운동은 물론이고 손과 눈을 동시에 쓰는 일에도 영 젬병이어서 가끔 열쇠 꾸러미를 떨어뜨렸고, 그럴 때면 꾸러미를 줍는 데—한숨과 함께 관절을 삐걱대며 허리를 숙였다가 다시 일으키는 데—한세월은 걸렸다. 몸을 똑바로 펴고 나면 허리를 구부리느라 균형감각을 완전히 잃어서 어지러운지 잠시 눈을 깜빡였다.

에이버리는 그를 지켜보았다. 그가 자신이 있는 구역으로 다가오고 나가는 모습을 지켜보았다. 그가 꾸러미에서 골라낸 열쇠를 지켜보았다. 핀레이는 구역으로 들어올 때 길쭉한 구식 열쇠를 사용했다. 아주 단순했다. 감방 문을 열 때 사용하는 열쇠는 예일 사 제품이었다. 그 열쇠는 좀더 복잡했다. 에이버리가 세어보니 감방 열쇠와 구역 열쇠를 빼고 핀레이의 열쇠 꾸러미에는 일곱 개의 열쇠가 더 매달려 있었다. 어디를 여는 데 쓰이는 것들인지는 알 수 없었지만 그 일곱 개의 열쇠가 있으면 모험심 강한 사람이 담장 밖이나 그 근처까지 가는 건 수월하리라는 느낌이 들었다.

에이버리는 그 열쇠들을 줍기만 하면 교도소 밖으로 나갈 수 있다고 생각할 만큼 어리석지는 않았지만 이리저리 궁리해보고 정보로 분류해 놓았다.

높이 4미터밖에 되지 않는 롱무어 교도소의 담장은 영국에서 제일 낮았다. 하지만 울타리를 무사히 통과한 뒤 담장을 기어오르고 반대쪽으로 뛰어내리고도 양쪽 발목이 성하다 한들 그보다 훨씬 더 힘든 장애물이 기다리고 있었다. 바로 다트무어였다.

한 세기 넘게 교도소 당국은 가도 가도 끝없는 황무지에 기대 죄수들을 가둬두고 있었다. 어쩌다 죄수가 탈옥하더라도 교도관들은 도로만 수색했다. 현실적으로 빠져나갈 수 있는 경로가 하나뿐이기 때문이다. 다트무어를 가로지르는 죄수들은 고약하기로 이름난, 그 황무지가 부려대는 변덕에 이리저리 헤매다 끝내 벗어나지 못했다. 예상을 비껴가며 시시각각 바뀌는 심술궂은 날씨에. 심지어 오뉴월에도, 도망자가 나무 한 그루 없는 곳을 헤매다 더위에 지쳐 쓰러지지 않는다 해도, 날씨가 180도 돌변해서 겨우 몇 분 만에 축축하고 차가운 안개 담요가 사방을 뒤덮어 뼛속까지 추위에 떨게 만들 수도 있었다. 그런 날씨에 탈옥수들은 비틀거리며 무턱대고 걷다가, 흡사 수경 재배라도 한 듯 늪지의 수면을 뒤덮은 억센 풀에 속아 방심하는 사이 집채만한 화강암 바위 표면에서 발을 헛디뎌 순식간에 늪지로 빠지기 일쑤였다.

황무지는 이런 탈출 게임에서 거의 늘 승자였다.

이제 죄수 숫자도 급증한데다 참견하기 좋아하는 대중의 개선 요구도 있어 교도소 건물 주변의 돌담에서 4.5미터 안쪽에 견고한 철책이 세워졌다. 높이는 4미터밖에 되지 않았지만 위쪽에 날카로운 철조망을 둘러쳐 억제 효과를 배가했다. 잘못 넘어간 축구공 같은 물건을 꺼내올 필요가 있기라도 한 듯 철책에는 굳게 잠긴 출입구가 네 군데 있었다.

담장만 있다면 한번 시도해볼 만도 했다. 하지만 담장과 철책과 철조망은 보는 사람의 기를 꺾어놓았다.

그래도 에이버리는 따뜻한 물에 담가 물러진 비누를 늘 주머니에 넣고 지내며 비누는 더러울 수 없다고, 비누는 더러움의 정반대, 곧 깨끗함의 대명사라고, 따라서 몸에 지닌 미끈거리는 비누의 무게를 참을 수 있고 또 반드시 참아야 한다고 스스로를 거듭거듭 타이르면서 바지에 들러붙은 비누 찌꺼기와 씨름했다. 이렇게든 열쇠를 비누에 눌러 찍고 나면 그것으로 무엇을 할지, 그도 잘 몰랐다. 그건 그때 가서 생각할 일이고 일단은 다른 상황에서 쓸모가 있으리라는 느낌이 들었다.

에이버리는 감방 벽에 대해서도 생각해보았다. 벽은 돌로 되어 있었지만 벽돌 틈새의 회반죽은 원래 약한 법이다. 벽을 빠져나가는 데 가장 큰 적은 시간과 빛이었다. 그에게 시간은 너무 적었고, 빛은 너무 많았다. 창문을 판자로 막은 그의 감방은 여느 감방보다 어두컴컴했지만 오전 여섯시 삼십분에 전등이 켜지면 밤 열시 삼십분까지 그 상태 그대로였다. 에이버리는 밤 열한시쯤 칫솔 손잡이를 사용해 침상 아래 벽돌 가장자리의 회반죽을 긁기 시작했다.

세 시간 뒤 회반죽이 보일 듯 말 듯 움푹해졌을 뿐인데도 칫솔 끝은 아주 날카로워져 있었다. 그는 벽을 단념했지만 칫솔은 베개 밑에 감춰두었다. 이곳은 교도소고 그 무엇도 허투루 사용되는 법이 없었다.

이틀 뒤 그는 날카로운 칫솔로 창문에서 판자를 뜯어냈다. 창살 주변의 회반죽은 벽 쪽 회반죽보다 물렀고, 동이 트기 시작할 무렵에는 창살 하나의 밑동이 5센티미터가량 드러나도록 긁어낼 수 있었다. 그것은 교도소 안의 어떤 감방에서든 거의 즉시 적발되고 말 부당 변경 행위였다. 다시 말해 리버 박사의 특별 지시로 창문에 판자를 가리지 않은 감방에서는. 이 년 동안 아무도 판자를 떼어내지 않았고, 에이버리는 이제 와서 사람들이 새삼스레 판자에 손댈 이유를 찾지 못했다.

에이버리도 자신의 계획이 크게 미덥지는 않았다. 기대와 현실의 격차가 크면 클수록 그에 비례해 실망도 크다는 것을 잘 알았다. 그는 희망을 좋아하지 않았다. 운명의 변덕에 비굴하게 기대는 것 같아 그 말 자체를 좋아하지 않았다. 그보다는 자신이 마음속에 품고 있는 것을 '선택'이라고 부르는 편이 더 좋았고, 탈옥에 대한 욕구가 갈수록 절박해지면서 그는 가능한 모든 선택을 빠짐없이 타진했다.

샤워나 식사를 할 때를 제외하면 언제나 감방에 틀어박혀 있던 에이버리는 이제 다른 인간쓰레기들과 똑같이 바깥으로 나와선 감방 철창문에 기대어 교도소가 돌아가는 사정을 살피기 시작했다. 물론 인간쓰레기들은 그러는 동안 담배를 피워댔지만 에이버리는 그러지 않았다. 지저분한 습관. 그는 담뱃진으로 누레진 손가락을 보며 진저리를 쳤다. 그들의 화장실 버릇이 어떨지는 하느님만이 아시리라.

에이버리는 그 생각을 괜히 했다며 후회했다. 목구멍으로 신물이 올라왔다. 더럽다는 생각에 몸을 부르르 떨었지만 실제로 생체 기능과 체액은 식은땀과 메스꺼움을 유발할 만큼 강력했고, 메스꺼운 느낌은 기어이 게워내고야 말리라 위협하며 그를 자기 충족적 예언으로 몰아갔다.

그는 숨을 깊이 들이쉬면서 가장 가까이 있는 남자에게 주의를 기울였다. 무슨 우연인지 그 남자는 션 엘리스였다. 화끈한 아내 때문에 사진을 도난당하는 남자.

엘리스의 손가락이 건강한 분홍색인 걸 보자 에이버리는 무엇보다 구역질을 가라앉힐 생각으로 그 남자에게 고개를 까딱이고 눈썹을 치켜세우며 별 뜻 없는 인사를 건넸다.

"그럭저럭." 엘리스도 인사했다. 보아하니 그는 에이버리가 무슨 짓을 저질렀는지 모를 만큼 롱무어에서 신참이거나 아니면 그런 건 개의치 않을 만큼 말종인 듯했다. 에이버리는 후자이길 바랐다. 그는 멍청한 일반 재소자들이 그를 마치 신발에 묻은 똥처럼 바라보는 시선에 넌더리가 났다. 십팔 년이 지난 지금도 우정을 원하거나 필요로 하지 않았지만, 자신은 걸핏하면 욕을 먹는데도 교도소 안의 어떤 살인범들은 존경받는 이유가 여전히 납득되지 않았다. 그런 이해 불능은 마땅한 그의 몫을, 하다못해 그의 범죄에 돌아가야 할 경외심조차 중간에서 가로채기당했다는 느낌을 부추겼다.

엘리스는 틀림없이 보호 죄수동에 온 지 얼마 되지 않은 신참이었다. 에이버리는 그가 무슨 죄를 저질렀기에 보호를 받아야 하는지 그냥 궁금했지만 아동성범죄자나 밀고자라면 아무리 그 사실을 숨기려 해도 결국 정보가 새기 마련이라는 것 또한 알고 있었다.

"담배?" 에이버리가 물었다.

"아니, 안 피워. 고마워."

에이버리는 엘리스를 재빨리 살펴보았다. 그는 큰 키와 건장한 체격에 코가 조직폭력배처럼 납작하게 찌그러져 있었지만 갈색 눈은 신중해 보였고 속눈썹도 어울리지 않게 짙었다. 에이버리는 그 눈이 두 명의 은행원이 마지막으로 들여다본 눈이라는 사실을 알지 못했고 신경쓰지도 않았다. 다만 몇 년 만에 처음으로 대등한 입장에서 동료 죄수에게 말을 걸려는 시도가 그럭저럭 괜찮은 출발을 보이고 있다는 것은 알았다.

"지저분한 습관이지." 그는 어깨를 으쓱했다. "기껏해야 사람들과 어울리게 해주는 게 전부야." 사실이 그랬다. SL에게 사진을 받고 사흘 뒤 에이버리는 지금 션 엘리스와 대화를 나누듯 누군가와 말문을 틀 필요가 있을 때를 대비해 앤디 랠프에게서 벤슨 반 갑을 사두었었다.

엘리스는 고개를 끄덕이더니 세 층 아래로 한가로이 주의를 돌려 거기서 벌어지고 있는 탁구 시합을 지켜보았다. 살인이나 자살을 목적으로 추락이 일어나는 걸 막기 위해 친 격자무늬의 안전 그물망 사이로.

평소 같았으면 그쯤에서 소통을 끝내도 에이버리는 전혀 아쉽지 않았을 것이다. 그는 친구나 대화를 갈망하지 않았다. 하지만 이제는 목표가 생겼고, 더 많이 노력해야 했다.

그리고 어느새 그는 노력하고 있었다. 영원과도 같은 시간 동안 에이버리는 억지스럽지 않은 말머리를 찾아 머리를 엄청 굴렸다. 아니면 의심을 사거나 동성애자처럼 보이지 않는 말머리를 찾아. 마침내 아널드 에이버리—연쇄살인범이자 방관자이자 변종이며 자신의 규칙만 따르는 남자—는 고개를 들어 햇빛이 어렵사리 통과하는 먼지 낀 채광창을 보며 통근자라도 되는 양 하늘을 살폈다. "날씨 참 지랄 맞네."

엘리스는 그를 향해 한쪽 눈썹을 치켜세우더니 위쪽으로 시선을 던져 멍하니 하늘을 바라보았다. "밖에 나가기에는." 에이버리는 빙그레 웃으며 빈정거렸다.

고맙게도 엘리스는 말뜻을 알아듣고 흥흥거리며 작게 코웃음을 쳤다. "이 안에 있어 다행이지, 뭐." 엘리스가 말했고, 에이버리는 그가 건넨 농담이 재미있다는 듯 좀더 활짝 웃었다. 덩치만 큰 황소.

엘리스는 신참이었다. 그렇다고는 해도 비누에 눌러 찍은 열쇠 자국이 무엇을 의미하는지는 알 수도 있었다. 모를 수도 있고. 하지만 알 것이다.

"아널드라고 해." 그가 회의중인 변호사처럼 오른손을 내뻗으며 말했다.

"션이야." 엘리스가 크고 투박한 손으로 그에 비하면 작은 에이버리의 손을 힘껏 잡으며 말했다. 에이버리는 자신이 작고 약하게 느껴져 그러는 게 싫었지만 꾹 참고 미소를 지었다.

"여기 음식은 쓰레기야." 엘리스가 에이버리에게 정보를 거저 주었다. 그 정보는 엘리스가 이곳에서 지낸 지 얼마 되지 않았으며(무엇보다 그와 말을 섞고 있다는 사실이 그 점을 뒷받침해주었다), 그 어디서도 그리 오래 있지 않았다는 것을 말해주고 있었다. 교도소 음식은 어디나 쓰레기였고, 그것은 그냥 엄연한 사실이었기 때문이다. 아널드 에이버리는 교도소 음식에 대해서는 까마득히 오래전에 포기한 터라 이 사실을 호흡이나 성적 취향의 자동조종장치처럼 존재 자체에 새겨넣지 못하는 사람이 있다는 게 그저 놀라울 따름이었다.

"쓰레기지." 그는 이제 엘리스가 대화를 주도하고 있다는 게 만족스러워 반갑게 맞장구쳤다. "매점 갈 돈은 있나?"

매점에서는 비스킷과 초콜릿과 과일을 엄청나게 부풀린 가격에 팔았다. 말인즉슨 하루 일당으로 농익은 바나나 한 알을 살 수 있을 뿐이라는 뜻이었다. 그것도 아주 운이 좋을 때에 한해.

"그럼. 마누라가 보내주거든." 엘리스가 말했다. 그는 뒷주머니에서 반듯하게 접힌 라미네이트지를 꺼냈다. 안에는 사진이 한 장 들어 있었다. 그는 자랑스레 사진을 내밀며 자신이 고른 짝에 대한 칭찬을 노골적으로 기대했다.

에이버리는 사진을 받아들고 볼품없지만 값비싸 보이는 소파에 드러누워 위쪽을 올려다보는 엘리스의 아내를 찬찬히 살폈다. 크고 아름다운 갈색 눈과 하얀 살결. 삼십대 초반. 이십오 년 전이라면 그의 넋을 빼놓았을 것이다.

핀레이가 다가오는 기척이 났다. 둔탁한 발소리, 부주의한 열쇠 소리.

"여기서 뭣들 하나?" 핀레이가 짐짓 친한 척하며 말했다.

"션의 아내 사진을 보고 있었어요, 핀레이 교도관님."

"어디 나도 좀 보지." 핀레이는 허락도 구하지 않고 에이버리의 손에서 사진을 낚아채선, 현재 그의 가장 음탕한 환상들 속 주인공인 여자를 눈을 가늘게 뜨고 보았다.

"아주 근사해, 엘리스." 그가 조심스럽게 말했다.

"숨이 막힐 만큼요." 에이버리가 말했다. 나름대로 애쓰긴 했지만 목소리에서 묻어나는 빈정거리는 어조는 감출 방법이 없었다.

"제가 봐도 그렇긴 해요." 엘리스가 말했다.

핀레이는 엘리스에게 사진을 돌려주었다. 에이버리는 덩치가 산만한 남자가 짙은 갈색 눈을 침팬지처럼 유순하게 뜨고 굳은살이 박인 엄지손가락으로 아내의 얼굴을 쓰다듬은 다음 도로 주머니에 집어넣는 모습을 지켜보았다.

"또, 친구." 그렇게 말하며 돌아선 엘리스는 넓은 어깨를 앞으로 잔뜩 수그린 채 복도를 걸어갔다.

"또." 에이버리는 문법을 무시한 그 말을 경멸하면서도 그대로 따라했다.

사랑에 대해서는 잘 모르지만 약점이라면 놓치지 않는 사냥개의 코를 가진 그였다. 그래서 자질구레한 장신구처럼 모아놓기 시작한, 작지만 점점 불어나는 정보에 그것을 추가했다.

핀레이가 에이버리에게 눈을 찡긋했다. "지금쯤 어떤 놈팡이와 붙어먹고 있을까……"

에이버리가 어깨만 으쓱하자 핀레이는 전술을 바꿨다. 어리석게도 제 딴에는 교활한 눈초리랍시고 에이버리를 바라보았다.

"자네답지 않게 딴사람이랑 어울리고 그래?"

"변화를 좀 줘볼까 해서요, 핀레이 교도관님."

"자네 정신과 의사가 좋아하겠군." 핀레이는 자신의 농담에 웃었고, 에이버리는 충분히 알아들었다는 표시로 양쪽 눈썹을 치켜세웠다. "그 낡은 컴퓨터 누구한테 줬나?" 그 멍청이는 자신의 신변 안전 관리가 실은 얼마나 허술한지도 모른 채 열쇠 꾸러미를 빙빙 돌렸다.

“아뇨, 아직요, 핀레이 교도관님.” 에이버리는 보일 듯 말 듯 미소지었다. “하지만 누가 뭘 달라고 계속 보채면 결국은 그 사람한테 주게 되죠.”

“맞는 말이야, 에이버리.”

열쇠 꾸러미가 짤랑거리며 바닥에 떨어졌고 그는 꾸러미를 주우려고 심해로 잠수할 준비라도 하듯 숨을 깊이 들이마셨다.

에이버리는 잽싸게 움직여 열쇠 꾸러미를 집어들었다. 그 순간 그는 핀레이의 눈에서 공포의 빛을 읽었다. 그는 아무렇지도 않게 꾸러미를 건네고는 언제 그랬냐는 듯 고개를 돌려 안전 그물망 사이로 아래층을 물끄러미 내려다보았다. 옆에서 핀레이가 열쇠 꾸러미를 허리띠에 채우는 소리가 들렸다. 하지만 그는 걱정하지 않았다. 핀레이는 게으른 놈이라 경계는 오래가지 않을 터였다.

“고맙네, 에이버리.”

“뭘요, 핀레이 교도관님.”

24

기적적으로, 스티븐과 주드 아저씨는 겨우 몇 시간 만에 뒷마당의 해묵은 식물과 쓰레기를 깨끗이 치웠다.

둘 다 웃통을 벗어부친 채 비지땀을 쏟고 있었다. 스티븐이 마르고 창백했다면 주드 아저씨는 우람하고 구릿빛이었다.

스티븐은 만족스러워 뺨을 잔뜩 부풀렸다가 숨을 크게 내쉬었다. 땀이 흘러 눈으로 들어갔다. 흙은 제자리에 그대로 있다는 사실을 확인하고 흐뭇해하며 땀을 훔쳤다.

루이스는 감명을 받기는커녕 볼멘소리를 해댔다. "저격수 놀이는? 이제 숨을 곳이 없잖아!"

늘 그렇듯 루이스는 뒷마당 치우는 일을 거든답시고 열시쯤 와서는 레티가 남긴 차가운 스파게티 볼로네즈를 파이렉스 그릇째로 떠먹으며 입안에 음식을 가득 넣고는 이래라저래라 간섭을 해댔다.

주드 아저씨가 눈을 찡긋하자 스티븐은 이를 드러내며 씩 웃었다. 루이스가 달그락대며 빈 그릇에 숟가락을 내려놓았다.

"그놈의 당근이야 그냥 사먹으면 될 텐데 너희 집은 왜 안 그러는지 이유를 모르겠단 말이야."

스티븐은 아무 말도 하지 않았다. 당근을 사먹는 게 좀더 현명한 선택 같았다. 그는 자신이 바보처럼 느껴졌지만 루이스에게 화가 나기도 해서 계속 땅만 팠다.

루이스가 낮은 담에서 미끄러져내려왔다. "잘 있어." 그가 쌀쌀맞게 말했다.

"땅 파는 거 안 도와줄 거야?" 스티븐이 달래듯 말했다.

"응. 어쨌든 네가 다 망쳤어." 루이스가 말했다.

그는 뒷문으로 나가버렸다. 그의 등뒤에 대고 스티븐은 눈살을 찌푸렸다.

"신경쓰지 마." 주드 아저씨가 말했다.

그래서 스티븐은 신경쓰지 않았다.

그와 주드 아저씨는 호스째 물을 마시며 시시껄렁한 일에도 낄낄댔다. 꼴이 너무 지저분하다며 할머니가 차를 마시러 들어오지 못하게 하자 둘은 아랫도리까지 벗고 맨발과 팬티 차림으로 나란히 부엌으로 들어갔다. 그 모습을 보고 데이비와 레티가 까르르 웃었다. 할머니는 등을 돌렸지만 화가 난 건 아니라는 것을 스티븐은 알았다. 화가 나기는커녕 짜증조차 나지 않았다는 것을. 입술을 오므리지도, 걸쭉한 잿빛 스튜를 접시에 담으면서 숟가락을 탕 부딪히지도 않았기 때문이다.

해질녘이 되자 그는 몸 여기저기가 쑤시고 지쳤지만 마당에는 새로 일구고 새로 잡초를 뽑은 손바닥만한 검은 땅이 생겼다. 씨를 뿌리고 사이사이에 끈으로 줄을 쳐 구획을 나누고 고양이와 새가 얼씬하지 못하도록 철망으로 위를 둥글게 덮었다.

까무룩 잠이 들면서 스티븐은 생각했다. 오늘처럼 손에 쥔 삽이 자연스럽게 느껴진 적은 없으며, 아널드 에이버리와 빌리 삼촌과 양 턱뼈 사건은 아주 어렸을 때 어쩌다 한번 꾼 나쁜 꿈 같다고.

25

션 엘리스는 아내가 느닷없이 눈물을 터뜨리자 놀랐다가 이내 당황했다. 그는 사람들 앞에서 감정을 드러내는 걸 좋아하지 않는 남자였다. 판사가 최소 형기로 징역 십육 년을 선고했을 때도 침착함을 잃지 않았고, 교도소로 이송될 때도 아내를 돌아보며 걱정하지 말라는 듯 눈을 찡긋거렸다.

지금도 아내가 울자 그는 주변을 둘러보며 동료 죄수들의 반응부터 살폈다. 다들 별 관심 없어하자 힐러리라는 이름의 아내에게 다시 눈을 돌렸다.

"힐리, 왜 그래, 어?" 그가 부드럽게 말했다.

힐러리 엘리스는 주먹을 쥐고 더 격렬하게 울었다. 감정이 복받쳐 얼굴이 달아올랐고, 눈물에 번진 마스카라가 뺨을 타고 흘러내렸다.

"당신이 날 더이상 원하지 않잖아."

"뭐?"

"당신은 날 더이상 원하지 않는다고!"

션 엘리스는 당혹스러웠다. 그는 아내를 열렬히 사랑했다. 아내가 너무 그리운 나머지 어떤 때는 가슴이 아프기까지 했다. 늘 그랬듯 그는 아내를 원했고, 아내를 만난 뒤로 다른 여자를 원한 적이 없었다. 교도소에 있는 동안 그가 가장 참기 어려운 고문은 감금이 아니라 아내가 자신에게서 점차 멀어질지도 모른다는, 그래서 갈수록 면회가 뜸해지다가 어느 날 뜨거운 아내의 발길이 뚝 끊기고 대신 냉정한 변호사로부터 이혼 서류가 날아들지도 모른다는 두려움이었다. 조만간 이혼 서류를 받게 될 거라는 두려움에 이 년 동안 션 엘리스는 뜬눈으로 밤을 지새웠다. 두 은행원의 놀란 얼굴도 그를 그 지경까지 몰고 간 적은 없었다. 아내를 잃을지도 모른다는 공포 때문에 마약 거래를 한다며 감방 동료를 밀고하기까지 했다. 배신의 대가로 그는 이 년을 감형받았을 뿐만 아니라 곧장 보호 죄수동으로 직행해 남은 형기를 무사히 마칠 기회를 얻게 되었다.

그런데 아내는 그가 자신을 원하지 않는다며 울고 있었다!

션 엘리스는 그 상황에서 남자라면 으레 그러듯 당황했다. 그것도 아주 많이.

"자기야, 그게 대체 무슨 말이야?" 그는 아내의 손을 잡고 울긋불긋한데다 시커먼 줄까지 그어진 아내의 얼굴을 사랑과 경탄의 눈으로 바라보았다. "내가 당신을 얼마나 사랑하는데! 얼마나 원하는데! 당신을 원하고말고! 당신 바보야? 어느 누가 당신을 원하지 않겠어?"

"하지만 그 사진들!" 그녀가 울부짖었다. "당신은 그 사진들 싫어하잖아! 그 사진들에 대해 한 마디도 안 하잖아! 내가 창녀라고 생각하잖아!"

대화가 잘 들리는 거리에 있던 라이언 핀레이 교도관은 불안하게 열쇠 꾸러미를 빙빙 돌렸다. 젠장.

엘리스는 아내의 얼굴에서 눈물에 젖어 달라붙은 머리카락을 떼어주고 두 손으로 뺨을 감싸쥐었다. "자기야, 무슨 사진?"

그가 수감된 뒤로 매주 보내온 사진에 대해 아내가 딸꾹질을 하면서 떠듬떠듬 쏟아내는 설명을 듣는 동안 그의 당혹감은 서서히 차가운, 차가운 분노로 바뀌었다.

26

아널드 에이버리의 편지가 현관 깔개 위에서 조용히 속삭이고 있을 때 스티븐은 그곳에 없었다.

레티는 차를 끓이겠다고 말하며 따스한 침대에서 조용히 빠져나왔다.

그녀는 반쯤 열린 방문을 지나치며 아이들을 잠깐 들여다보았다. 새벽녘의 단조로운 잿빛 속에서 데이비는 살짝 구부린 팔다리를 사방으로 뻗은 채 자고 있었고, 스티븐은 작년 크리스마스에 사줬는데도 어느새 너무 작아진 스파이더맨 잠옷 차림으로 벽에 바짝 붙어 있었다. 바지가 정강이 중간까지밖에 오지 않는 잠옷은 위아래가 각각 따로 놀면서 그 사이로 창백한 피부와 희미하게 불거진 등뼈 맨 아래쪽이 드러났다. 시트와 이불은 데이비의 발치에 아무렇게나 둘둘 말려 있었다.

부엌에서 들리는 시계 소리만이 두 아이의 낮은 숨소리와 어우러졌다. 레티는 사랑의 유령이 그녀의 몸을 뚫고 지나가기라도 하듯 전기가 통하며 저릿한 느낌이 살짝 들었다.

계단 발치에서 우편물을 집어든 그녀는 봉투의 작은 비닐 창문들을 보고 속으로 한숨을 쉬었다.

할머니는 부엌에서 위타빅스 시리얼 두 덩이가 담긴 사발에 마지막 남은 우유를 붓고 있었다.

"아무 기척도 못 들었는데." 레티가 더는 혼자가 아니라는 사실에 괜한 심통을 부리며 말했다.

"잠이 안 와서." 할머니가 말했다.

레티는 주전자를 올려놓고 청구서들을 꼼꼼하게 살피며 추려냈다. 유일하게 창문이 없는 얇은 갈색 봉투의 받는이 주소에는 서머싯 엑스무어 십콧 반스터플 로드 111번지 SL이라고 적혀 있었다. 스티븐 앞으로 온 편지가 틀림없었다.

그녀는 더욱더 언짢아져 소인을 확인했다. 플리머스. 데번에는 그녀가 아는 사람이 한 명도 없었다. 다른 식구들도 데번에 아는 사람이 없었다.

그 여자애다.

"뭐가 왔니?"

"청구서밖에 없어요."

그녀는 물이 끓기를 기다리며 창문이 있는 봉투를 모두 뜯어 열었다. 고맙게도 주전자가 낮게 덜거덕거리는 소리에 할머니의 숟가락에서 사발로 도로 떨어지는 우유 소리가 묻혔다.

그녀는 뜯지 않은 갈색 봉투를 간이 식탁에 올려놓고 심령술 같은 것으로 그 안의 내용을 알 수 있기라도 하듯 봉투를 빤히 내려다보았다.

SL. 스티븐 램.

비밀. 암호. 음모.

스티븐의 눈에만 의미가 있을 뿐 그녀의 눈에는 아무 의미가 없는 그 무엇.

레티가 보기에 세상에 좋은 비밀이란 없었다. 좋은 것이라면 비밀에 부칠 이유가 없었다. 모두에게 말하고 차에 곁들여 먹을 미스터 키플링 프렌치 팬시스를 한턱내면 됐지.

그녀는 봉투를 보며 눈살을 찌푸리다가 청구서 더미 위에 올려놓은 뒤 티백에 물을 붓고 냉장고로 갔다.

"우유 안 남았어요?"

할머니는 숟가락으로 우유에 불은 시리얼을 입안에 떠넣었다.

"우유 배달부가 곧 올 거다."

레티는 냉장고 문을 쾅 닫고 차를 티백째 싱크대에 모조리 쏟아버리고는 머그잔을 식기 건조대에 탕 내려놓았다.

할머니가 어깨를 으쓱했다. "이 위타빅스는 스펀지처럼 우유를 빨아들이는구나."

더는 참을 수가 없었다.

레티는 갈색 봉투를 집어들고 뜯었다. 그런 그녀를 할머니가 눈여겨보았다.

"그것도 청구서냐?"

레티는 편지지를 찬찬히 훑어보았다. 맨 위에 아무 의미 없는 숫자가 있었다. 날짜는 아니었다. 지난번 왔던 두 통의 편지와 마찬가지였다. 간단한 내용.

곧 좋은 소식이 도착할 것임!

누구에게 좋은 소식? 그녀에게? 그럴 리 없었다. 스티븐에게? 그럴 리도 없었다.

그 여자애가 보냈다면. 그 여자애가 임신했다면. 아기가 곧 나올 예정이라면…… 임대주택 혜택을 바라는 한심한 계집애라면 모를까, 그렇지 않고는 그걸 좋은 소식이라고 여길 리 없었다.

레티는 그 모든 불공평함에 하마터면 소리를 꽥 지를 뻔했다. 모든 것이 좋아지려는 차였다! 어째서 그들에게는 좋은 일도 없고 어쩌다 찾아들더라도 그 상태가 계속되는 법이 없는 걸까?

그녀는 아래층으로 내려오라고 스티븐을 부를 뻔했지만, 그랬다간 작아진 잠옷 바람으로 헝클어진 머리에 잠이 쏟아지는 눈을 하고 선 아들과 이런 일로 마주해야 한다는 생각에 간신히 눌러 참았다.

잠시 고민한 끝에 레티는 가스레인지를 켜고 어머니가 혀를 차거나 말거나 편지를 불태웠다.

아널드 에이버리의 장신구 상자는 가득차다 못해 넘쳐났다. 겨우 몇 주 만에 그는 은연중의 실수, 야비한 가로채기, 규정의 회피, 자신의 주변을 둘러싸고 있는 벽이 무너져가는 구조를 주의깊게 관찰하며 얻은 정보들로 상자를 가득 채웠다. 선택의 여지가 너무 많아 뭘 골라야 할지 모를 지경이었다.

그중에서도 열쇠는 가장 매력적인 선택지였다. 열쇠는 라이언 핀레이에게서 훔치거나, 아니면 역겨운 비누에 슬그머니 눌러 찍어 거푸집을 만들면 됐다. 거푸집 안에다가는 낡은 가구의 흠집을 수리하는 데 사용하는 목재 충전재를 부으면 될 터였다. 작업장에 충전재가 조금 있었다. 그 위에 광택제를 덧발라 단단하게 만들면 어슬렁거리며 걸어나갈 수단을 손에 넣게 될 터였다. 이 감방에서, 이 동에서, 또…… 어디까지 나갈 수 있을지 누가 알겠는가? 그는 선택의 폭을 열쇠 두 개로 좁혔다. 그가 있는 동의 이중문을 여는 열쇠, 그리고 교도소 담과 나란히

서 있는 철책 출입구 네 곳 중 하나를 여는 열쇠. 이 두 개면 충분할 듯했다. 하나는 비누 한쪽에, 또하나는 그 반대쪽에. 에이버리는 오랜 시간 그 일을 해치우는 데 필요한 손놀림만 연습하며 보냈다. 칫솔을 비누에 대고 눌러보며 쓸 만한 거푸집이 나오려면 정확히 얼마만큼 힘을 주어야 하는지 확인하면서, 그리고 그 사이사이 사이드미러에 비친 소년의 모습을 힐끔거리는 것으로 스스로에게 상을 내리면서. 자기 자신에게 그 이상은 거의 허락하지 않았다. 심지어 완벽한 본 두 개를 뜨는데 오 초가 채 걸리지 않았을 때도. 한때 그렇게나 많았던 시간이 이제는 귀했고 빨리 흐르는 듯했다. 에이버리는 가능한 한 SL의 사진을 보지 않으려고 애썼다. 사진에 마음을 빼앗겼다간 환상에 빠져 며칠을 통째로 날려버리기 십상이라는 것을 알았다. 이제 교도소에서 나가 환상을 현실로 바꾸려면 하루하루가 정말 중요했다.

그는 밤에도 쉬지 않고 창살 작업에 매달렸다. 그야말로 다용도인 칫솔은 꾸준히 몇 센티미터씩 금속을 드러냈지만 말 그대로든 비유의 의미에서든 끝이 보이지 않았다. 그래도 에이버리는 아랑곳하지 않았다. 교도소에서 양성된 자제력은 나날이 단련되었고, 그는 계속 창문 작업에 매달렸다. 손가락에 덕지덕지 묻은 잿빛 회반죽 먼지 한 알 한 알은 그가 너무도 갈망하는 목표를 향한 잠재적인 전진을 상징했기 때문이다. 그 결과 마침내 불교에서 하는 소리가 뭔지 이해하기에 이르렀다.

에이버리는 두세 번 더 다른 죄수들과 대화를 시도했다. 하지만 그 조심스러운 모험은 한번은 바로 그 자리에서 "꺼져, 이 아동성범죄자야"라는 반응을 얻었고, 또 한번은 불알 근처를 걷어차였는데 정통으로 맞은 거나 다름없었다. 에이버리는 두려움과 증오로 목에서 쇳소리를 내며 리놀륨 바닥에 웅크렸고 결국 앤디 랠프가 개입해 가해자를 떼어놓았다.

그래서 그는 다시 엘리스에게로 돌아갔지만 그사이 덩치 큰 남자의 태도에는 변화가 있었다. 침착함이 안절부절못하는 상태로, 개방적인 태도가 우울했다 짜증냈다 하는 상태로 바뀌어 있었다.

무슨 일이 있었던 게 틀림없었다.

그는 엘리스의 이상 징후가 끝날 때까지 기다릴 시간이 없어 이유를 물어보았고, 엘리스는 그에게 말해주었다. 그렇게 간단했다.

힐리는 계속 사진을 보냈지만 엘리스는 한 장도 받지 못했다. 이제 힐리는 그가 자신을 더이상 사랑하지 않는다고 생각했다. 힐리가 그렇게 생각한다면 뭐하러 굳이 그를 기다리겠는가? 엘리스의 마음속에서 이혼 서류를 받을 가능성은 천 배로 늘어났다. 힐리와 이혼한다면 이 삭막하고 혹독한 수감 생활이 끝나봐야 아무 낙이 없었다. 힐리가 그의 귀환을 뜨거운 키스로 맞아주는 일도, 앤 서머스에서 사둔 앙증맞은 속옷을 입고 현관에서 그를 놀래주는 일도 없고, 화이트 와인을 마시며 텔레비전을 보는 저녁도 없고, 그녀가 그를 위해서만 바르는 딸기향 립글로스를 맛보는 일도 없을 것이다. 그는 힐리 같은 여자를 다시는 만나지 못할 것이고, 그녀와 이혼하느니 차라리 교수형당하는 게 나았다.

그 말을 하면서 그는 금방이라도 울음을 터뜨릴 것 같았다. "차라리 교수형당하는 게 나아."

에이버리는 웃음을 간신히 참았다. 정말이다. 감상에 빠져 눈물이나 질질 짜대는 바보 멍청이. 교수형당하라지! 겨우 립스틱과 속옷 때문에! 엘리스 같은 사람들은 교수형을 당해도 쌌다. 사랑에 번민하며 자기연민에 빠져 우는소리나 늘어놓는 얼간이를 없앨 수만 있다면 그가 직접 나서서 기꺼운 마음으로 그 남자의 목에 걸린 밧줄을 단단하게 조일 터였다.

잠시 에이버리는 달콤한 환상에 잠겼다. 그 환상 속에서 그는 원숭이

감정으로 넘쳐나는 저 침팬지의 작고 번들거리는 눈을 들여다보았다. 그런데 갑자기 바닥문이 밑으로 열리면서 저 덩치 큰 남자의 아둔한 머리가 어깨에서 툭 뽑혔다.

그는 션 엘리스에게 말하고 싶었다. 아무나 그 사진을 보며 자위해도 상관없다면 모를까, 그렇지 않은 이상 그의 창녀 같은 아내가 자신의 젖가슴 사진을 그에게 보냈을 리 없다고.

대신 그는 공모라도 하듯 이렇게 말했다. "그자는 자네가 아는 것을 모조리 읽고 있어. 자네가 좋아하는 것도 뭐든 훔치고."

"누가?" 어리둥절한 엘리스가 물었다.

"핀레이." 그는 어깨를 으쓱했다.

증오의 씨앗을 심는다고 손해날 일은 없었다.

라이언 핀레이는 리버 박사에게 굳이 말을 걸 이유가 없었다. '응석받이'는 그와 동료 교도관들이 담당 죄수들에 대해 이야기할 때 으레 편하게 주고받는 말이었다. 핀레이는 텔레비전 특권, 채식주의자의 식사 선택권과 더불어 리버의 일이 바로 그 범주에 들어간다고 무의식적으로 느꼈다.

그래서 어느 날 오후 자기 사무실 문밖에 서서 감방으로 돌아가는 아널드 에이버리를 뒤좇아 복도를 내려다보고 있는 리버 박사 옆을 지나갈 때 핀레이는 빈정거리는 기색이라곤 전혀 없이 물었다. "또 한 명 치료하셨나, 박사님?"

리버는 핀레이를 흘낏 보더니 다시 사라져가는 에이버리의 뒷모습을 지켜보았다. 에이버리의 양옆에서는 동과 동을 오가는 짧은 여정에서 그의 목숨을 지키는 임무를 맡은 앤디 램프와 마틴 스트롱이 걸어가고 있었다.

"치료는 죄수들의 권리야." 그는 약간 퉁명스럽게 말했다.

핀레이가 코웃음 쳤지만 리버는 눈길도 주지 않았다. 이게 핀레이는 거슬렸다. 그는 직업의 특성상 대답을 듣는 데 익숙했다. 상대의 복종에 익숙했지 무시에는 익숙하지 않았다.

"저자가 죽인 아이들도 권리가 있지, 안 그런가?"

랠프와 스트롱은 동 끝에 있는 철창문에 이르렀다. 스트롱이 문을 여는 동안 랠프는 한가로이 손톱을 들여다보았다. 에이버리는 한쪽으로 비켜서 있었다. 건장한 두 교도관 옆에서 아무도 해치지 못할 것 같은 가냘픈 모습으로.

리버가 마침내 대답했다. "그 아이들은 내 환자가 아니었네."

더럽게 인정도 많으셔라! 게다가 그 남자는 여전히 그에게 눈길을 주지 않았다! 핀레이는 리버의 앙상한 가슴을 밀쳐버리고 싶었다. 그를 두들겨패주고 싶었다. 잘난 척하는 리버 박사의 코를 납작하게 해주고 싶었다.

"그래서 저런 작자가 이렇게 편한 감방에서 목공일이나 좀 하며 지내고 박사는 간단한 보고서를 작성하고 저자의 창문을 막고 저자는 얌전하게 굴면서 '네, 리버 박사님' '아뇨, 리버 박사님'이라고 말하지만 하루가 끝날 때면 그 모든 게 말짱 헛일이야. 왜 그런 줄 아나, 우리는 씨발 병원 같기 때문이지. 우리는 저치들을 대충 치료해서 내쫓아야 해. 왜냐고? 침상이 모자라니까."

핀레이는 리버가 자극을 받고 반응을 보이길 바랐지만 자기 얼굴만 벌겋게 달아올랐을 뿐이었다. 이제 그는 리버를 노려보았다. 하지만 박사는 에이버리가 이중문을 통해 시야에서 사라질 때까지 침착하게 지켜보았다. 그러고서 리버는 처음으로 고개를 돌려 핀레이를 똑바로 보았다. 교도관도 처음으로 천 명의 비뚤어진 살인범의 영혼에서 빛을 찾아온 눈을 들여다보며 기분 나쁜 공포영화에서 곧장 걸어나온 듯한 한기를 느꼈다.

"아, 아널드 에이버리의 침상은 늘 있을 거야. 그자는 아무데도 못 가." 리버는 공허한 미소를 지었다.

27

루이스네 집에서는 아버지의 날을 대수롭지 않게 여겼다. 루이스는 종종 그날을 까먹었고, 그때마다 어머니가 아무 카드나 준비하면 거기다 어색한 감정을 더듬더듬 뒤죽박죽 되는대로 휘갈겨썼다. 그마저도 루이스가 깜빡해서 그녀가 대신 휘갈겨써야 할 때도 있었다. 때로 그녀도 까맣게 잊은 채 그날이 돌아오면 그 생각을 떠올렸다는 것만으로 만족해야 했다. 비록 그 생각은 라디오2에서 아버지의 날에 바치는 음악을 내보내기 시작하는 오전 중반이 되어서야 떠올랐지만, 루이스의 아빠는 아내와 아들과 함께 집에 있다는 사실만으로도 감지덕지한 척해야 했다.

제이코비 씨 가게에서 루이스가 곧장 잡지 진열대로 걸어가는 동안 스티븐은 몇 장 되지도 않는 아버지의 날 카드를 둘러보았다. 물론 사지는 않겠지만 만약 한 장 산다면 어떤 게 좋을까 생각했다. 경주용 자동차? 거품 이는 맥주? 야한 만화 그림? 화분과 삽과 아무렇게나 벗어

던진 원예용 장갑 한 켤레가 그려진 카드가 있었지만 스티븐이 보기에는 노인에게나 어울릴 것 같았다. 주드 아저씨는 노인이 아니었다.

게다가 그는 스티븐의 아버지도 아니었다.

그 생각을 하자 서글퍼 가슴이 아팠다. 스티븐은 황급히 짐짓 무심한 척하며 어설프게 그 아픔을 감추었지만 가슴이 텅 빈 느낌은 어쩔 도리가 없었다.

"아버지의 날 카드 안 사?"

BMX는 고사하고 지금 있는 근사한 새 자전거도 너무 조심스럽게 타는데도 루이스는 〈BMX 먼슬리〉를 이리저리 넘기다가 고개를 들고 멍하니 그를 보았다.

"빌어먹을, 그래야겠지. 하나 골라줄래?"

"어떤 걸로?"

"아무거나."

스티븐은 카드 진열대를 다시 주의깊게 살폈다. 루이스의 아빠에게 어울릴 만한 카드는 한 장도 없는 것 같았다. 낱말 맞추기나 카디건이 그려진 카드는 없었다. 결국 그는 거품 이는 맥주로 결정했다. 루이스의 아빠가 레드 라이온으로 들어가는 것을 본 적이 있었고 또 루이스랑 킷캣을 하나씩 먹으려고 냉장고 문을 열었다가 루이스의 어머니가 잔뜩 채워둔 음식들 사이에서 버드 라이트 여섯 개 들이 묶음을 봤던 기억이 났기 때문이다. 그 상표의 맥주를 마시는 게 굉장히 미국적으로 보여서 기억에 남았다. 굉장히 산뜻해 보이기도 했고.

"이거 어때?"

"좋아. 2파운드만 빌려줄래?" 카드는 보지도 않고 루이스가 말했다.

"2파운드 없어."

루이스가 카드 뒷면의 가격표를 보았다.

"그럼 1파운드 20펜스라도. 우리 엄마가 갚아줄 거야."

스티븐이 받는 용돈은 일주일에 고작 2파운드였다. 이따금 가스 계량기가 밥 달라고 졸라대면 그마저도 없었다.

그는 한숨을 내쉬며 주머니를 뒤졌다. 몇 년 동안 루이스는 스티븐에게는 몇백 파운드나 다름없이 느껴지는 돈을 빌려가선 단 한 푼도 갚지 않았다. 언젠가 스티븐이 그 얘기를 꺼냈더니 루이스는 너무 빡빡하게 굴지 말라고 말했다.

"1파운드 50펜스가 다야."

"충분하네 뭐."

루이스는 제이코비 씨에게 카드 값을 치르고 거스름돈 30펜스를 자기 주머니에 넣었다.

에이버리는 아침 배식 줄을 선 사람들이 훈제 청어가 나온다는 소식에 흥분해서 술렁대는 소리를 듣고서야 비로소 그날이 아버지의 날이라는 걸 알았다.

그 소식은 에이버리 바로 앞에 선 남자에게까지 전해졌다. 그는 뒤로 고개를 돌렸다가 에이버리를 보고 정색하며 김이 모락모락 나는 식판과 금속끼리 부딪쳐 울려대는 메아리를 향해 다시 고개를 돌렸다. 그래서 정보의 사슬은 거기서 끊겼고 에이버리 뒤쪽 남자들은 좀처럼 보기 드문 특식에 대한 기대를 박탈당했다.

"뭔데 그래?" 엘리스가 시큰둥하게 물었다.

"코를 사용해, 엘리스!" 라이언 핀레이가 자신의 농담에 웃었다. 아무도 웃지 않아서 그라도 웃어야 했다.

"훈제 청어." 에이버리가 말했다.

"뭐?"

"훈제 청어를 먹게 됐다고."

"왜?"

"아버지의 날."

엘리스는 이미 첫번째 배식대에서 오트밀 죽을 집어온 뒤였다. 에이버리는 엘리스가 줄을 따라 어슬렁거리는 핀레이를 지켜보는 모습을 살폈다. 평소와 다름없이 핀레이는 운이 다한 총잡이처럼 살찐 손가락으로 열쇠 꾸러미를 빙글빙글 돌리다가 뒤돌아서서 다시 그들 쪽으로 다가왔다.

에이버리의 엷은 색 눈이 라이언 핀레이와 엘리스를 흥미롭게 바라보며 반짝였다. 핀레이가 시야에 들어올 때마다 엘리스의 약간 멍한 눈길이 그에게로 가 못박혔다.

열쇠에 관한 한 엘리스는 시간만 잡아먹었다. 사실 비누까지 계획에 차질을 빚어 고체라기보다 거품 찌끼에 지나지 않을 만큼 작아진 지 오래였다. 에이버리는 비누 거푸집을 실패한 실험으로 간주하고 포기할 것을 진지하게 고려중이었다.

어쨌든.

갈보 마누라 일로 그 난리를 피운 뒤 엘리스는 내내 생각에 잠겨 있기만 했다. 에이버리가 기운을 북돋아주려고 갖은 애를 썼지만 남자는 라이언 핀레이에 대한 꼬리에 꼬리를 무는 의심에 사로잡혀 있었다. 그가 사진을 가져갔을까? 그가 사진을 보관하고 있을까? 사진을 돌려줄까? 에이버리는 그가 사진으로 뭘 한다고 생각할까? 그에게 돌려달라고 요구해야 할까? 에이버리는 그에게 핀레이가 사진을 빼돌리고 있다고 말했던 것을 후회했다. 그래봐야 유일하게 그와 말을 섞는 죄수를 쓸모없고 따분하고 시간만 축내는 존재로 만들었을 뿐이다. 에이버리는 비누처럼 엘리스도 실패작으로 간주하고 포기할 작정이었다.

하지만 약속된 훈제 청어를 향해 발을 끌며 걸어가는 것 말고는 딱히 할 일도 없는 지금, 게다가 핀레이가 또다시 거의 코앞까지 다가온 이 마당에 막대기로 곰을 찔러보는 것도 재미있겠다는 생각이 들었다.

"애들 있나, 션?"

엘리스는 에이버리를 멍한 눈으로 바라보았다. "뭐?"

"아버지의 날이잖나." 에이버리는 아이에게 말하듯 천천히 말했다. "애들 있나? 자네와 힐리 사이에."

"아니, 없어." 엘리스가 말했다.

엘리스의 뇌의 바다에서 뭔가가 부풀어오르기 시작했다.

"아쉽군." 에이버리가 말했다.

"응." 엘리스는 오트밀 죽을 향해 눈살을 찌푸리며 말했지만 딱히 죽을 보고 있는 건 아니었다.

에이버리는 무겁게 한숨을 내쉬고는 둘 사이에 흐르는 침묵 속으로 조심조심 말을 던졌다.

"지금 같다면 영영 못 가질지도 몰라."

갑자기, 이 년 동안 교도소에 있었고 또 앞으로도 최소한 십이 년은 더 있어야 한다는 사실이 엘리스의 심장을 모루처럼 내리쳐 가슴속 공기를 남김없이 빨아들였다. 이 년 전 충격처럼.

그는 멍한 눈에 힘없이 입을 벌린 채 휘청거렸고 그 바람에 아침식사 줄이 지체되었다.

라이언 핀레이가 열쇠 꾸러미를 빙빙 돌리며 말했다. "서둘러, 엘리스!" 그게 생애 마지막 말이 되리라고는 꿈에도 모른 채.

션 엘리스는 식판으로 핀레이의 얼굴을 후려쳤다. 양은 식판은 무겁지 않았고 죽 사발도 플라스틱 재질이었지만 그 뒤에 실린 엘리스의 순전한 분노의 힘에 교도관은 땅딸막한 나무처럼 쿵 쓰러졌고 마술 도구인 조화에서 물이 나오듯 코에서 피가 뿜어져나왔다.

길어야 일 초 안에 상황은 둘 중 어느 쪽으로든 전개될 수 있었다. 우선 다들 멀뚱하니 서서 다른 교도관들이 뜯어말릴 때까지 션 엘리스가 식판으로 라이언 핀레이를 두들겨패고 그 와중에 죽이 진흙처럼 사방으로 튀는 광경을 지켜볼 수도 있었다.

아니면 모두 탈옥할 수도 있었다.

그리고 그야말로 눈 깜짝할 사이 상황은 그쪽으로 전개되었다.

죄수들은 훈제 청어를 포기하고 줄에서 빠져나와 핀레이에게 달려들었다. 방금 전까지만 해도 지루해하며 코나 파고 있던 십여 명의 교도관도 곤봉을 휘두르며 도우러 달려왔다. 제대로 훈련을 받지 못해 포지션은 아랑곳없이 공을 쫓아 우르르 몰려다니는 동네 조기 축구회 선수들처럼.

성가시게 담배를 찔러주거나 엉덩이를 대줄 것도 없이 원한을 갚을 더없는 기회를 잡은 죄수들은 교도관들에게 달려들거나 자기들끼리 맞붙어 싸웠다.

호루라기 소리와 "제압해! 제압해!"라는 겁에 질린 외침이 터져나오는 가운데 들끓는 증오의 소리, 식판이 부딪치고 포마이카 식탁이 넘어지는 소리가 건물을 가득 메웠다.

에이버리는 다윈주의가 무색할 만큼 재빨리 상황에 적응했다. 라이언 핀레이가 바닥에 채 쓰러지기도 전에 그의 생각은 훈제 청어와 엘리스로부터 자동차 사이드미러에 조그맣게 맺힌 SL의 이미지로 순식간에 옮겨갔다. 다른 죄수들이 핀레이 위로 겹겹이 달려드는 사이 그는 교도관의 손에서 굴러떨어져 바닥에 얌전히 놓인 열쇠 꾸러미 위로 식판을 떨어뜨렸다.

아무도 보지 않았다. 아무도 신경쓰지 않았다. 다들 싸우느라 정신이 없었다.

거봐, 에이버리는 생각했다. 이게 내가 여기 이 멍청한 인간들과 다른 이유야.

그러고 나서 그는 몸을 구부려 식판을 잡고 열쇠 꾸러미를 쓰윽 밀고 가다가 아수라장에서 벗어나는 순간 태연하게 자세를 낮춰 열쇠 꾸러미를 집어들었다.

모든 관심이 딴 데 쏠려 있었고 에이버리도 겉으로는 침착해 보였지만 서둘러야 한다는 것을 알았다. 언제라도 식당이 다시 교도관들의 통제하에 들어갈 수 있었고, 그렇게 되면 기회는 사라질 터였다. 그렇다고 교도관들이 식당에 대한 통제력을 되찾지 못한다면 더더욱 낭패였다.

아동살인범은 인간쓰레기 중에서도 인간쓰레기로 여겨졌고, 폭력사태가 커지면 그중 상당 부분이 자신 같은 부류에게 향하리라는 것을 에이버리는 잘 알았다.

얼마나 빨리 움직이느냐가 관건임을 알았지만 에이버리는 잠시 시간을 갖고 주변을 둘러보았다. 민간인 식당 직원들은 배식대 뒤쪽 '직원 외 출입 금지'라는 팻말이 붙은 문을 통해 벌써 빠져나가고 없었다.

에이버리는 배식대 너머로 몸을 날려 그 뒤에서 다시 한번 잠시 생각할 시간을 가졌다.

배식대 뒤쪽에 와보기는 처음이었다. 주변을 둘러보니 자신이 착지한 곳은 바닥의 작은 오트밀 죽 웅덩이 한가운데였다. 죽이 튀어 신발 한쪽이 엉망이었다. 비록 교도소에서 지급하는 검은색 구두일 뿐이었지만 에이버리는 자기 물건을 늘 깔끔하게 간수하는 성격이라 그 꼴을 보자 짜증이 와락 치밀었다. 그는 닦을 만한 천이 없을까 이리저리 둘러보다가 배식대 밑에서 오래된 감자칩과 당근 조각들을 발견했다. 그는 눈살을 찌푸렸다. 이곳이 얼마나 더러운지 알았더라면 식당에서 주는 음식은 어느 것도 먹지 않았을 것이다.

그는 배식대 밑 낮은 선반에서 하얀 뭔가를 잡아챘다. 끄집어내고 보니 조리사 상의였다.

그는 그 옷을 입을지 아니면 그 옷으로 신발을 닦을지 잠시 갈팡질팡했지만 결국 감청색 줄무늬가 골 지게 들어간 저지 옷감의 회색 롱무어 죄수복을 벗고 조리사 상의로 갈아입었다.

선반에서 조리사 상의를 치우자 초콜릿 바 한 상자가 드러났다. 트윅스. 에이버리는 초콜릿을 좋아하지 않았지만 그중 여섯 개를 집어 청바지 주머니에 쑤셔넣었다.

또 하얀 뭔가가 눈에 들어왔다. 모자였다. 배식대 뒤에서 일하는 사람들을 남자 여자 할 것 없이 머리카락이 다 빠진 암 환자처럼 보이게 했던 역겨운 종이 모자. 하나같이 똑같아 보이게 했던……

그는 얼른 모자 하나를 얼굴에 푹 내려쓴 뒤 이마 쪽 머리카락이 삐져나오지 않도록 모자를 뒤로 약간 밀었다. 흐릿한 스테인리스 찬장 문을 들여다보니 핏기라곤 없이 푸석푸석한 얼굴이 그를 마주보고 있었다. 그 얼굴은 딱딱한 미소를 잠깐 지어 보였다.

그러고 나서 일어나기 전, 에이버리는 저지 옷감의 죄수복으로 신발에 묻은 죽을 닦아냈다.

그리고 일어나서 누가 힐끗거려도 배식대 위로 하얀 모자 꼭대기만 보이도록 자세를 낮춘 채 '직원 외 출입 금지' 문으로 슬그머니 잽싸게 이동했다. 문이 잠겨 있지 않아서 깜짝 놀랐다. 맙소사, 여긴 교도소란 말이다! 저들은 정말 '직원 외 출입 금지'라는 팻말에 제지하는 힘이 있다고 생각하나? 만약 그렇다면 롱무어의 재소자 절반이 '무단 침입 시 형사 처벌'이나 '물건을 훔칠 시 경찰 신고'라는 팻말을 무시하는 일도 없었고 아마 자유의 몸이었을 것이다. 세상에, 그렇게 간단하다면 다들 잔디밭에 들어가지도 않았을 테고 이곳은 텅텅 비었을 것이다.

급박한 상황인데도 에이버리는 자기 동네에 '어린아이를 죽이지 마시오'라는 팻말이 세워져 있었더라면 자신에게 어떤 영향을 미쳤을지 생각하며 절로 미소를 지었다.

돌아서는 순간 그의 얼굴에서 능글맞은 미소가 사라졌다. 겁에 질린 민간인 조리사들과 주방 보조들이 출입구 근처 저쪽 벽에 모여서서 수상쩍은 눈길로 그를 바라보고 있었다. 재빨리 그는 방금 빠져나온 문을 등지고 자물쇠를 찾았지만 하나도 보이지 않았다.

"자물쇠는 어디 있지?" 그가 다급하게 물었다.

"없어요." 여드름이 잔뜩 난 소년이 말했다. 필시 에이버리의 겨자 단지에 콧물을 떨어뜨렸던 놈이 틀림없었다. 지금은 그때처럼 건방져 보이진 않는군, 에이버리는 고소해하며 생각했다. 여드름투성이의 얼굴이 공포로 확 붉어지고 아랫입술이 바들바들 떨렸다.

"죄수들이 죄다 빠져나가기 전에 이 문을 막게 거들기나 해!"

에이버리는 식판 운반용 카트를 잡고 문 쪽으로 밀었다. 그래봐야 소용이 없다는 걸 알고 있었지만 이건 어디까지나 보여주기였다. 이름표에 '이블린'이라고 적힌 투실투실한 중년 여자가 적의 적은 내 친구라는 논리에 따라 에이버리를 돕기로 결심한 듯 부산하게 움직였다.

둘은 대형 냉동박스를 문 앞으로 옮겨놓으려고 낑낑댔다. 반쯤 끌었을 때 열두어 명의 식당 직원 가운데 네댓 명이 재빨리 달려들어 도왔다.

일단 냉동박스를 옮겨놓자 잠시 정적이 감돌았다. 에이버리는 사람들이 다시 자신을 의심한다는 것을 알았다.

핑 소리가 날 만큼 그의 머리가 빠르게 돌아가며 이 상황에서 어떻게 대처할지 궁리했다. 최근에 연습한 보람이 있어 다행이었다.

세 가지 점이 그에게 유리했다. 첫째, 그가 알기로 민간인 식당 직원들은 뜨내기가 많았다. 전에도 본 기억이 있는 직원은 여드름쟁이와 이블린뿐이었다. 나머지는 교도소에서 일한 지 얼마 되지 않아 그의 의식에 등록될 겨를이 없었다. 둘째, 그는 평범한 얼굴이라 하나같이 회색과 파란색이 섞인 죄수복 차림의 남자들 사이에서는 물론이고 어떤 군중 속에서도 눈에 띄지 않을 터였다. 그가 예사 인물이 아닌지라 설령 사람들이 안다 해도 조리사용 상의와, 더욱 중요하게는 머리망 겸 모자가 누구든 특색 없이 밋밋하게 만드는 변장 효과를 내주었다.

마지막으로 그의 마음에 드는 점은 여드름쟁이와 등이 몹시 굽어 서커스 원숭이처럼 보이는 헐렁한 체크무늬 바지 차림의 중노인을 빼면 모두 여자라는 사실이었다. 같잖은 여성해방이니 뭐니 해도 그가 알기로 여자들은 여전히 대부분의 남자들에 비해 남자에게 위협이 되지 않았다. 이런 사실들에 기대어 그는 짐짓 안도한 척 크게 숨을 내쉬며 거기 있는 사람들의 눈을 하나하나 들여다보았다.

"새로운 일을 시작하기에 좋은 날이군!"

"그러게요." 여드름쟁이가 떨리는 목소리로 말했다.

다른 사람들은 아직도 진정되지 않은 듯 보였다. 그들은 경계심 가득한 표정을 주고받고 있었다. 에이버리는 여기서 빠져나가고 싶다면 계속 움직여야 한다는 걸 깨달았다.

그는 열쇠 꾸러미를 내밀었다. "어떤 게 저 문 열쇠인지 아는 사람 없습니까?"

안도의 물결이 일었다.

"그건 어디서 났소?" 원숭이가 수상쩍은 듯 물었다.

"교도관 중 한 명한테서요. 여러분을 여기서 내보내주라더군요." 에이버리는 그렇게 말하면서 출입구로 걸어가 열쇠를 맞춰보기 시작했다.

"그 교도관은 어떻게 됐나요?" 원숭이가 폭동 소리가 들리는 쪽으로 고개를 홱 젖히며 말했다.

"그야 모르죠." 에이버리가 감정을 실어 말했다. "난 우리한테 일어날 일에만 관심 있으니까."

절묘한 한 방이었다. 식당 직원들은 여전히 그를 믿지 않는 눈치였지만, 갓 알에서 나온 병아리들처럼 유일한 탈출 기회의 주위에 바글바글 모여들어 귓가에 울려퍼지는 난동 소리에서 멀어질 수만 있다면 위험을 무릅쓰고라도 기꺼이 그를 따를 태세였다. 그나마 내가 낫다는 거군, 에이버리는 보일 듯 말 듯 미소지으며 생각했다. 아무리 하찮을지라도 그런 지위가 주어지기는 그의 평생을 통틀어 단 한 번뿐이었을 것이다.

네번째로 맞춰본 열쇠에 자물쇠가 돌아가며 경쾌하게 찰칵 소리가 나자 에이버리는 얌전히 뒤로 물러나 다른 사람들이 모두 나갈 때까지 기다렸다. 이제 사람들은 그의 옆을 지나치면서 고개를 끄덕이며 '고맙다'고 중얼거렸다. 유독 원숭이만 아직도 밖으로 나가게 된 상황이 분한 모양이었다.

뒤쪽 문에서 쿵 소리가 나자 사람들이 서둘러 빠져나갔고 에이버리는 출입구를 잠갔다.

서둘러 앞서가는 이블린을 따라잡으려고 그가 걸음을 재촉하는데 교도관 여섯 명이 쏜살같이 그들을 지나쳐갔다. 그들 모두 에이버리가 아는 얼굴들이었지만 그들의 눈에는 그가 보이지 않는 듯 하얀 조리사용 상의와 모자만 훑고 갔다.

그는 식당 직원들이 그 틈에 섞여 정문을 통과하도록 자기를 내버려두지 않으리라는 것을 알았다. 당황하지 않고 달려오는 교도관들에게 일단 안전하게 둘러싸이면 누군가, 아마도 원숭이가 의심을 발설할 터였다.

그래서 아널드 에이버리는 A동을 지나자마자 일행의 꽁무니에서 슬그머니 빠져나와 상의와 모자를 벗어 꽃을 활짝 피우고 있는 웬 이름 모를 관목 뒤에다 쑤셔넣고 철책으로 향했다.

소문에 따르면 철책 위에는 고압 전류가 흘러서 적당히 힘을 실어 삽을 꽂아넣으면 공기가 든 종이봉지가 빵 터지듯 철책이 갈라진다고 했다. 하지만 에이버리는 그 소문을 믿지 않았다. 그리고 믿을 필요도 없었다. 그에게는 왕국에 이르는 열쇠가 있었다.

D동 바로 앞에서 그는 토비 던스턴을 추모하며를 지나쳤다. 교도관 둘이 서둘러 그가 있는 쪽으로 오고 있었다. 에이버리는 뭔가를 숨기려고 애썼다간 당장 그 자리에 멈춰 세워져 심문과 수색을 당하기 십상이라는 것을 알았다. 그래서 교도관들을 의식하는 자신의 모습이 그들 눈에도 띈 게 분명하자 그는 끙끙대며 벤치를 들어 어깨에 올려놓았다.

"설마 훔치려고, 에이버리?" 빠르게 지나치며 그중 한 명이 말했다. 그가 너무 대놓고 행동하니 교도관들의 의심도 사그라졌다.

"네, 맞습니다, 프리디 교도관님!" 그는 시원시원하게 대답하면서 경례를 붙였다.

둘 다 웃기만 할 뿐 멈춰 서지 않았다.

경보는 울리지 않았다. 경보는 괜히 다른 죄수들만 부추겼다. 치직거리는 무전기와 벌겋게 달아오른 채 땀을 흘리는 교도관들의 얼굴과 비상 구역으로 뛰어가는 증원 병력의 예사롭지 않은 발소리만이 탈옥과 폭동과 싸움을 증명했다.

에이버리는 네 개의 출입구 가운데 한 곳을 45미터 남겨두고 벤치를 내려놓았다.

그는 뛰고 싶었지만 걸어서 야스민 그레고리의 벤치가 있는 E동 뒤쪽으로 갔다. 거기까지 가는 동안 벤치 두 개를 더 지났지만 그 두 개는 그의 것이 아니었다. 만약 실패한다면 그보다 어리석은 일도 없고 스스로를 탓하리라는 것을 알았지만 그는 그렇게 하고 싶었고, 또 꼭 해야 했다.

그는 YG의 벤치를 들고 비틀거리며 다시 출입구로 돌아와선 놀랍도록 침착한 손길로 주머니에서 핀레이의 열쇠 꾸러미를 꺼냈다.

단 한 번의 시도에 자물쇠가 열렸다. 에이버리는 운명의 여신이 자신을 내려다보며 미소짓고 있다는 것을 알았다.

각각 2미터 길이의 벤치 두 개. 4미터 높이의 담 하나.

처음부터 그럴 작정이었다.

그는 벤치 두 개를 끌고 나와 문을 잠근 뒤 야스민 위에 토비를 올려놓고 목재 탑을 이리저리 흔들어보면서 균형과 힘을 확인했다.

토비는 그가 두번째로 만든 벤치라 다섯번째로 만든 야스민만큼 튼튼하지는 않았다. 하지만 둘 다 충분히 튼튼했다.

처음에는 무게 때문에 균형을 잃고 두어 번 위태롭게 비틀대던 아널드 에이버리는 자신에게 희생당한 아이들 이름을 딴 목재 탑을 다 올라가선 뒤도 돌아보지 않고 냅다 걷어차버렸다. 그러고는 담 꼭대기에서 드넓게 펼쳐진 다트무어의 탁 트인 공간으로 조심스럽게 몸을 날렸다.

28

스티븐은 뒷문 밖에서 양말을 벗고 차갑고 축축한 운동화 속으로 조심조심 발을 집어넣었다.

새벽 다섯시 삼십분이었다. 스스로가 바보처럼 느껴졌지만 그는 여섯 살로 다시 돌아간 기분이었다. 아침에 눈을 뜨니, 절대 오지 않을 줄 알았던 크리스마스가 당도해 있었던 그때로.

스티븐은 혼자 싱긋 웃었다. 6월의 크리스마스. 지난주 매일매일이 그런 기분이었다. 이불에 갇힌 불가사리처럼 큰대자로 누워 자는 데이비를 타넘어 침대를 미끄러지듯 빠져나와선 빌리 삼촌의 방 앞 삐걱대는 마룻바닥을 살금살금 지나 발을 헛디디지 않으려고 계단 난간을 붙잡고 아래층으로 내려갈 때마다. 곧이어 그는 한편으로는 따스한 잠자리에서 나오기 무섭게 새벽의 찬 공기가 피부에 닿는 바람에, 또 한편으로는 흥분 때문에 약간 부르르 떨면서 발소리를 죽이고 잽싸게 부엌으로 들어갔다. 부엌에서는 창으로 비쳐든 햇살 속에 황금빛 먼지가 잔뜩 떠다녔다.

모든 것이 텃밭의 시커먼 흙에 점점이 뿌려진 에메랄드처럼 보이기 시작한 작디작은 초록 새싹들 때문이었다.

처음 당근이 올라오는 모습을 본 순간 스티븐은 목이 메었다. 하마터면 울 뻔했다! 그깟 당근 때문에! 당근을 별로 좋아하지도 않는데!

그는 흥분한 기색 없이 주드 아저씨에게 당근 이야기를 하려 애썼지만 정작 주드 아저씨는 혼자 흥분해선 베이컨을 먹다 말고 벌떡 일어나 텃밭으로 달려갔었다. 스티븐은 막 태어난 자식을 자랑하는 남자가 된 기분이었다. 시가라도 태워야 할 것 같았다. 대신 주드 아저씨는 그의 목 뒤쪽에 손을 올려놓았고, 그편이 훨씬 좋았다.

당근에 이어 콩이 막대기들을 원뿔형으로 엮어놓은 버팀목 발치에서 모습을 드러냈다. 지금으로선 그 작고 가여운 초록색 점들이 버팀목 꼭대기까지 올라가는 게 불가능해 보였다. 거기까지 올라가려고 시도하는 것만으로도 스티븐은 그저 놀라울 따름이었다.

그리고 그다음에는 뭐가 나올지 궁금했었다.

이번에는 감자였다.

하지만 그전에, 그러니까 당근이 처음 모습을 드러내고 나서 사흘 뒤 스티븐이 학교에서 돌아와보니 할머니가 창가에 없었다.

두려움에 가슴이 덜컥 내려앉았지만 집안 곳곳을 뛰어다니며 할머니를 소리쳐 부르지는 않았다.

"할머니?" 그는 계단을 올려다보며 소리쳤다. 아무 대답이 없었다. 2층으로 올라가는 도중 반쯤 열린 화장실 문이 눈에 들어왔다. 그 안에도 할머니는 없었다.

집에 아무도 없었다.

스티븐은 서둘러 부엌으로 갔다가 깜짝 놀라 그 자리에 우두커니 멈춰 섰다.

할머니는 텃밭에 있었다. 할머니는 새싹들을 들여다보면서 이따금 지팡이로 땅을 쿡쿡 찔러댔다. 심술궂게가 아니라 쇼핑 카트의 전천후 바퀴를 찔러볼 때처럼.

뒤이어 할머니는 바로 그 쇼핑 카트를 지지대 삼아 움켜잡고 울퉁불퉁한 마당을 천천히 거닐었다.

길을 만들어드려야겠다, 평평한 길을, 스티븐은 생각했다.

그러고서 부리나케 책가방을 집어들고 다시 집안을 가로질러 현관문 밖으로 나왔다.

잠시 뒤 그는 입을 꼭 다물고 창가에 붙박인 듯 앉아 있는 할머니에게 손을 흔들며 십 분 만에 두번째로 집안에 들어섰다.

이 기억 때문에 다른 것은 눈에 들어오지 않았던 스티븐은 마당을 반쯤 가다가 우뚝 멈춰 섰다.

콩줄기 버팀목이 쓰러져 있었다.

그는 속에서 일기 시작한 불안을 애써 누르며 남은 길을 서둘렀다.

콩줄기 버팀목은 쓰러진 게 아니었다. 버팀목들은 뽑혀나간 채 텃밭 여기저기 흩어져 있었다.

정확히 말하면 텃밭의 잔해에.

뭔가 크고 무거운 것이 검고 부드러운 흙을 짓밟고 파내면서 어린 묘목들을 마구 차댄 모양이었다. 이제 묘목들은 전장의 시체들처럼 여기저기 널브러진 채 절대 노출되어선 안 될 땅속 가느다란 사지를 연두색 군복 밖으로 삐죽 드러내고 있었다.

스티븐은 여우 짓이길 바랐다. 아니면 젖소 짓이거나. 줄행랑을 친 젖소를 찾아 마당을 휘둘러보기까지 했다. 젖소의 짓이라고 해도 기분

좋지는 않았을 테지만 사람이 그랬다는 그 확연한 사실만큼 나쁘지는 않았다. 사람 또는 사람들.

불량배들. 불량배들이 그랬을 확률이 높았다. 연약한 싹들을 짓이기며 웃어대는 그들을, 멍청한 농담에 즐거워하는 그들의 일그러지고 그늘진 얼굴을 스티븐은 상상할 수 있었다.

하지만 불량배들 짓이라고 믿으려고 애쓰는 가운데서도 스티븐은 그들은 이렇게까지 할 만큼 관심 있지도 않고, 그가 텃밭을 아낄 거라 생각할 만큼 그를 잘 알지도 못한다는 데 생각이 미쳤다.

가슴이 철렁 내려앉으면서 스티븐은 알아챘다. 루이스였다.

29

식당의 소란 때문에, 라이언 핀레이가 병원으로 급히 실려갔기 때문에—그리고 그곳에서 영안실로 옮겨졌다—, 그리고 에이버리가 철책 출입구를 잠가버렸기 때문에 그가 엉뚱한 감방에 잘못 갇혀 있지도, 신변의 안전을 위해 제 발로 어딘가에 숨어 있지도 않고 그냥 사라져버렸다는 사실이 밝혀지기까지는 거의 한 시간이 걸렸다. 교도관 한 명이 토비와 야스민을 발견하고 누군가가 아널드 에이버리가 담을 넘었다는 사실을 깨닫기까지 또 이십 분이 걸렸다.

롱무어 교도소장은 사우스웨일스의 뉴포트 개방형 교도소 부소장에서 승진한 후로 죄수 넷을 놓쳤었다. 사 년 동안 네 명. 충격적일 만큼 많은 숫자는 아니었다. 롱무어는 사회 복귀를 앞둔 죄수들을 수용하는 교도소였다. 사회 적응 훈련의 일환으로 몇몇 죄수를 뽑아 담장 밖으로 내보내 청소나 밭일을 시키기도 했다. 하지만 인력이 부족하다보니 두 사건의 경우 각각 죄수 두 명이 단순히 기계 뒤에 숨거나, 어슬렁거리다가 짙은 안개 속에서 길을 잃는 일이 생겼던 것이다. 물론 지나가던 자동차가 멈춰 서기 전에 넷 다 도로에서 붙잡혔다.

하지만 사 년 동안 네 명 탈옥이라는 기록은 그 자체로 불운의 악순환을 그렸다. 마치 오 년 동안 다섯 명 탈옥, 육 년 동안 여섯 명 탈옥, 이런 식으로 계속 늘어날 것처럼. 그래서 교도소장은 심장이 떨렸다.

그러다보니 에이버리의 탈옥 사실이 발각되자 그 즉시 동원할 수 있는 교도관 인원 모두가 도로로 급파되었고, 도로마다 바리케이드가 설치돼 그 지역을 빠져나가는 차량을 검문했다. 이전의 다른 죄수들처럼 이 특별한 탈옥수도 가장 가까운 도로로 나가 차를 세우거나 훔칠 거라 추정되었다. 그렇지 않고 달리 행동하는 것은 아무리 여름이라 해도 한심하고 위험했다.

교도소장은 이렇게 생각했다가 또 다르게 생각했다. 탈옥 사건이 일어나면 교도소 인력에 대한 비난이 쏟아지고 이는 직원들의 사기 저하로 이어진다.

교도소장은 좋은 사람이었고, 가급적 직원들의 사기를 북돋아주고 싶었다.

에이버리가 몇 시간 안에 다시 붙잡히기만 한다면. 예전의 악명 높은 아동살인범이 담을 넘었다는 사실이 언론에 알려지기 전에 그자가 다시 안전하게 그 담 안으로 돌아오기만 한다면……

교도소장은 좋은 사람이었다.

하지만 잘못된 선택을 했다.

그는 경찰에 알리지 않았다.

교도소에서 십팔 년을 보낸 뒤 맞이하는 자유의 처음 삼십 분은 아널드 에이버리의 삶을 통틀어 최악의 삼십 분이었다.

4미터 높이의 교도소 담장에서 뛰어내려 허리를 펴자마자 그는 공황 상태에 빠졌다.

그 감정이 그의 목을 움켜잡고는 조여들었고, 그는 황무지로 무턱대고 내달리며 두려움에 차 숨을 내쉴 때마다 가쁘게 헉헉대며 앓는 소리를 냈다. 두 다리가 화끈거리고 폐 속에는 단도가 들어 있는 듯했다. 달리느라 팔까지 욱신거렸다. 이 모든 것이 담에서 4백 미터도 못 벗어나 일어난 일이었다. 오랫동안 감방에서 꼼짝 않고 앉아 생각만 했지 근육은 전혀 쓰지 않은 결과였다.

그는 발을 헛디뎌 비틀대고 헐떡거리고 훌쩍거렸다. 그러다 마침내 자기혐오가 공포를 누르고 그를 멈춰 세웠다. 그제야 그는 자제력을 되찾고 곰곰이 생각했다.

그의 두려움에는 근거가 없었다. 몇 번을 뒤돌아보아도 추격의 기미는 전혀 없었다. 교도소는 그의 뒤에서 마치 나쁜 꿈처럼 스르르 녹아내리고 없었다.

자연적으로 생성된 커다란 골짜기에 세워진 롱무어 교도소는 어지간한 마을 크기만한 흉물스러운 석조 건물로, 해마다 여름이면 황무지를 돌아다니는 수천 명의 산책객과 관광객 눈에는 좀처럼 띄지 않았다. 하지만 일 분만, 짧은 누런 풀과 지표면 위로 툭 튀어나온 허연 화강암을 벗삼아 걸어가면 됐다. 그러고 나면 뻥 뚫린 구멍 속에 자리잡은 거대한 암회색 형차刑車가 내려다보였다. 종종 안개 사이로 우뚝 솟은 경사 지붕과 굴뚝들만 보여 마치 교도소 전체가 지저분한 우유의 호수 속으로 가라앉고 있는 듯했다.

교도소가 사라지고 주변에는 햇살이 내리쬐는 황무지뿐인 이곳에서 지금 에이버리는 상쾌한 산들바람에 두려움이 조각조각 부서져 흩어지는 것을 느꼈다. 대신 그 자리에 들어선, 비로소 자유의 몸이 되었다는 흥분을 갑작스레 느끼며 웃음을 터뜨렸다.

그는 두 팔 벌려 어지럽게 빙글빙글 돌며 산등성이를 누비고 싶다는 충동에 사로잡혔다.

이전 탈옥수들과 달리 그는 가급적 차를 세우거나 가까운 도로로 나갈 생각이 없었다.

차를 훔치는 걸 고려해볼 수도 있었겠지만 그는 여느 차량 절도범이 아니라 연쇄살인범이었고, 그래서 열쇠 없이 자동차 시동을 거는 법은 고사하고 벽돌로 창문을 깬다면 모를까 차문을 따는 법조차 몰랐다.

십팔 년 만에 처음으로 에이버리는 다른 죄수들과 담을 쌓고 지냈던 것을 후회했다. 아주 많은 것을 배울 수도 있었을 텐데. 이제는 너무 늦어……

에이버리는 자동차가 전혀 필요하지 않기를 바랐다. 하지만 도주를 감행한 순간부터 시계도 째깍거리기 시작했다는 것을 알았다. 곧이어 텔레비전 화면에 그의 얼굴이 나올 터였다. 내일 아침이면 모든 타블로이드 신문 1면이 그의 얼굴로 도배될 터였다.

그는 파란색과 흰색 줄무늬가 들어간 교도소 셔츠와 질푸른 청바지를 입고 있었다. 스웨터를 두고 온 것이 후회스러웠다. 6월인데도 아직 공기가 서늘했기 때문이다. 밤이 되면 스웨터 생각이 더 간절해지리라.

그는 광활한 황무지를 뒤덮은 티 한 점 없이 깨끗한 풀을 뜯고 있는 양 두 마리를 지나쳤다. 두 마리 다 그에게 눈길도 주지 않았다.

이제 그는 차분히 걸었다. 어디가 어디인지도 모른 채 그저 마음을 가다듬으며 앞으로 나아갈 뿐이었다.

목구멍이 시원해지면서 오늘 저녁에 나올 음식이나 어제 신었던 양말 냄새가 나지 않는 맑고 신선한 공기가 고맙게 느껴졌다. 그것은 흥분되는 일이었다. 그는 몸을 뒤로 젖혀 폐 깊숙이 공기를 들이마셨다. 손끝까지 상쾌한 공기가 밀려들면서 몸속에 고여 있던 교도소의 악취가 사라지는 느낌이었다.

SL이 보낸 사진을 받기 전까지만 해도 탈옥할 마음이 그렇게 강하지 않았던 터라 에이버리는 앞에 무엇이 놓여 있는지 아주 어렴풋하게만 알 뿐이었다. 이를테면 다트무어 남쪽과 동쪽에는 우체통이나 버스 정류장을 중심으로 옹기종기 모여 있는 집 몇 채가 전부인 조그만 마을들이 점점이 흩어져 있다는 것 정도만 알았다. 황무지 북쪽과 서쪽은 그보다도 더 인가가 드물다는 것도 알았다. 무엇보다 지금 그가 있는 곳과 다트무어 북쪽 끝자락 사이에는 가도가도 바위 아니면 늪지밖에 나오지 않는 황량하고 까다로운 지형이라는 것을 알았다. 여기에 변덕스러운 날씨까지 더해져, 당연히 탈옥수들 대부분은 붙잡힐 가능성이 높은데도 죽을 가능성이 낮다는 이유로 도로라는 손쉬운 선택을 했다.

하지만 교도소 담을 넘은 지금 에이버리는 잃을 게 아무것도 없었고, 다시 붙잡히지 않는 한 모든 것을 얻은 셈이었다.

모든 것이 바뀌었다. 지금 붙잡힌다면 그는 모범수가 되려고 지난 십팔 년 동안 착실히 쌓아왔던 점수를 전부 잃고 말 터였다. 이제 가석방 가능성은 정확히 0이 되었고, 그는 두려움과 불결함 속에 형기의 초반 십육 년을 보낸 헤비트리 같은 곳에서 또다시 이십오 년, 어쩌면 삼십 년쯤 썩게 될 터였다.

그곳으로 다시 가느니 차라리 죽는 게 나았다.

그 사실을 깨닫는 순간 그는 약간 충격을 받았고, 곧이어 그 충격은 열띤 확신으로 바뀌었다. 죽으나 사나 이 길밖에 없다는 생각이 들자 마음을 단단히 먹게 됐다. 정신을 집중했다.

"좋은 아침이에요!"

고개를 돌렸더니 웬 중년 남자와 에이버리가 볼 때 그의 아내인 듯한 여자가 겨우 몇 미터 떨어진 곳에 서 있었다. 둘 다 접이식 등산용 지팡이와 배낭과 지도를 들고 있었다. 둘 다 햇볕에 타서 쭈글쭈글한 다리 위로 카키색 반바지를 입고 있었다. 남자의 다리는 털북숭이에 가늘었고, 여자의 다리는 투실투실했다.

천만다행으로 그는 좀 전까지 미친 사람처럼 무턱대고 달리던 걸 멈춘 참이었다. 안 그랬다면 그들은 틀림없이 알아차렸을 것이다.

"네." 그는 완전히 동의한다는 듯 고개를 끄덕였다.

"날이 더울 것 같네요."

"네." 이번에도 짧게 대답한 그는 대화에 좀더 적극적으로 응해야 할 것 같았지만 어찌할 바를 몰랐다.

"우린 그레이트미스로 가는 길입니다."

에이버리는 이제 남자의 눈이 머리부터 교도소에서 지급하는 검은 구두를 신은 발끝까지 훑어내리며 그가 산책객이라는 증거를 찾다가 아무것도 찾지 못해 그를 의심하기 시작했다는 것을 알아차렸다. 에이버리는 스웨터를 버려 다행이라고 잠시나마 생각했다. 특징적인 파란색 줄무늬가 있는 진회색 스웨터는 그 자리에서 바로 그의 정체를 드러냈을 것이다.

"댁은 어디로 가십니까?" 남자가 날카롭게 물으며 대화를 이어갔다.

다시 활동을 시작한 에이버리의 뉴런이 고맙게도 신호를 빠르게 전달했다.

"아, 저는 산책 나온 게 아닙니다!" 그는 그렇게 생각한 그들이 바보 같다는 투로 말했다. "그냥 다리나 좀 펼까 해서요. 태비스톡에 일자리가 있어서 가는 길인데, 마침 이렇게 마땅한 곳이 나왔으니……" 그는 한쪽 손을 내뻗었다. "차는 바로 저 등성이 너머에 세워뒀어요."

둘 다 등성이를 흘끗 보고는 다시 그에게로 시선을 돌렸고 그는 그만의 특별한 미소를 지어 보였다. 남자는 고개만 끄덕일 뿐 미소를 되돌려주지 않았지만 아내는 그 미소에 넋이 나가 환하게 웃었다.

"아 네, 차 안이나 사무실에 갇혀 있기에는 날씨가 너무 좋죠."

그러고 나서 다들 고개를 끄덕였다. 마침내 모든 점에서 납득이 된 것이다.

아내가 쾌활하게 지팡이로 남편을 쿡쿡 찔렀다.

"어서 가요, 신부님!"

남자는 에이버리에게 살짝 미소지으며 눈썹을 움직여 보이고는 다시 가던 길을 가기 시작했다.

"산책 잘하십시오." 그가 등뒤에 대고 소리치자 그들도 뒤돌아 그에게 손을 흔들었다.

그는 안도의 한숨을 내쉬었다. 자칫 곤란한 일이 생길 수도 있었고, 무엇보다 시간을 허비했을지도 몰랐다.

그는 시간이 관건이라는 것을 잘 알고 있었다. 그에게는 해야 할 일이, 내키지 않지만 어쩔 수 없이 해야 할 일이 있었다. 그는 그저 북쪽으로 가고 싶었다. 하지만 자유의 몸이 되자마자 바로 공황 상태에 빠졌는데도 이미 세워두었던 계획에 매달릴 수밖에 없었다.

성공 가능성을 최대한 높여야 했다. 시간을 최대한 활용해 도주해야 했다.

엽서를 보내야 했다.

세 시간을 내처 걸은 끝에 에이버리는 마을을 발견했고, 그즈음 그는 몸을 떨고 있었다. 그의 자유를 반겨주었던 해는 이제 희뿌연 하늘에 떠 있는 창백한 원반에 지나지 않았다.

그곳은 적당한 마을이 아니었다. 도로에서 접근한 게 아니어서 마을 이름조차 알 수 없었다. 스무 채의 집 위쪽으로 황무지를 돌아가자 가게가 나왔다. 그는 집들 사이로 내려가 가게로 향했다.

돌이 우둘투둘 튀어나온 벽과 반들거리는 유리창이 눈에 띄는 아래위층에 방이 두 칸씩 있는 2층 시골집 거실을 개조한 자그마한 가게였다. 〈웨스턴 모닝 뉴스〉 광고판을 본 순간 그는 시간을 거슬러올라간 듯한 느낌이었다. 머리기사 제목은 이랬다. 찰스와 카밀라, 플리머스 방문. 불쌍한 사람들이라고 에이버리는 생각했다.

가게 밖의 금방이라도 쓰러질 듯 흔들거리는 회전식 원형 틀에는 누렇게 바래가는 엽서들이 꽂혀 있었다. 다트무어나 양, 장미로 뒤덮인 아기자기한 시골집 사진이 대부분이었지만 한쪽 칸에 자줏빛 헤더가 양탄자처럼 깔린 엑스무어를 보여주는 엽서가 몇 장 꽂혀 있었다. 그걸 보는 순간 에이버리의 위장이 전율했다. 그는 그 칸에 있는 엽서 여섯 장을 몽땅 꺼내 뒷주머니에 쑤셔넣었다. 그러고는 양이 있는 다트무어 엽서도 한 장 빼들고 안으로 들어갔다.

날은 벌써 어둑어둑해졌지만 그의 눈은 여전히 실내에서도 어둠에 적응해야 했다. 한쪽 벽에 신문 선반이 있었고, 맞은편 벽에는 물건 진열대가, 그리고 그 사이에 아이스크림 냉동고가 있었다. 진열대에는 생각지도 못한 온갖 물건이 꽉꽉 들어차 있었다. 스프레이형 세제, 화장지, 개 사료, 초콜릿 바, 카레 깡통, 못, 반창고, 코카콜라, 바닥 솔……

아이스크림 냉동고를 흘낏 봤더니 냉동 콩과 부위별 포장 닭고기가 대부분을 차지하고 있었다. 그나마 구석에서 '줌' 하드 하나가 눈에 띄었지만 아이스크림은 그게 전부였다.

작은 계산대와 구닥다리 금전등록기가 있었지만 그 뒤에는 아무도 없었다. 그는 1리터들이 플라스틱 물병 뚜껑을 열고 몇 모금 꿀꺽꿀꺽 들이켰다. 계산대 위에 자선함이 있었다. 왕립 구명정 협회. 구명정이라니, 다트무어 한복판에? 누가 관심이나 있다고. 그는 상자를 흔들어

보고 보일 듯 말 듯 미소지었다. 보아하니 아무도 관심 없었다.

"안녕하세요?" 열다섯 살쯤 되어 보이는 큰 키에 깡마른 여자애가 가게 안으로 쑥 들어와 계산대 뒤 식탁 의자에 털썩 주저앉았다.

"안녕. 엑스무어 우편엽서 있니?" 그가 말했다.

"우편엽서는 밖에 있는데요."

"그래, 알아. 봤거든. 근데 엑스무어 엽서가 없더라고."

여자애는 그를 멍하니 쳐다보았다.

"여긴 다트무어인데요."

"알아. 난 엑스무어 엽서가 필요하거든."

여자애는 엑스무어 엽서가 언제든 짠 하고 나타나기라도 할 것처럼 문만 바라보았다.

"한 장도 없을까?"

에이버리는 숨을 고르게 쉬었다. 자제. 끈기. 귀중한 교훈.

"없어요."

여자애는 혀를 차며 의자에서 벌떡 일어섰다. 몸에 꼭 끼는 청바지를 입은 그녀의 다리는 에이버리가 여태껏 본 것 중 가장 가늘었다. 그리고 바보 같아 보이는 작은 발레화. 여자애는 구부정한 자세로 그를 보지도 않고 지나쳐 밖으로 나갔다.

그는 여자애가 끼익 소리가 나는 녹슨 받침대 위의 원형 틀을 돌리는 모습을, 약간 튀어나온 푸른색 눈을 찡그린 채 엽서를 살피면서 칙칙한 갈색 머리채를 질겅질겅 씹는 모습을 지켜보았다.

여자애는 나이가 너무 많았다. 순수함을 잃었거나, 아니면 지겨움이나 멍청함 뒤에 꼭꼭 숨기고 있었다. 허리를 펴고 한 손을 엉덩이에 얹은 채 그가 이미 본 엽서들을 들여다보는 모습에 그는 여자애가 더욱더 싫어졌다.

"없는데요." 여자애가 마침내 말했다.

"그래, 없구나." 그가 동의했다.

"죄송해요." 여자애는 그렇게 말했지만 전혀 죄송해하는 것처럼 들리지 않았다. 그는 여자애가 정말 죄송한 마음이 들게 해주고 싶었다. 그러기란 아주 쉬울 터였다. 하지만 시간을 허비하고 싶지 않았다.

그는 여자애를 따라 다시 안으로 들어갔다.

"혹시 재고가 있는지 찾아봐줄래?"

"없을걸요."

"좀 확인해주면 안 될까?"

여자애는 대답 대신 머리칼을 획 넘겼다. 그는 자제심을 있는 대로 끌어모았다.

"안 될까?"

여자애는 입술로 짜증 섞인 소리를 내더니 발을 질질 끌며 다시 안쪽 문으로 들어갔다. 그는 여자애가 나무 계단을 올라가는 또는 내려가는 소리를 들었다. 저렇게 마른 것치고 놀라울 만큼 육중한 소리였다. 그 때문에 화가 났다는 것을 알리려고 일부러.

그는 미소지은 뒤 계산대 너머로 애들 저금통에 가까운 낡고 지저분한 금전등록기의 열림 단추를 눌렀다. 10파운드 지폐 여섯 장, 60파운드가 들어 있었다. 그는 그 가운데 석 장과 파운드 동전을 한 움큼 집었다. 마지막으로 그가 가게에 들렀을 때만 해도 여전히 1파운드짜리 꼬질꼬질한 녹색 지폐가 통용되고 있었다.

그는 의자 등받이에 걸쳐놓은 흐릿한 녹색 카디건을 발견하고 비닐봉지 안에 쑤셔넣었다.

거기다 미스터 키플링 케이크와 땅콩, 포장된 치즈 토마토 샌드위치 두 개, 물까지 넣어 봉지를 가득 채워 문 밖으로 상체를 내밀고 도로 위

눈에 띄지 않는 곳에 놔두었다. 그러고는 계산대에서 질겅질겅 씹힌 자국이 있는 빅 펜을 집어들고 엑스무어 엽서 중 하나에 글을 썼다.

여자애가 다시 쿵쾅거리며 계단을 올라오는 또는 내려오는 소리가 들리자 그는 엑스무어 엽서를 얼른 주머니에 도로 집어넣었다. 그와 동시에 여자애가 다시 모습을 드러냈다.

"한 장도 없어요."

"그래. 그럼 이걸로 할게. 그리고 1급 우표도 한 장."

여자애는 뚱한 표정으로 우표를 내밀었고 그는 1파운드 동전으로 양 사진엽서 값을 치른 뒤 거스름돈을 자선함에 넣었다.

밖으로 나와 우표에 침을 묻히려고 보니 우표는 스티커 형태로 되어 있었다. 그가 적응해야 하는 혁신.

엑스무어 엽서를 우체통에 넣으면서 그는 우편물을 수거해가는 시간이 삼십 분밖에 남지 않았다는 걸 알아차렸다. 에이버리는 미치진 않았다. 그것이 곧 신이 그의 편이라는 뜻은 아님을 그도 알았다. 하지만 신은 일이 어떻게 돌아가든 전혀 관심 없다는 뜻임을 그는 또한 알았다.

마을에서 웬만큼 멀어지자 그는 양이 뜯어먹은 풀밭에 앉아 체리 베이크웰 타르트 세 개를 먹고 1리터들이 물병의 물을 삼분의 일쯤 마셨다. 혈당이 올라가면서 활기와 자신감이 느껴졌다. 해가 나와 몸이 따스해지자 풀밭에 드러누워 간이 차고 지붕 위의 고양이처럼 팔다리를 쭉 늘였다.

그는 한쪽 엉덩이를 들어올려 뒷주머니에서 엑스무어 우편엽서를 한 장 꺼내고는 청바지 단추를 끌렀다.

이십 분 뒤 에이버리는 자리에서 일어나 주변을 한번 더 자세히 살폈다.

여전히 여기가 어딘지 파악할 수 없었다. 하지만 꼭 알아야 할 필요는 없었다. 그는 가슴속에서 낯설지만 피할 수 없는 끌림을 느꼈고 그 느낌을 따라가는 수밖에 없었다.

이제 등에 따스한 햇살을 받으며 연쇄살인범 아널드 에이버리는 걸음을 재촉해 북쪽으로 향했다.

30

텃밭 때문에 지각한 스티븐은 수업 시작 전 루이스를 보지 못했다. 둘은 같은 반이 아니었고, 점심시간에도 루이스는 둘이 늘 만나는 체육관 입구에 나타나지 않았다.

스티븐은 바람을 피해 몸을 웅송그린 채 혼자 치즈와 마마이트가 들어간 샌드위치를 먹었다. 루이스를 기다려야 할지 아니면 찾으러 가야 할지 판단이 서지 않았다. 이러나저러나 한심하긴 마찬가지였고 막상 루이스와 얼굴을 마주 대하면 어떻게 할지도 그저 막막했다.

어머니는 도시락 통에 마스 바를 하나 넣어두었다. 마스 바를 흉내낸 조악한 짝퉁이 아니라 진짜 마스 바. 여느 때 같았으면 스티븐이 흥분하고도 남을 일이었다. 마스 바는 어머니가 행복하다는 뜻이었다. 물론 그녀를 행복하게 해주는 사람은 그가 아니라 주드 아저씨였지만 낙수효과로 가족 모두가 득을 볼 터였다. 마스 바를 찬미하는 자리에 루이스가 없어서 약간 빛바랜 감은 있었지만 그래도 스티븐은 그나마 한 가지 위안에 감사하며 마스 바를 먹었다. 마스 바를 찬미하는 자리에 루이스가 없다면 적어도 절반을 나눠줄 필요 또한 없다는 뜻이었다.

진한 캐러멜의 단맛이 입안 가득 남아 있는데도 배신당한 우정의 쓴맛은 여전히 가시지 않았다.

그는 하루가 끝날 무렵에야 루이스를 보았다. 다른 아이들을 밀쳐대고 있던 루이스를. 그는 학교 정문에 몰린 인파를 서둘러 헤치고 지나가며 마치 쫓기기라도 하듯 불안하게 주변을 휘둘러보았다. 매점 쓰레기통들 뒤로 재빨리 몸을 숨긴 스티븐은 거기 서서 싸구려 새 운동화를 내려다보았다. 벌써 닳은데다, 형편없는 만듦새와 지나치게 활동적인 남자애가 만난 결과 이음매가 벌어지고 있었다.

그는 루이스가 집에 가는 길에 혹시라도 마주칠까봐 자신을 찾아 두리번거리고 있다는 것을 알았다. 스티븐은 루이스에게 무슨 말을 해야 할지 여전히 알 수 없었다. 그래서 루이스를 한참 전에 먼저 보내놓고도 집까지 어찌나 느릿느릿 걸었던지 레티는 며칠 만에 처음으로 그에게 화가 나서 입을 꾹 다물어버렸다.

"늦었구나."

"에드워즈 선생님을 도와 체육관을 치우느라고요. 문이 잠겨서 선생님이 열쇠를 가지러 교무실에 다녀와야 했거든요." 스티븐은 한없이 걷는 것 같던 귀갓길에 이런 거짓말을 생각해두었다. 그의 입에서 나온 거짓말치고 꽤 괜찮게 들렸고, 레티도 납득했는지 굳은 입가가 풀어졌지만 할머니가 매서운 눈으로 보자 그는 귀가 빨개졌다.

하지만 할머니는 아무 말 하지 않았고, 주드 아저씨가 할머니가 좋아하는 찬송가 〈저멀리 푸른 언덕에〉를 휘파람으로 불며 아래층으로 내려왔다. 그래서 더이상의 사건 없이 차 마시는 시간이 펼쳐졌다. 그러다 주드 아저씨가 느닷없이 말했다. "텃밭 봤니?"

스티븐은 어정쩡하게 고개를 끄덕이긴 했지만 아저씨를 보지는 않았다.

"어쩌다 그 모양이 됐는지 뭐 아는 거 없니?"

그는 고개를 가로젓고 빵에 가공버터를 바르며 침묵이 어쨌거나 거짓말의 무게를 덜어주길 바랐다.

주드 아저씨는 어깨를 으쓱하며 한숨을 내쉬었다. "콩은 버팀목을 다시 세우면 되지만 당근과 감자는 대부분 복구가 어려울 거야."

스티븐이 고개를 끄덕였다.

"괜찮다면 차 마시고 해치워버리자."

그는 더 힘차게 고개를 끄덕였다. 저녁은 고요하고 따뜻했고, 피해를 복구하자는 제안은 굉장히 솔깃했다. 그는 주드 아저씨가 흥미를 잃을까봐 겁이 났었다. 텃밭 가꾸기는 단발성 행사였고 이제 다시는 하지 않을까봐.

"네 친구도 도와주고 싶어할 것 같은데."

"누구요?" 스티븐이 조심스럽게 말했다.

"왜, 그 말 많은 애."

아저씨가 루이스를 제대로 안다는 사실에 스티븐은 얼굴이 빨개지면서 쿡쿡거릴 뻔했지만 이내 죄책감과 가장 친한 친구를 다시 볼 생각에 돌연 우울해져 꾹 눌러 참았다.

"도와줄 수 있는지 가서 물어보지그래?" 주드 아저씨는 이제 신중한 눈초리로 그를 살피고 있었다. 스티븐은 아저씨가 어머니와 시선을 주고받는 것을 보았다.

주드 아저씨는 알고 있었다. 어쩐지 그랬다.

스티븐은 생선살 튀김을 물끄러미 내려다보았다.

"싫다고 할 거예요. 땅 파는 덴 영 재주가 없거든요."

그는 숨을 죽이고서 주드 아저씨가 자신에게 시키거나 따지거나 루이스의 소행을 폭로하길 기다렸다. 하지만 그는 그러지 않았다.

"그럼 우리 둘이서만 하지, 뭐." 대신 이렇게 말했고, 스티븐은 오늘 처음으로 그와 눈을 맞추고 빙그레 미소지었다.

31

아널드 에이버리는 어느 방향으로 가야 할지에 대해선 옳았지만 수색 시간 예측은 빗나갔다.

교도소장이 사기를 떨어뜨리지 않길 바랐기 때문이다.

오후 다섯시까지도 에이버리가 잡히지 않자 교도소장은 이 년 된 자신의 메르세데스 콤프레서를 직접 몰고 가랑비가 부슬거리는 황무지를 순찰했다. 에이버리를 찾는 것은 어디까지나 시간과 의욕 문제라고 확신하면서.

그는 바로 그 의욕에 불타오르고 있었다.

에이버리가 도주한 채 시간이 흐를수록 경찰에 알리지 않은 교도소장의 잘못도 심각해지고 있었다. 그리고 경찰에 알리지 않은 채 시간이 흐를수록 누가 알기 전에 에이버리를 다시 감금해야 한다는 그의 절박함도 커져만 갔다.

땅거미가 내려앉을 때까지도 에이버리가 잡히지 않자 진작 경찰에 알렸어야 했다는 교도소장의 낭패감은 불길한 예감으로 바뀌었고, 그

예감은 곧 걷잡을 수 없는 공포로 돌변했다.

아침까지 에이버리를 잡느냐 못 잡느냐에 그의 온 미래가 달려 있는 상황이었다.

그 말인즉슨, 오전 일곱시 구분이 되어서야 망연자실한 채 실직을 눈앞에 둔 교도소장이 에이버리의 탈옥 사실을 경찰에 알렸다는 뜻이었다. 에이버리가 담을 넘은 지 거의 이십사 시간이 지난 뒤였다.

32

열여섯 살의 게리 럼스든 이등병은 군대를 좋아하지 않았지만 아버지가 그랬듯 총은 좋아했다.

다른 점이라면 아버지는 SA80A2처럼 위협적인 총을 가져보지 못한 것이라고 럼스든은 생각했다. 30발짜리 탄창, 유효 사정거리 4백 미터, 초당 1킬로미터에 근소하게 못 미치는 총구속도를 자랑하는 물건이었다.

그렇다고 아버지가 기술적인 사양에 쥐뿔만큼이라도 관심을 보일 리는 물론 없을 거라고 럼스든은 생각했다. 그의 아버지 메이슨 딩글은 값이 얼마나 싼지, 추적당할 염려는 없는지만 알면 그만이었을 것이다.

하지만 게리 럼스든은 기술적인 사양에 열을 올렸다. 그도 SA80A2가 콜트45나 우지처럼 좀더 근사한 이름이면 좋겠다고 생각하긴 했다. 하지만 땀깨나 쏟아야 했던 십삼 주 동안의 기초 군사훈련 내내 육군 사관학교 샌드허스트 출신의 햇병아리 브리그스톡 소위가 그가 싫어하는 형처럼 두목 행세를 하는데도 두 주먹을 옆구리에 붙이고 침만 꼴깍꼴

깍 삼켰던 건 다 그 기술적 사양 때문이었다.

SA80 생각이 그를 온통 사로잡았다. 훈련중에도 규칙에 아랑곳없이 그의 눈은 총을 멘 신병들 쪽으로 돌아가 지켜보고 있었다. 잘 관리한 총기에서만 나는 금속과 금속이 닿는 둔탁한 철컥 소리와 미끄러지는 날카로운 소리를 그는 듣는 게 아니라 느꼈다. 유격 훈련장에서 진흙 구덩이 위에 팔이 떨어져라 매달려 있을 때도 그의 귀는 근처 사격장에서 들려오는 경쾌한 타격 소리를 좇았다. 밤이면 2층 침상 아래 칸의 인간이 상상 속 섹스를 하느라 침대를 흔들어댈 때도 게리 럼스던은 왼손으로 SA80을 받친 채 오른손 검지로 가상의 방아쇠를 당기는 생각을 했고 그러면 살갗에 소름이 돋았다.

기술적 사양을 드디어 속속들이 익힌 지금, 게리 럼스든 이등병은 벌떡 일어나 홱 몸을 돌려 분당 700발의 속도로 발사되는 고성능 탄환을 소대원들에게 갈기지 못하는 것이 못내 아쉬울 뿐이었다. 그 느낌이 어떨지 그는 알고 싶었다. 정말이지 알고 싶었다. 손바닥에 닿은 무기가 뜨거워지는 느낌, 손가락 움직임에 따라 총구가 불을 뿜는 느낌, 귀를 때리는 총성, 먼 거리에서 살인하는 느낌을.

대신 결정적 순간 앞에서 럼스든 이등병은 입으로 숨을 크게 내쉬었다.

SA80은 마치 또다른 사지처럼 그에게 잘 맞았다. 태어나면서 떨어졌다가 이제 다시 그의 일부가 되었다. 그는 총을 청소하고 분해하고 청소하고 조립하고 다시 청소했다. 눈을 가리고도 할 수 있었다. 총한테 잘해주면 총도 그대에게 잘해주리니. 그 계산법대로라면 럼스든 이등병의 총은 매일 아침 그에게 입으로 해준 다음 베이컨과 달걀을 구워줘야 마땅했다.

하지만 이제, 드디어 그의 총이 그에게 갚을 차례였다.

럼스든 이등병은 흥분을 가라앉히고 과녁지를 조준했다. 과녁지에는 사람의 형체는커녕 고작 흑점 다섯 개만 찍혀 있었다. 빌어먹을.

그래도 그는 집중했고, 긴장을 풀며 고른 숨을 내쉬었고, 애정 어린 손길로 방아쇠를 당겼다. 단 한 방의 반동이 어깨로 전해졌고 순간 과녁지가 출렁거렸다. 명중했다는 신호였다.

"잘했어, 럼스든!"

럼스든은 브리그스톡의 말을 듣지 못했다. 그 발사가 그의 안에 있는 뜨거운 기쁨의 문을 열어젖히는 바람에 움찔했던 것이다. 그는 흐느끼지 않으려고 입술을 깨물어야 했다. 자신의 총이 자신에게 이렇게 잘해주리라고는 꿈에도 상상하지 못했다.

기쁨에 휩싸인 그는 아버지가 떠올랐다.

럼스든의 아버지는 그와 같은 유전자를 가졌지만 성姓은 아니었다. 고맙게도. 딩글 같은 성이 주는 짐이 아니더라도 럼스든 형제에게 삶은 충분히 고달팠다. 그도 그럴 것이 그의 아버지는 걸핏하면 발끈하기 일쑤였다.

어린 게리와 그의 형 마크에게 그 성질머리는 곧장 주먹질로 나타났다. 그래도 형제는 불평하지 않았다. 으레 그래야 하는 줄 알았기 때문이다. 마찬가지로 형제는 가게에서 슬쩍하지 않은 옷을 입어본 적도, 제값 주고 산 음식을 먹어본 적도 없었고 훔친 점심 값으로 사지 않은 장난감을 가져본 적도 없었다.

형제의 어머니조차 실은 아버지와 결혼한 사이가 아니었다. 그녀는 랩윙 주택단지에서 그의 아이를 낳은 여섯 명의 여자 중 하나였다. 첫째 자식은 메이슨 딩글의 열다섯번째 생일 직전 세상에 나왔다. 게리와 마크에게는 그들과 전혀 상관없는 이복누이와 천사 같은 푸른 눈만큼이나 쏙 빼닮은 성질머리 때문에 같은 핏줄임을 단박에 알아봤던 이복형제들이 있었다.

여섯에서 열일곱 살 사이의 남자아이 여덟 명은 서로 조심하며 주택 단지를 어슬렁거렸다. 같은 핏줄임을 어렴풋이 의식하며 그들 모두 치를 떨었다. 한동안 그렇게 불안정한 상태로 잠잠하다가 한 번씩 격렬하지만 대개는 사소한 폭력의 광풍이 휩쓸고 지나갔다. 그들의 아버지는 이 여자 저 여자 품을 날아다니며 잠시 머물다가 자기 뜻대로 안 된다 싶으면 다시 딴 곳으로 옮겨가 새로 살림을 차렸다. 그는 딱히 편애하는 아들도 없었다. 아들들을 자기 자식으로 인정하는 눈치도 아니었고, 한밤중이나 꼭두새벽에 집으로 경찰이 들이닥치는 것 말고는 집안에 전혀 보탬이 되지 않았다.

게리 럼스든은 아홉 살 때 동네 가게에서 치약을 훔친 혐의로 처음 붙잡혔다. 치약을 구해오라고 시킨 사람은 어머니였다. 그녀는 치약을 구해오라고만 했지 돈 한푼 주지 않았지만 그는 으레 그러려니 했다. 경찰이 올 때까지 가게 주인이 멱살을 어찌나 세게 잡고 있었던지 겨드랑이에 생긴 빨간 자국이 며칠 동안 없어지지 않을 정도였다.

그는 좀도둑질이 나쁘다는 걸 알았지만 막연하게만 느껴졌다. 학교에서는 좀도둑질이 나쁜 짓이었지만 집에서는 좀도둑질밖에 아는 게 없었다. 어딘가로 일하러 가서 돈을 벌고 그 돈으로 물건을 산다는 생각 자체가 낯설기만 했다. 가족 중 누구도 그런 경험을 해본 적이 없었고, 설령 누가 시도했다면 그는 아마 어리석다고 생각했을 것이다. 치약은 가게에 있었다. 최대한 소란 피우지 않고 가게의 치약을 어머니의 화장실로 옮겨놓으면 그만이었다.

경찰이 와서 그를 데려간 곳은 경찰서가 아닌 집이었다. 경찰관은 순찰차에서 내린 그를 있는 힘껏 붙들고 현관으로 향했다. 이렇게 싱겁게 놓아주기보다는 제대로 혼쭐을 내주고 싶어하는 게 느껴지는 손길이었다. 어린 게리 안의 뭔가는 이게 자신 때문만은 아니라고, 경찰관이 거칠게 다루는 데는 자신도 모르는 예전의 다른 일들이 밑바탕에 깔려 있음을 진작 이해했다. 하지만 당장은 상황이 그에게 불리했다.

어머니는 나중에 치약이 없어 투덜댄 것은 둘째 치고, 경찰관이 현관에 들이닥쳤는데도 술에 잔뜩 취해 희미한 관심조차 보이지 못했다. 그도 그럴 것이 게리가 네 살 때부터 동네 가게에서 자잘한 물건들을 슬쩍했다는 점을 고려해보건대 생애 첫 경찰과의 사소한 접촉쯤은 한심할 만큼 작은 대가로 보였다.

메이슨 딩글은 가끔 '집을 나갔다'. 하지만 늘 다시 돌아왔고 그렇다고 당황하거나 나아지거나 달라진 것처럼 보인 적은 한 번도 없었고, 게리와 마크는 언제고 자신들도 아버지의 뒤를 이어 가업에 뛰어들게 되리라는 것을 믿어 의심치 않았다.

해적판 DVD로 〈밴드 오브 브라더스〉를 보기 전까지는. 그 드라마를 보고 나서 모든 것이 달라졌다.

하루아침에 게리 럼스든과 마크 럼스든은 좋은 놈들이 되었다. 듬직하고, 용감하고, 당당한. 물론 그 둘의 마음속에서 그랬을 뿐이지만. 형제는 동네에서 유명한 축구 선수이자 깡패이기를 그만두고 군인의 길을 걷기 시작했다.

물론 다 좋지만은 않았다. 무엇보다 군인이란 빈집털이와 좀도둑질을 그만두고 위협과 양동작전과 교란을 운용하는 시끌벅적한 전면 공격으로 옮겨가는 것을 의미했다. 군사전략, 형제는 그렇게 부르는 법을 배웠다.

창고에 있는 웬 상자 안에서 시커먼 권총을 발견했을 때 형제는 딸꾹질을 할 만큼 깜짝 놀랐었다. 권총 한쪽 면에 메이드 인 체코슬로바키아라고 찍혀 있었고 그 옆에는 원 안에 대문자 CZ가 들어간 마크도 있었다. 권총은 여기저기 긁히고 지저분했지만 형제는 그때까지 그토록 아름다운 물건을 본 적이 없었다. 마크 럼스든과 게리 럼스든은 잔뜩 흥분해서 여섯 시간 동안 서로 인질로 붙잡고, 총을 겨누고, 폭력의 흥분을 억누르지 못해 동그란 자국이 생길 때까지 총구로 서로의 관자놀이와 등을 눌러대며 놀았다.

그러다 아버지에게 들키는 바람에 둘 다 시퍼렇게 멍이 들도록 흠씬 두들겨맞았다.

마크는 어차피 야심도 없고 CZ와 관련해선 그나마 있던 배짱마저 아버지에게 맞고 나서 싹 사라졌지만 게리는 작은 손에 쥐었던 묵직한 권총에 대한 기억을 늘 생생하게 간직한 채 서서히 총을 동경하기 시작했다.

큰 총.

내 거라고 말할 수 있는 총. 훔칠 필요가 없는 총. 최소한의 반동으로 진짜 사람을 쏠 수 있는 총.

영국 육군이 큰 소리로 손짓해 불렀고, 게리 럼스든은 귀머거리가 아니었다.

그는 홍보책자를 집어들고 수신자 부담 전화번호로 전화를 걸었다. 전과기록이 군 입대에 걸림돌이 된다는 것을 알게 된 뒤로 그는 행동거지를 조심했다.

칠 년 동안 게리 럼스든은 총을 손에 넣는 것 말고는 별다른 말을 하지도, 꿈을 꾸지도 않았다. 그는 육군 후보생으로 자원입대했다. 비가 오나 눈이 오나 매주 훈련에 빠지지 않는 학생은 그가 유일했다. 영어나 역사 수업시간에는 좀체 쓰이는 법이 없었던 머리가 신호, 규정집, 훈련 형태, 군화 닦기, 군복 다리기에서는 갑자기 잘 돌아갔다. 그는 그 모든 게 다 싫었지만 번쩍이는 단추가, 계산된 깜짝 등장이, 주택단지의 다른 푸른 눈의 소년들이 보내는 질투 어린 시선이 그를 점점 총으로 이끌었다.

그리고 그가 겪은 모든 것—고통, 고된 훈련, 모욕, 두려움, 가난—이, 방아쇠를 당기며 자신의 손에 죽음이 달려 있다는 강렬한 느낌이 드는 그 순간 보상되고도 남았다.

자신의 사격 순서가 끝났는데도 게리는 젖은 잔디밭에서 편안하게 대기중인 동료들과 합류하지도, 그렇다고 부채꼴 대열로 서서 방아쇠를 당기는 동료들 쪽으로 몸을 돌려 구경하지도 않았다.

대신 과녁을 한번 더 겨누며 호흡을 골랐다. 그리고 손가락을 방아쇠에 고정했다가 간신히 떼어냈다. 반사적으로 손가락에 힘이 들어갔다간 무단 발포로 이어질 테고, 플리머스로 돌아가자마자 별별 수모를 다 당할 거라는 두려움 때문이었다.

그는 과녁지에 그려진 네 개의 작은 과녁 중 하나에 조준선을 맞춘 채 명중의 각오를 다지며 자기 차례가 다시 돌아오기를 기다리고 또 기다렸다.

찰칵, 핑핑, 여기저기서 터져나오는 웃음소리. 그의 왼쪽에서 들리는 그 소리는 누군가가 비웃음을 사도 쌀 만큼 과녁에서 한참 벗어나 사격했다는 뜻이었다. 게리 럼스든은 과녁지에서 굳이 눈을 떼지 않았다. 배운 대로 두 눈을 크게 부릅뜨고 있었다. 왼쪽은 무시하고 오른쪽을 사용하면서.

흐릿해진 왼쪽 시야에서 뭔가가 움직였다. 다시 초점을 맞췄더니 사격 훈련장을 가로질러 걸어가는 웬 남자가 보였다. 과녁에서 한참 뒤, 4백 미터쯤 떨어진 지점이었다. 남자는 북쪽으로 향하고 있었다.

럼스든은 눈살을 찌푸리고는 미세하게 고개를 들어 좌우를 살피며 그 남자를 발견한 사람이 또 있는지 확인했다. 가장 가까이 있는 홀 이등병은 그의 오른쪽 20미터 지점에서 과녁과 마주하느라 그에게서 약간 돌아선 채였다. 홀은 흑인이었다. 즉 소대의 꼴통들 손에 괴롭힘을 당한다는 뜻이었다. 왼쪽으로는 고든 이등병의 군화와 물에 젖은 위장 전투복밖에 보이지 않았다. 고든은 빨간 머리 때문에 거의 대부분의 사람들 손에 괴롭힘을 당했다. 둘 다 그 남자 쪽을 보고 있지 않았다.

럼스든은 조준기를 통해 남자를 볼 수 있도록 SA80의 위치를 조절했지만 그렇게 해도 너무 멀리 있어서 조준기에 가득 들어오지 않았다. 남자는 걷고 있었지만 산책 나온 사람처럼 보이지는 않았다. 럼스든은 지팡이도, 배낭도 볼 수 없었다. 대신 남자는 비닐봉지처럼 보이는 것을 들고 있었다! 마치 방금 테스코에서 튀어나오기라도 한 듯! 남자는 방수 재킷조차 입지 않았다. 이 거리에서는 푸른색으로 보이는 셔츠와 청바지만 달랑 입고 있었다. 청바지는 산책하기에 가장 나쁜 옷이었다. 해가 나면 덥고 그보다 훨씬 잦은 안개와 비 속에서는 춥고 무거운데다 잘 마르지도 않았다. 그 사실은 남자가 곤경에 처해 있다는 럼스든의 첫번째 추측에 무게를 실어주었다. 무엇보다 남자는 다트무어의 노련한 산책객에게는 가장 기본인 사격 예고를 확인하지 않은 듯했다. 휴대폰으로 전화 한 통만 걸면 황무지의 북동쪽 4분면을 차지하는 사격장에서 언제 실탄사격 훈련이 있는지 알 수 있었다. 이 남자는 확인하지 않은 게 틀림없었다. 그리고 만약 빨간색과 흰색 경고판을 봤다면 무시했거나 경고판을 가로질러 위험 구역으로 들어올 만큼 어리석거나 둘 중 하나였다.

럼스든 이등병의 손가락이 다시 SA80A2 방아쇠로 스르륵 올라갔다.

남자는 '빗나간 총알'로 맞혀달라고 부탁하고 있었다. 아니면 그렇게 '빗나가지 않은 총알'로.

럼스든은 십자선 아래 남자의 모습을 좇았다. 손은 떨리지 않았고 호흡도 안정되어 있었다.

지금 방아쇠를 당긴다면 남자를 정통으로 맞힐 수 있었다. 그 생각을 하니 전율이 일었다. 물론 쏘지는 않을 테지만 차가운 강철이 손가락에 닿아 데워지는 가운데 조준기로 남자를 붙잡아두고 있다는 느낌에 거의 까무러칠 지경이었다.

왼쪽에서 또다시 찰칵 소리와 함께 녹스 이등병이 주위가 떠나가라 "젠장" 하고 내뱉는 소리가 들렸지만 그는 꼼짝하지 않았다.

온몸의 세포 하나하나가 산책객에게 집중되었다. 그는 자제력을 마지막 한 방울까지 짜내 손가락이 제멋대로 방아쇠를 당기지 못하도록 막았다.

무단으로 발포했다간 문제가 심각했다. 전쟁 상황 외에 사람을 향해 발포하는 행위는 군사재판감이었다. 다트무어로 산책나온 민간인에게 고의로 사격하는 행위는 감옥행이 거의 확실했다. 그리고 그는 아버지와 마크의 전철을 밟지 않으려고 그토록 오랫동안 온 힘을 다해 싸워왔다. 아직은 그 모든 걸 망쳐서는 안 된다. 마침내 총을 손에 넣게 된 지금은 아니다.

럼스든은 속으로 한숨을 쉬었다. 겉으로 한숨을 내쉬면 몸이 흔들려 조준이 빗나갈까봐.

4백 미터. 그의 총의 사정거리였다. 남자는 어쩌면 사정거리를 벗어나 있을지도 몰랐다. 조준기로 붙잡아두고 있어 불안하지는 않았지만 럼스든은 지금 쏜다면 명중 가능성이 희박하다는 것을 알았다. 다트무어 기준으로 보면 좋은 날씨였지만 좀처럼 수그러들지 않는 거센 바람의 영향은 피할 수 없었다. 4백 미터를 벗어나면 추진력과 방향을 잃은 총알이 어디로 날아갈지 몰랐다.

남자가 바위 뒤로 사라지자 럼스든은 총의 위치를 약간 바꿔 남자가 다시 나타나기를 기다렸다. 잠시 뒤 남자가 다시 조준기로 곧장 걸어들어오자 또다시 전율을 느꼈다.

남자는 50미터쯤 앞에 있는 조그만 바위산으로 다가가고 있었다. 남자가 그곳에 이르면 럼스든은 표적을 놓치고 말 터였다.

절박감에 방아쇠를 잡은 손가락에 힘이 들어가서 그는 긴장을 풀려고 의식적으로 노력해야 했다. 씩씩거리는 숨소리가 귀에까지 들렸다. 소대원들은 여전히 각자의 과녁에 총을 쏘고 있었지만 그에게는 총소리가 멀리서 들려오는 듯 둔탁하게 느껴졌다.

럼스든은 자신의 자제력에 감탄했다. 그는 아직 어렸지만 기초 군사 훈련은 그의 안에 아직 남아 있는 아이를 깨끗이 몰아내고 그를 남자로 단단하게 벼려놓았다. 그는 자신이 이미 아버지나 형이나 이복형제들보다 더 나은 사람이라는 것을 알았다.

여기 이 손안에 그는 삶과 죽음을 결정하는 힘을 가지고 있었다. 소년 게리 럼스든이라면 총을 쏘았을 것이다. 군인 게리 럼스든 이등병은 그보다 강했다. 낯설게도 벅찬 자부심이 느껴졌다.

고개를 숙인 채 걸어가던 남자는 한 조각 햇빛이 내리쬐는 곳을 지나갔고 게리 럼스든은 조준기로 계속 그를 예의 주시했다. 바위산이 가까워질수록 결정타는 어려울 테지만 중요한 건 결정타가 아니라고 스스로에게 말했다. 중요한 건 자제력을 발휘하고, 옳은 일을 하고, 남자로 성장하는 것이라고.

남자는 커다란 잿빛 바위들 가운데 첫번째 바위 위로 기어올라갔다. 두 개만 더 넘으면 남자는 바위산 뒤로 사라져 시야에서 놓칠 터였다.

채 이 분도 안 되는 시간 동안 게리 럼스든 이등병은 그 자리에서 바로 죽일 수 있는 힘을 쥐고 있었지만 대신 계속 살려두기로 결정했었다. 마치 신처럼.

자신이 이만큼이나 성장했다는 생각에 천사 같은 푸른 눈의 시울이 뜨거워진 럼스든은 저멀리 멍청한 남자가 그다음 바위로 기어오르는 모습을 지켜보았다. 너무 작고, 너무 연약하고, 잠시나마 죽을 뻔했다는 걸 꿈에도 모르는……

럼스든 이등병은 지금의 경험이 의미하는 바를 온몸으로 깨달았다. 이것이 결정적이라는 것을, 이 순간을 영원히 기억하게 되리라는 것을.

그러고 나서—불시에 천성이 훈련을 눌러버리면서—그는 어쨌든 방아쇠를 당겼다.

아널드 에이버리가 눈을 떠보니 온통 희뿌연 하늘이 내려다보고 있었다. 등은 젖어 축축했고, 왼팔이 욱신욱신 쑤셨다.

흐릿한 의식 속에 맨 처음 떠오른 생각은 새 한 마리가 그를 향해 날아와 부딪혔나 하는 것이었다. 그것도 큰 새가. 아무리 기억을 더듬어봐도 바위 위에 서서 데번셔의 상쾌한 공기를 들이마시다가 아래로 굴러떨어졌다는 것밖에 생각나지 않았다.

뻐근한 고개를 옆으로 돌려보니 뾰족한 풀이 뺨을 찔렀다. 머리 근처에 새하얗고 동그란 물체가 있었는데 그 안에 빨간 점 두 개가 찍혀 있었다. 몇 번 눈을 깜빡거리고 나서야 그 물체가 훔친 물건들을 담았던 비닐봉지에서 쏟아져나온 미스터 키플링 체리 베이크웰 타르트라는 것을 알아차렸다. 하얀 당의 위의 빨간 점 하나는 체리였고, 또하나는 피였다.

에이버리는 신음을 내뱉으며 똑바로 앉아 검붉게 물든 왼쪽 소매를 보았다. 인상을 쓰면서 팔을 움직여보았다. 아팠지만 다행히 부러지지는 않았다.

주변을 휘둘러보았지만 아무것도, 아무도 보이지 않았다. 하지만 반대로, 아무것도와 아무도는 그를 볼 수 있었다. 그는 바위산 뒤쪽 얕게 팬 곳에 굴러떨어진 채였다. 얼마나 오래 의식을 잃고 있었는지, 자신에게 무슨 일이 일어났던 것인지 도무지 알 수 없었다. 새가 그랬으리라는 추측이 말도 안 된다는 것은 그도 이미 알고 있었지만 달리 설명할 수가 없었다. 사방으로 몇 킬로미터에 걸쳐 황무지가 펼쳐져 있었다. 낮게 깔린 구름 아래 황무지는 이제 누리끼리해 보였다.

그는 소매에서 팔을 빼내 셔츠 끝자락으로 피를 닦았다. 팔뚝 위쪽이 찢기고 갈라져 피투성이였다. 마치 누군가가 집게손가락으로 살을 헤집어 피부를 벗겨내고 피가 맺힌 홈을 남겨놓기라도 한 것처럼.

총에 맞은 상처처럼 보였지만 그럴 리가 없었다. 어쨌든 여기는 영국이다. 탈옥수를 추적하기 위해 급파된 교도관들은 기껏해야 휘발유 비용을 청구하기 위한 경비 내역서나 가지고 다닐 터였다.

그는 그 생각을 떨쳐버리려고 머리를 흔들고는 훔친 물건들을 하나하나 주워모으기 시작했다. 어찌된 영문인지 수수께끼를 풀려고 꾸물거려봐야 부질없는 짓이었다. 어쨌든 별로 상관도 없었다. 만약 지나치게 열의에 넘치는 교도관이 무장하고 나왔다가 쏜 것이라면 지금쯤 그는 다시 감옥에 있어야 했다. 그게 새였다면 주변에 깃털이 있어야 했다. 그건 중요하지 않았다. 중요한 건 계속 가는 것이었다. 그는 구름 뒤에서 해를 찾으려 해보았지만 허사였다. 아직 어두워지지는 않았지만 그 사실은 아무 의미도 없었다. 지금은 6월이라 밤 열시가 지나서도 빛이 남아 있을 터였다.

아널드 에이버리는 알지 못했지만, 청천벽력처럼 군대 생활이 끝장날 게 거의 자명해진 게리 럼스든 이등병이 내지르는 사나운 고함소리가 아득히 들려오는데도 놓칠 만큼 오래 의식을 잃고 있었다.

33

스티븐은 눈에 보이지도 않는 시커먼 천장을 응시하며 주드 아저씨와 어머니가 다투는 소리에 귀기울였다.

무슨 말인지 알아들을 수는 없었지만 어조만으로도 그는 잔뜩 긴장해 귀를 쫑긋 세웠다.

그녀는 기분이 좋지 않았다. 왜 그런지 스티븐은 몰랐다. 그의 마음이 줄달음쳤다. 전날 어땠는지 떠올리려 애쓰며 상황이 바뀌어버린 순간을 찾으려고 기억을 샅샅이 더듬었다. 뭔가가. 뭔가가. 뭔가가 일어났다. 틀림없다! 어젯밤에도 지금처럼 누워서 시커먼 어둠을 응시하며 저 둘이 섹스하는 소리를 들었기 때문이다. 그는 그 소리가 지난 방학 때 루이스와 함께 보았던 DVD에서 나오는 것과 같다는 걸 알아차렸다. 앤젤리나 졸리가 나오는 영화였다. 하지만 이불을 덮고 있어서 섹스라는 행위가 어떻게 이루어지는지 자세히 파악하는 건 불가능했다. 그 장면이 나오는 동안 그와 루이스는 얼굴이 벌게져선 아무 말도 못하고 서로 시선을 외면한 채 화면만 뚫어져라 들여다보았다. 영화가 끝나고 루이스는 지나치리만큼 의기양양하게 말했었다. "나도 저 여자랑 할 거야."

하지만 주드 아저씨와 어머니의 섹스는 어젯밤 일이다. 오늘밤은 말다툼이었다. 주드 아저씨는 어쩌다 반박할 뿐 주로 침묵을 지켰고, 어머니의 목소리는 날카롭고 차가웠다. 별안간 그는 어머니에게 분노가 치밀었다. 옆방으로 달려가 어머니에게 그만하라고 소리치고 싶었다. 그만 싸우라고, 그만 상처 주라고, 그렇게…… 그렇게…… 씨발년처럼 그만 굴라고! 씨발!

손가락이 아팠다. 그제야 그는 이불 끝자락을 몸의 일부인 양 꽉 움켜잡은 채 딱딱하게 굳은 손가락을 부들부들 떨고 있다는 걸 깨달았다. 그는 숨을 내쉬며 긴장을 풀어보려고 했다.

"주드 아저씨 나가?"

스티븐은 벌떡 일어났다. "조용히 해, 데이비."

"형이나 조용히 해!"

스티븐은 말다툼이 어떻게 끝날지 궁금해 입을 다물었지만 더는 아무 소리도 들리지 않았다.

"주드 아저씨가 가는 거 싫은데." 데이비는 콧물을 훌쩍이며 우는소리를 했지만 스티븐은 그 소리에 화가 치밀기보다 같은 심정이 전염되는 느낌이었다. 그래서 그는 아무 말 없이 입술을 물어뜯으며 시울이 뜨거워진 눈을 꼭 감았다. 그러고 얼마쯤 지났을까, 눈을 떠보니 아침이었다.

그리고 밤사이 주드 아저씨는 떠나고 없었다.

스티븐은 여름철인데도 시린 발과 무거운 다리를 옮기며 아래층으로 털레털레 내려갔다.

계단을 반쯤 내려갔을 때 현관 깔개 위에 놓인 자줏빛 직사각형 물체가 눈에 띄었다.

계단 맨 아래 단에 이르러 그것이 우편엽서임을 눈으로 확인하고 집어들어서 보니 자줏빛 헤더 사진이었다.

엽서를 뒤집은 순간 스티븐의 심장이 목구멍까지 튀어올라와 거기서 두방망이질하기 시작하면서 목 전체를 쿵쿵 울려댔다.

이전의 편지들에 비해 가로 15센티미터 세로 10센티미터의 우편엽서는 정보의 보고나 다름없었다.

파선破線으로 가장자리를 따라 그린 낯익은 형태의 축소된 엑스무어가 있었다. DB가 제 위치에 표시되어 있었다. 그가 에이버리에게 사진으로 보여주었던 장소에는 SL이라고 쓰여 있었다. 두 지점 사이에 마치 터크 수사*의 머리 모양을 공중에서 내려다보기라도 한 듯 짤막한 방사상 선들로 이루어진 이상한 원이 하나 있었다. 원은 WP라는 머리글자와 단 한 개의 단어를 에워싸고 있었다.

블랙랜드

스티븐은 먹을 수가 없었다. 그럴 수도 있다는 생각을 한 번도 해본 적이 없었다. 배가 고프지 않아서가 아니었다. 머리가 생각으로 꽉 차다 못해 결국에는 흘러넘쳐 입속으로, 목구멍 아래로, 가슴속과 심지어 창자 속까지 밀려들어서였다. 희망이 소용돌이치고 두려움이 하얗게 부서져내리는 사나운 물살을 이루는 바람에 음식이 들어갈 자리가 없었다.

* 로빈 후드의 동료로 쾌활하고 싸움하기 좋아하는 수도사.

에이버리의 안내를 보기 전까지만 해도 그는 자신의 탐색 작업이 마음에서 그 정도로 빨리 떠나간 줄은 미처 모르고 있었다. 다시 돌아온 주드 아저씨, 채소밭, 루이스, 진짜 마스 바. 이런 것들, 이런 정상적인 것들이 그의 일상적인 의식에서 빌리 삼촌을 몰아내 마음 뒤쪽 구석진 곳에 처박아두고 있을 줄은.

하지만 우편엽서는 오래된 죄의식과 새로운 기대를 콸콸 쏟아내며 빌리 삼촌을 단박에 끄집어냈다.

그 즉시 그는 다시 힘을 얻고 집중했다.

언제 세수를 하고 옷을 입고 이를 닦았는지 기억이 전혀 없었지만 하긴 한 것이 틀림없었다. 아침 식탁에 앉았을 때 아무도 눈썹을 치켜세우지 않았으니까.

데이비는 상태가 좋지 않았다. 어머니는 입을 꼭 다문 채 샌드위치를 힘주어 잘랐고, 할머니는 평소답지 않게 딸의 애정 생활이라는 주제에 대해 침묵을 지켰다. 그래도 스티븐은 멍한 상태에서 막연하게나마 이런 것들을 감지했다.

빌리 삼촌이 묻혀 있는 곳을 드디어 알아냈어!

할머니가 이렇다 할 특색 없는 시선으로 바라보았을 때 그는 하마터면 그렇게 외칠 뻔했다.

"네 동생한테 버터 좀 건네줘라."

스티븐은 버터를 건네며 다른 누군가가 빌리 삼촌을 먼저 발견하고 말리라는 뜬금없는 확신에 사로잡혔다.

그에게는 에이버리의 지도가 있기 때문에 그것은 너무도 확실해 보였다! 블랙랜드! 그럼 그렇지! 그의 방 창문에서 거의 손에 잡힐 듯 가깝게 보이는 곳!

루이스도 이미 알아차렸다. "다음에 도와주러 올 때는 블랙랜드를 파볼게……"

다른 누군가가 또 알아차리지 못하게 하려면 어떻게 해야 하지?

오늘 학교에 가지 않아도 되는 사람이 누구지?

나에게 선수를 칠 만한 사람이 누구지?

그 대신 발견해 그를 할머니와 어머니와 바다 속 어두컴컴한 방, 양탄자에 그가 지린 오줌 얼룩이 아직도 남아 있는 바로 그 방 사이에 영원히 가둬둔 채 기회의 문을 활짝 열어젖혀 인생을 바꾸게 될 그 어떤 사람이. 스티븐은 한기가 들면서 자신이 반쯤 빈 듯 느껴졌다. 그의 안을 채우고 있던 것들이 전부 빠져나가려고 목구멍과 창자를 눌러댔다.

그는 의자를 요란하게 끌며 식탁에서 일어났다.

"어디 가니?"

"학교."

"먹지도 않았잖아."

"배 안 고파요."

레티는 한소리 퍼부을 듯한 표정이더니 거칠게 샌드위치를 랩으로 싸서는 초콜릿 바도 없이 도시락 통에 던져넣었다.

그러거나 말거나 스티븐은 신경쓰지 않았다. 초콜릿 바는 아이들이나 먹는 것이었고, 오늘 그는 그보다 훨씬 더 의젓해질 터였다. 그는 섹스나 관계의 이치는 모를 수도 있었지만 해질 무렵엔 가족이 온전한 하나가 되어 있길 바랐다. 지금처럼 그를 불안과 슬픔에 빠뜨리는, 여기저기 갈라져 부서져내리는 반쪽이 아니라.

스티븐은 어머니를, 데이비와 할머니를 쓱 둘러보았다. 다들 그가 자신들의 삶을 어떻게 바꾸어놓을지 짐작조차 못하는 표정이었다.

그는 나가려고 돌아섰지만 채 두 발짝도 떼기 전에 어머니가 앙칼지게 말했다. "기다렸다 동생이랑 같이 가."

그래서 살해당한 소년의 시체를 파올리는 대신 스티븐은 동생을 기다렸다가 같이 학교에 가서 역사 교실로 직행했다. 러브조이 선생님은 조상들이 아무에게도 발견되지 않고 몇천 년 동안 조용히 영면할 수 있도록 하기 위해 이집트인들이 사용했던 어둡고 은밀한 방법을 두 시간에 걸쳐 하나하나 보여주며 학생들에게 피라미드 단면도를 그리게 했다.

스티븐은 아이러니의 의미를 아직 배우지 못했지만 아이러니가 고개를 쳐들고 그의 얼굴을 후려쳤을 때 다시 한번 그 의미를 뼛속 깊이 이해할 수 있었다.

하루종일 그는 비명을 지르고 싶었다.

34

금요일 하루 온종일 아널드 에이버리의 팔은 피가 났다 그쳤다를 반복했다.

가끔 현기증이 일었지만 그 이유가 피가 부족해서인지 아니면 체리 베이크웰의 당분이 급격히 빠져나가고 있어서인지 그는 알 수 없었다.

목요일 밤 캄캄해질 때까지 걷고 나서 잠을 청해봤지만 추워서 한숨도 자지 못했다. 너무나 작은 녹색 카디건을 두르고 잔뜩 웅크리고 앉아 한 시간 동안이나 이를 딱딱 맞부딪치다가 에이버리는 벌떡 일어나 어둠 속에서 걷기 시작했다. 갈수록 발걸음이 느려졌지만 어쨌든 앞으로 나아가고는 있었다.

날씨가 더 나빠질 수도 있다고 그는 생각했다. 비가 올 수도 있다고.

걸으니 기분이 좀 나아졌다. 우편엽서보다 먼저 엑스무어에 닿아야 했다. 그가 없는 상태에서 SL이 WP를 찾아낼지도 모른다고 생각하자 속이 메스꺼웠다.

금요일 새벽, 주드 아저씨가 트럭 열쇠를 집어들고 스티븐과 데이비를 깨우지 않으려고 소리 없이 집을 나갔던 그 무렵 아널드 에이버리는 태비스톡에 도착해 차를 훔쳤다.

놀랄 만큼 쉬운 일이었다.

그는 이 집 저 집의 진입로에서 문을 잠그지 않고 주차해놓은 차를 여러 대 발견했다. 역시 시골이란, 그는 생각하며 자동차 안과 조수석 글러브박스를 더듬었다.

어느 집 진입로에 빨간색 소형 닛산 해치백과 여기저기 흠집이 난 BMW가 앞뒤로 나란히 주차돼 있었다. 해치백 선바이저 틈에 열쇠가 있었다. 열쇠를 돌리기가 무섭게 시동이 켜졌다. BMW가 뒤를 가로막고 있어 후진이 여의치 않자 에이버리는 초보 운전자 표지판을 덜컹거리며 닛산 해치백을 급격히 틀어서는 앞쪽 잔디밭을 가로질러 이름뿐인 울타리를 뚫고 나왔다.

잠시 뒤 그는 북쪽을 향해 차를 몰고 있었다. 몸집이 아주 작은 여자에게 맞춰진 운전석에서 양 무릎이 계기판에 낀 채 거미처럼 운전대에 찰싹 달라붙어 차를 몰며 한동안 애를 태워야 했다. 엔진이 말썽을 부려 기어를 3단에서 바꿀 수가 없었기 때문이다.

도로 가장자리의 일시정차구역에서 그는 좌석을 좀더 편안하게 조정하고 차 안팎을 살폈다. 뒷좌석에 『괴상하고 신기한 웜뱃』이라는 어린이 그림책과 갑 티슈가 있었다. 트렁크에는 연장상자와 견인용 밧줄, 비닐봉지에 든 여성지들이 있었다. 그는 봉지에서 잡지를 꺼내고 거기에 견인용 밧줄과 타이어 스패너를 집어넣었다. 그러고 나서 트렁크를 닫으려다가 고개를 숙이고 『코스모폴리탄』을 한 권 꺼내들었다. 오래 기다려야 할지도 몰랐기 때문이다.

트렁크를 닫는데 현기증과 피로가 몰려들었다. 다시 차 안에 들어가 시동을 켜기까지 엄청난 노력이 필요했지만 그는 결국 해냈다. 그는 주요 도로에서 벗어나 그냥 되는대로 좁은 길들로 덜컹거리며 차를 몰다가 산울타리 뒤쪽 들판에 세웠다.

그러고서 뒷좌석으로 넘어가 잠을 청했다.

다시 눈을 떴을 때는 늦은 오후였고 기분이 한결 나아진 듯했다. 팔은 여전히 욱신거렸지만 출혈은 완전히 멈췄다. 셔츠 소매가 팔에 들러붙었지만 그대로 두기로 했다.

그는 물을 좀더 마시고 치즈 토마토 샌드위치를 먹은 다음 산울타리에 오줌을 갈기면서 오후의 살랑거리는 미풍이 페니스를 어루만지는 감촉을 즐겼다. 그것은 자유의 느낌이었다.

기운을 차린 아널드 에이버리는 다시 길을 떠났다. 이번에는 닛산 마이크라 변속기의 변덕을 보란듯이 물리쳤다. 엔진에 무리가 가서 시끄럽기만 하던 아까와 달리 그의 마음은 다시 한번 명료하게 생각할 수 있을 만큼 여유를 찾았다.

그는 곧 벌어질 일에 대해 생각하지 않으려고 애썼다. 그 생각을 하면 너무 심란했다. 너무 흥분됐다.

대신 운전을 다시 익히는 데, 이따금 차창을 때려대는 산울타리 냄새에, 검은 리본처럼 펼쳐진 채 모퉁이를 돌 때마다 지금껏 잊고 지냈던 풍경이 나타나는 도로에 집중하려고 애썼다.

그것만으로도 충분히 흥미로웠다.

당분간은.

35

안개에 싸인 토요일 새벽은 모든 소리를 집어삼킬 만큼 조용했다.

스티븐은 깨어 있었다. 벌써 몇 시간째 깨어 있었다.

그는 금방이라도 토할 것만 같았다. 행복했다. 마음이 조마조마하고, 무릎이 콕콕 쑤시면서 뛰고 싶어 두 다리가 근질거렸다. 블랙랜드까지 달려올라가 빌리 삼촌의 시체에 대한 권리를 주장하고 싶어서.

다시 토할 것 같았다. 이번에는 화장실로 달려가 변기에 대고 약간 꽥꽥댔을 만큼 구역질이 심했다. 하지만 아무것도 나오지 않았다. 변기에 침을 뱉었지만 누가 깰까봐 물을 내리지는 않았다.

그는 제일 좋아하는 옷을 입었다. 제일 좋아하는 양말은 해져도 차마 못 버리고 있었지만, 나머지는 모두 마음에 들었다. 어머니가 자선 가게에서 가져온 리바이스는 몇 번 입지 않아 아직도 짙푸른 색을 띠고 있는데다 엉덩이에 보기 좋게 딱 맞았다. 빨간색 리버풀 셔츠는 등에 흰색으로 숫자 8과 그 위로 그의 이름이 찍혀 있었다. 이 년 전 생일 선물로 받은 것이었다. 셔츠는 할머니가 사주었고, 가족이 반스터플에 갔을 때 레티에게 받은 돈으로 숫자는 10파운드에, 이름은 글자당 2파운드에 박았다. 레티가 그의 성이 램비노브스키가 아니라 다행이라며 우스갯소리를 하는 바람에 다들 웃었었다. 데이비까지도. 무엇 때문에 웃는지도 모르면서.

속옷까지 깨끗한 것으로 챙겨입으면서 스티븐은 약간 겸연쩍었지만 시체를 발견하고 나면 신문에 사진이 실릴 거라 예상하고 이렇게 입고 있다는 것을 인정하지 않을 수 없었다.

이것이 바로 그가 후세에 남길 원하는 모습이었다.

그는 창밖을 내다보았다. 안개가 무겁게 내려앉아 있었지만 그 뒤에서 해가 빛나고 있다는 것을 알 수 있었다. 아침나절이면 해가 어둠을 몰아낼 터였다. 아마도. 어쨌든 그는 벼룩시장에서 새로 장만한 아노락 소맷자락을 허리에 묶었다. 그곳은 황무지였다. 어떻게 될지 아무도 모르는.

아래층에서 그는 라즈베리 잼 샌드위치를 만들면서 흔적이 남지 않게 깨끗이 치웠다. 그런 다음 샌드위치와 물병을 아노락 주머니에 집어넣었다. 샌드위치와 물병이 허벅지 뒤쪽에 부딪히는 느낌이 전해졌다.

희끄무레한 안개가 자욱이 내려앉은 바깥은 쥐죽은듯 고요했다. 스티븐은 랜들 씨가 샤워하는 소리를 들을 수 있었다. 호킹 부인이 음정이 맞지 않는 노래 같은 것을 나지막이 부르고 있었다. 바로 옆에서 들리는 듯한 그 소리는 공기중의 습기 때문에 무뎠지만 정원 다섯 곳의 산울타리를 넘어, 담을 넘어, 관목들을 넘어 그에게 거뜬히 전달되었다.

삽을 집어들 때 콘크리트 바닥에 끌리며 난 소리가 고여 있는 공기중에 요란하게 울리는 듯했다.

스티븐은 삽을 가지고 막 출발하려다가 텃밭으로 올라갔다. 그곳으로 걸어가면서 이제는 떠나고 없는 주드 아저씨를 생각하니 슬펐지만 텃밭에 이르자 기분이 한결 나아졌다. 불과 며칠 전 둘이서 피해를 복구했고, 결과는 좋았다. 그는 텃밭 끄트머리에서 주드 아저씨의 발자국을, 목숨을 건진 묘목들 위로 시커먼 흙을 덮어 다지면서 남긴 그의 손가락 자국을 여전히 볼 수 있었다. 주드 아저씨는 없지만 그의 자취는 여전히 이곳에 남아 있었다.

스티븐은 루이스의 배신을 보여주는 흔적이 이제는 자신의 마음속에만 희미하게 남아 있음을 깨달았다. 그가 자기도 모르게 루이스네 집 뒤쪽을, 그의 방 창문을 쳐다본 순간 언뜻 뭔가 움직였다. 유리창에 비친 검은 그림자 너머로 얼굴 하나가 재빨리 뒤로 물러나는 듯했다. 루이스일까? 어쩌면. 안개 때문에 모든 것이 불분명했다. 스티븐은 잠시 지켜보았지만 그 무엇도 다시 모습을 드러내지 않았다. 그는 늙은 군인처럼 노련하게 삽을 어깨에 둘러메고 텃밭에서 돌아섰다.

도로 돌아가 집안을 지나가는데 할머니가 2층에서 부스럭거리는 기척이 났다. 쭈글쭈글한 손으로 입을 틀어막고 기침을 가라앉히려고 애쓰는 소리, 슬리퍼를 신은 창백한 발로 마룻바닥을 삐걱삐걱 밟는 소리가. 그가 아는 한 언제나 이런 모습이었던 할머니를 떠나, 조만간 새롭고 근사한 누군가에게로 돌아올 거라고 생각하자 새삼스레 가슴이 아렸다.

삽이 어디 부딪히지 않게 조심하면서 스티븐은 현관문을 열고 밖으로 나와 등뒤에서 조용히 닫았다.

울타리 계단에 거의 다 왔을 때 루이스가 그를 따라잡았다.

루이스는 숨이 차 헉헉거렸고, 스티븐은 무슨 말을 해야 할지 몰라 약간 당황했다. 그래서 둘은 한동안 말없이 우두커니 서서 서로 멀뚱멀뚱 바라보며 어색한 분위기에 몸을 움찔거렸다.

잠시 뒤 루이스가 삽을 곁눈질하며 말했다. "도와줄까?"

스티븐은 내심 감정을 실어 주위가 떠나갈 듯 "아니!"라고 소리치고 싶었다. 하지만 막상 입을 열자 이런 말이 튀어나왔다. "땅도 못 파는 게."

루이스는 귀 끝과 티셔츠 안쪽 목 아래까지 빨개졌다. 스티븐에게 그것은 시인이자 사과였다. 그는 어깨를 으쓱하며 둘 다 받아들였다. "먹을 건 있어?"

루이스는 세차게 고개를 끄덕이며 방수 재킷 주머니에서 비닐봉지를 꺼냈다. 봉지는 샌드위치로 보이는 사각형 물체를 둘둘 감싸고 있었다. 스티븐은 안에 뭐가 들어 있는지 묻지 않았고 루이스도 굳이 말하지 않았다. 그러다 또 옥신각신하게 되리라는 걸 둘 다 잘 알고 있었기 때문이었다.

"좋아 그럼."

스티븐은 울타리 계단을 타넘었다. 안개 때문에 계단이 미끄러웠다. 뒤이어 루이스도 계단을 타넘었다.

두 소년이 황무지로 이어지는 언덕을 터벅터벅 오르는 사이 새벽이 점차 물러나기 시작했다. 마을 위쪽 50미터 지점에서 둘은 잠시 안개를 뚫고 나왔다가 다시 안개에 휩싸였다. 약한 산들바람이 바다에서 수증기를 더욱 몰고 와 해를 가렸다.

날씨가 나쁘지는 않았다. 스티븐은 6미터 내지 9미터 앞은 보인다고 생각했다. 그는 안개 바깥쪽 공기는 따뜻하다는 것을 알 수 있었다. 드물게 온화한 계절이라 헤더와 가시금작화가 어느새 꽃망울을 터뜨리며 주변을 연한 자줏빛과 노란빛으로 서서히 물들이고 있었다.

루이스는 스티븐에게 샌드위치를 보여주고 나서 도로 집어넣기 전에 좋은 반쪽을 냉큼 먹어치웠다. 그런 다음 나쁜 반쪽은 다시 꼼꼼하게 쌌다.

오솔길을 2백 미터 더 올라가 그는 나머지도 먹어치웠다.

갈림길에서 스티븐은 평소처럼 오른쪽으로 가지 않고 왼쪽으로 들어섰다. 루이스가 울타리 계단을 타넘고 나서 처음으로 말문을 열었다.

"어디 가는데?"

"블랙랜드."

"왜?"

"땅 파러."

"내가……"

루이스는 가까스로 입을 다물었지만 미처 내뱉지 못한 "그랬잖아"라는 말이 축축한 공기중에 걸려 있는 듯했다. 상관없었다. 스티븐은 루이스가 자제력을 발휘해 헛소리를 삼킨 게 고마웠다. 둘은 침묵 속에서 계속 걸었다. 하늘이 환해지면서, 망설이던 새들이 마침내 새벽 합창을 시작했다.

블랙랜드가 가까워지자 스티븐은 머릿속으로 우편엽서를 꺼내 다시 들여다보았다. 우편엽서는 그의 뒷주머니에 있었지만 루이스 앞에서 꺼냈다간 번거롭게 설명해야 할 것 같아 그냥 놔두었다.

그는 터크 수사의 머리 모양처럼 생긴 기호가 무엇을 의미하는지 지리 시간에 배워서 알고 있었다. 그것은 등성이를 나타내는 기호였다. 그 등성이가 정확히 어디 있는지도 알고 있었다. 그것은 덩커리비컨의 고대 무덤들과 매우 비슷해 보였다. 단지 집에 좀더 가까웠다. 그런 생각이 들자 스티븐은 걸음을 멈추고 뒤돌아서서 십쿳 쪽을 내려다보았다. 저 아래쪽은 아직도 안개에 뒤덮여 있어 잘 보이지 않았다.

십오 분을 더 걸어 블랙랜드에 있는 무덤에 이르자 스티븐은 다시 뒤돌아서서 마을이 있는 쪽을 향해 황무지를 내려다보았다.

"왜 자꾸 멈춰 서는데?"

스티븐은 대답하지 않았다. 이번에는 무덤을 기준으로 위쪽을 흘끗 올려다보며 지도를, 그리고 너무도 알고 싶었던 그 이름 머리글자의 위치를 떠올렸다.

그는 헤더 사이를 지그재그로 헤치며 등성이 가장자리를 따라 돌았다. 꽃마다 이슬이 잔뜩 맺혀 있어 두 소년의 청바지가 순식간에 푹 젖었다.

루이스가 몸을 떨었다. 스티븐은 멈춰 서서 위치를 확인했다.

여기야. 이 근처.

스티븐은 몇 년 넘게 무턱대고 땅을 파다가 이제 범인의 정보를 바탕으로 정해진 지점을 파게 됐다는 사실이 믿어지지 않을 지경이었다. 물론 파야 할 곳은 여전히 꽤 넓었다. 모르긴 해도 2천 제곱미터쯤. 하지만 엑스무어 전체와 비교하면 2천 제곱미터는 바늘구멍에 지나지 않았다. 여기가 바로 그곳이었다. 이쯤 어딘가에 아널드 에이버리가 그는 한 번도 본 적 없는 삼촌을 묻었다. 이제 그는 삼촌을 찾는 일을 본격적으로 시작할 참이었다. 시간이 얼마나 걸리든 상관없었다. 빌리 삼촌이 다시 가족의 품에 돌아올 수만 있다면 그 무엇도 그를 막지 못할 터였다.

성공할 생각을 하니 흥분되고 의기양양해지기는커녕 돌연 슬픔에 빠졌다. 그는 다시 한번 안개의 바다를 내려다보았다. 맑은 날에는 자기 집도 보일 터였다. 빌리 삼촌은 집 뒷마당에서 보이는 곳에 묻혀 있었다. 수색 인력이 몇 킬로미터에 걸쳐 펼쳐진 헤더와 가시금작화를 들쑤시고 다니는 모습을 텔레비전으로 지켜봤던 그의 어머니는 상심한 채 뒷방 창문으로 시선을 던졌다가 아들이 암매장된 곳을 봤을 수도 있었다.

스티븐은 부르르 떨면서 십곶을 등지고 돌아섰다.

"추워?" 루이스가 예리한 눈으로 그를 살폈다.

"아니."

"어딜 팔 건데?"

"여기."

스티븐은 팔 곳을 정하려고 천천히 원을 그리며 돌다가 그 자리에 얼어붙고 말았다.

6미터도 떨어지지 않은 위쪽의 하얀 헤더 밭 사이에서 한 남자가 소년들을 지켜보고 있었다.

스티븐은 너무 놀라 움찔하며 뒤로 물러났다.

그리고 그 동작이 채 끝나기도 전에 아널드 에이버리를 알아보았다. 그 순간 충격으로 똥을 지릴 것 같았다.

36

에이버리는 오전 다섯시 직후 십콧에 도착했다.

비드퍼드나 반스터플이나 사우스몰턴과 달리 십콧은 거의 옛 모습 그대로였다. 새로 구획한 도로도, 원형 교차로도, 일방통행 체계도 없었다. 반스터플에서는 일방통행 때문에 계속 뱅글뱅글 돌다가 후진해 보면 각기 다른 방향에서 열 번은 더 갔지 싶은 마을 광장이 또 나오는 바람에 어이없게도 밤을 절반 가까이 날리고 말았다.

결국 그는 신문 파는 가게 앞에 차를 세우고 소매에 묻은 피를 감추기 위해 녹색 카디건을 껴입은 뒤 〈데일리 미러〉를 한 부 사면서 길을 물었다.

그러고 나서 다시 차로 돌아가 도주중인 아동살인범이라는 제목 아래 신문 1면에 실린 얼굴 사진을 들여다보았다. 리버 박사의 서류철에서 여러 번 봐서 눈에 익은 작고 흐릿한 사진이었다. 둘의 첫 대면 때 리버 박사가 직접 찍은 사진이었다. 리버 박사가 이상심리학에 뛰어든 것은 현명한 선택이었다. 다른 건 몰라도 사진 찍는 실력은 엉망이었기 때문이다.

아널드 에이버리는 리버 박사의 형편없는 솜씨에 또 한번 신에게 감사드리면서도 이루 말할 수 없는 공포를 느꼈다. 기회를 놓친 걸까? 오늘 신문 1면에 났다면 어제도 나지 않았을까? 어쩌면 SL은 그가 탈옥했다는 걸 알고 있거나, 집 밖으로 나가지 말라는 경고를 들었을지도 몰랐다.

그런 생각이 지핀 절망을 애써 억누르면서 그는 백미러에 비친 자신의 얼굴을 주의깊게 살폈다. 그는 〈데일리 미러〉 1면의 사진과 대략 닮았을 뿐이고, 설령 똑같아 보인다 할지라도 대부분의 사람은 눈썰미가 그리 좋지 않았다. 에이버리는 예전 기억을 떠올렸다. 사람들이 눈을 크게 뜨고 이리저리 뜯어보면서 자신의 느낌만 믿었어도 그의 범행은 매번 중단될 수 있었다.

하지만 아무도 그러지 않았다. 때로 그는 투명인간 같다는 느낌이 들었다.

새로 생긴 도로들 때문에 혼란스러워 노스데번을 뱅글뱅글 돌다가 기름이 바닥나는 바람에 주유소로 들어섰다. 단추니 호스니 고를 게 많은 상황에서 계속 바보처럼 쩔쩔매면서도 그는 프랑스인인 척해야겠다고 이미 변명거리를 준비해뒀다. 하지만 계산 창구의 눈이 게슴츠레한 소년은 에이버리를 거의 쳐다보지도 않아 굳이 미소지으며 어설픈 억양으로 거짓말을 해야 하는 수고를 덜어주었다.

십콧에 도착하자 그는 어디로 가야 할지 정확히 알았다.

그는 제이코비 씨 가게를 지나치면서 그사이 간판이 스파로 바뀌었음을 알아차렸다. 세계화의 손길이 엑스무어에까지 미쳤구나, 생각하며 그는 슬며시 씁쓸한 미소를 지었다. 가게는 아직 문을 열지 않았고, 밖에서는 끈으로 묶은 신문 더미가, 그의 흐릿한 얼굴이 십콧 주민들의 손에 들어가 그를 경계할 수 있도록 분류되기만을 기다리고 있었다.

그는 차를 몰고 잠든 마을을 지났다. 막다른 거리에 이르러 그곳이 반스터플 로드라는 데 생각이 미치는 순간 심장이 줄달음치기 시작했다. 흐릿한 잿빛 새벽녘, 가로등의 나트륨 불빛이 드리우는 복숭앗빛에 색깔이 달라진 집들을 눈여겨보느라 속도를 줄였는데도.

109번지…… 110번지…… 111번지.

에이버리는 번거롭게 갓돌에 갖다댈 것 없이 도로 한가운데 차를 세우고는 SL이 사는 집을 뚫어져라 바라보았다.

오래전 포커를 친 적이 있었다. 자신이 제대로 하고 있는지도 모른 채 그저 돈을 잃고 망신당할까봐 전전긍긍했다. 하지만 그것도 잠시뿐 그가 에이스 두 장을 집어들자 다른 두 명이 탁자에 패를 내려놓았고 그의 몸이 떨려오기 시작했다. 그때 그는 지금처럼 양손에서 시작해 어깨를 거쳐 두 뺨을 가로지르며 입술로 올라가는 경련이 오히려 다행스러운 일이라는 것을 알게 되었다. 그는 무적의 패를 쥐고 있었다.

차가 공회전하는 동안 에이버리는 초라하고 작은 집의 시커먼 창문들을 바라보며 그 안에서 자고 있는 SL의 모습을 상상했다. 살금살금 계단을 올라가 방마다 몰래 문을 열어 방 임자가 누군지 일일이 확인한 끝에 마침내 SL을, 무방비 상태로 힘없이 누워 그의 처분을 기다리는 SL을 찾아내는 상상을……

에이버리는 훌쩍이며 상상을 털어냈다. 현실에 너무 가까이 다가가 있었기 때문에 사색이나 하고 있을 여유가 없었다. 최악의 경우가 닥쳐 그가 너무 늦었다면 반스터플 로드 111번지로 돌아가 모든 것을 운에 맡겨야 할지도 몰랐다. 하지만 당장은…… 그가 신성한 심심풀이를 적당히 끝내도록 하곤 했던, 부주의에 대한 두려움이 에이버리를 덮쳐 그를 계속 운전대 뒤에 묶어두었다. 그러지 않았다면 벌써 갓돌 위로, 비좁은 인도로, 잠그지 않은 창문으로……

그 자제력 상실이 십팔 년 동안이나 그를 괴롭혔다. 그런 실수는 두 번 다시 되풀이하지 않을 작정이었다.

그는 서둘러 마을을 벗어나 거기서 몇백 미터 떨어진 어느 농장 접근로로 차를 몰았다. 풀이 너무 무성하게 자라 그는 세 번이나 지나치고서야 산울타리로 이어지는 시커먼 터널을 발견하고 그리로 차를 돌렸다. 마이크라는 길에 웃자란 풀과 움푹 팬 곳들에 걸려 덜컹거리더니 검은딸기나무와 산사나무에 칠이 긁히며 끼익 비명을 내질렀다.

더는 차로 갈 수 없는 곳에 이르자 에이버리는 새 보급품 봉지를 챙겨 내린 다음 물 한 병과 치즈 토마토 샌드위치 몇 개를 쑤셔넣고 황무지로 걸어올라갔다.

이슬에 흠뻑 젖은 헤더가 내뿜는 달콤한 향기와, 두 팔에 안긴 소년의 가벼운 체중에 대한 기억으로 그의 감각은 금세 과부하에 걸렸다. 양쪽에서의 동시 공격에 흥분한 나머지 순간 현기증이 일어 그는 걸음을 멈추고 허리를 숙여 양손으로 무릎을 짚은 채 숨을 골라야 했다.

계속 집중해야 했다. 에이버리는 자신의 미래에 대해 그 어떤 환상도 없었다. 도주 생활이 그리 오래가지 못하리라는 건 알고 있었다. 특히 계획했던 일을 마치고 나면. 그토록 오랫동안 열심히 일하면서 합법적인 석방을 기다렸을 뿐 탈주자의 삶은 한 번도 경험하지도, 바라지도 않았다. 이번 일이 끝나면 그의 삶은 사실상 끝날 터였다. 지금 그의 유일한 목표는 가능한 한 오래 자제력을 유지하면서 잠깐의 자유를 가치있게 쓰는 것이었다.

서서히 흥분이 가라앉으면서 그는 자제력을 되찾았다. 방심해선 안 된다는 것을 잘 알았다. 황무지 자체만으로도 흥분을 가눌 길이 거의 없을 지경이었다. 거기다 풀이 무성하게 자란 이 오솔길의 기억과 앞에 놓인 가능성까지 더해지는 바람에 에이버리는 평정을 잃지 않으려고 식은땀까지 흘려가며 안간힘을 썼다. 영문을 알 수 없는 홈이 생기며 살을 헤집어놓은 데가 아리고 욱신거리는데다 머리도 약간 어지러웠지만 그는 무시했다. 팔의 상처는 보기보다 괜찮은 듯했지만 설령 잘못된다고 해도 상관없다고 생각했다. 그 정도 상처로는 그를 막지 못할 터였다. 아니, 그 무엇도 그를 막지 못할 터였다.

그는 다시 언덕을 오르기 시작했다. 어서 목줄에서 풀려나 앞으로 달려나가고 싶어 마구 짖어대는 강아지들처럼 머릿속 생각들이 마음의 시커먼 유리를 요란하게 때려댔다. 에이버리는 그 야단법석에 귀가 다 먹먹할 지경이었다. 그는 숨을 깊이 들이쉬며 1000부터 거꾸로 세기 시작했다.

982…… 981…… 980…… 989……

그는 걸음을 멈추고 다시 1000부터 세기 시작했다.

그렇게 숫자를 세는 데 집중한 덕분에 에이버리는 블랙랜드까지 줄곧 자제력을 발휘하면서 갈 수 있었다.

그는 그 고대 무덤을 쉽게 찾아냈다.

골짜기 아래로는 안개 탓에 십콧이 보이지 않았지만 이곳 위쪽의 공기는 맑아서 곧 날이 밝을 것 같았다.

밤의 끝자락이 모습을 감추면서 창백하고 공허한 하늘을 남겨놓았다. 이제 해가 수평선 아래서 느릿느릿 기어올라오고 있었다.

에이버리는 고대 무덤 꼭대기에 올라가 아래를 내려다보았다.

그의 안에서 흥분이 거품처럼 보글보글 일었다. 그는 손가락 관절이 하얘지도록 불끈 쥔 주먹으로 허벅지를 문지르며 조금이라도 더 맨정신을 유지하려고 기를 썼다.

그는 자신이 과연 해낼 수 있을지 확신이 서지 않았다.

그는 끙끙거리면서 입술을 깨물었다. 가슴 호흡이 불규칙해지면서 심장이 요란하게 쿵쾅거리는 소리가 귀와 부비강에까지 들렸다.

바로 이곳. 그는 바로 이곳에 있었다. 다시는 못 올 줄 알았던 곳. 모든 것이 그만한 가치가 있었다. 지금 당장 사람들이 달려들어 그를 황무지에서 끌어내 화형대에 세운다 해도 그만한 가치가 있었다. 이곳에 서서 젖은 헤더와 그 밑의 축축한 흙에서 풍겨오는 냄새를 맡는 것만으로도.

입술에서 피가 흘러들어 입안에서 피맛이 났다. 그는 욕구로 터질 듯한 머리를 어떻게 달래야 할지 알지 못했지만 그래야 한다는 것은 알았다. 이 기분을 가능한 한 오래 느끼고 싶었다. 큰 운이, 아주 큰 운이 따라준다면 그보다 훨씬 더 좋은 기분을 맛볼 수 있다는 것을 알았다.

하지만 지금 당장은 흥분을 잠재워야 했다. 정신을 바짝 차려야 했다.

그는 도저히 저항할 길 없는 시각적 자극을 피해 눈을 질끈 감았다.

실수해선 안 돼.

실수해선 안 돼.

실수해선 안 돼.

한참을 끙끙거리고 삐질삐질 땀을 흘리며 떨다가 간신히 에이버리는 엑스무어와 자신의 몸에 대한 지배력을 서서히 되찾았다.

흐느낌이 잦아들면서 헐떡이는 숨소리도 멈췄다. 주먹이 풀리면서 손바닥에 반달 모양의 손톱 자국들이 작은 성흔聖痕처럼 남았다.

새벽 공기가 폐부를 가득 채우면서 온몸이 활기로 넘쳐나고 침착해지는 기분이었다. 그가 떠오르는 해를 느끼며 기대로 부르르 떠는 동안 첫번째 종달새가 그를 찬양하는 노래를 불렀다.

마침내 눈을 떴을 때 그는 스스로가 신처럼 느껴졌다.

침착하고. 인내심 많고. 자제력을 갖춘.

강력하고. 복수심에 불타는.

그는 젖은 흰색 헤더 위에 비닐봉지를 깔고 조심스럽게 앉았다. 황무지가 옛 연인처럼 그를 껴안는 게 느껴졌다.

한 시간 뒤 안개 사이로 올라오는 두 소년의 모습을 보고 에이버리의 눈은 그 순수한 아름다움에 눈물로 흐려졌다.

소년들이 구름을 뚫고 솟아나온 천사 같아서 그는 그 둘을 어서 빨리 천국으로 맞아들이고 싶었다.

37

"안녕하세요." 루이스가 말했다.

"안녕." 연쇄살인범 아널드 에이버리가 말했다.

스티븐은 아무 말도 하지 않았다. 무슨 말을 할 수 있겠는가? 야, 루이스, 저 남자한테 말 걸지 마, 우리 빌리 삼촌을 죽인 남자란 말이야……

지금은 스티븐이 무슨 말을 하든 설명할 게 너무 많고, 루이스가 이것저것 질문을 쏟아낼 텐데 그러면 그는 정신을 차릴 수 없을 터였다. 뭔가가 지금은 그의 인생에서 그 어느 때보다 정신을 차려야 할 순간이라고 그에게 말했다.

그는 이미 정체를 거의 드러내고 말았지만, 에이버리를 알아보고 얼굴에 드러난 충격을 들키기 전에 가까스로 맞은편 헤더로 눈을 돌렸다.

신문에 실렸던 죽은 아이들 말고는 아무것도 보이지 않는 눈으로 황무지를 더듬으며 스티븐의 마음은 의미 없이 동그라미만 겹쳐 그리고 있었다. 혼란의 벤다이어그램. 어떻게 이런 일이? 도저히 있을 수 없는 일이었다. 아널드 에이버리는 여기가 아닌 교도소에 있었다. 여기는 에이버리가 아닌 스티븐이 있어야 할 곳이었다. 쉽게 떠올릴 수 있는 탈옥은 제쳐두고 훨씬 더 말도 안 되는 가능성들이 그의 머릿속을 빠르게 스쳐갔다. 꿈, 약물이 일으키는 환각, 할리우드식 신체 교환, 최악의 악몽을 만난 소년들의 반응을 보여주는 텔레비전 리얼리티 프로그램. 그의 생각이 탈옥에 이르러 초조하게 결론을 내리기까지 평생의 절반처럼 느껴지는 일 초의 절반이 걸렸다. 그것은 여러 가능성 가운데 최악이었다.

마구 분출되던 아드레날린이 점차 감당할 수 있는 수준으로 떨어졌다. 그의 호흡은 여전히 불안정했지만 적어도 바지에 똥을 지릴 정도는 아니었다. 그는 다시 에이버리를 흘낏 쳐다보았다. 그가 분명했다. 잘못 봤기를 바라며 스스로 묻고 또 물었지만 그가 틀림없었다. 모든 상황과 경우의 수가 지금 저 앞에 있는 남자는 정말이지 절대 마주치고 싶지 않은 그 살인자, 에이버리가 맞다고 말해주고 있었다.

그래도 그가 유리했다. 에이버리는 스티븐을 모르고, 따라서 스티븐이 그를 알 거라고 생각할 이유가 없었다. 그 이점을 계속 활용하려면 아무렇지 않은 듯 행동해야 했다.

몸서리치며 숨을 깊이 들이쉰 뒤, 스티븐은 고개를 돌려 그토록 오랫동안 자신의 삶에서 큰 자리를 차지했던 남자를 실물 그대로 눈을 깜박이며 바라보았다. 여기, 드물게 하얀 헤더 밭에서 무릎에 팔을 괴고 앉아 있는 남자는 청바지가 당겨올라가 검은색 작업용 신발 안에 신은 파란색 싸구려 면 양말이 삐죽 드러나 있었다.

그는 에이버리의 양말을 보면서 기묘하게도 일종의 경이감을 느꼈다.

양말은 지극히 정상이었다. 지극히 평범했다. 아침이면 양말을 챙겨 신는 사람이 어떻게 연쇄살인범일 수 있단 말인가? 양말은 냉혹하지도 위험하지도 않았다. 양말은 우스꽝스러웠다. 발 벙어리장갑, 그게 바로 양말이었다. 발가락들을 울퉁불퉁한 뭉치로, 익살맞은 양말 인형으로 바꿔놓는 발 벙어리장갑. 양말을 신은 사람이 그나 다른 누군가에게 과연 위협이 될 수 있을까?

스티븐은 양말에서 시선을 못 떼는 자신을 두 사람이 바라보고 있다는 걸 깨달았다. 루이스는 어리둥절한 표정이었고 에이버리는 마치 비밀을 공유하고 있다는 듯 그에게 한쪽 눈썹을 꿈틀 움직여 보였다.

물론 둘은 비밀을 공유하고 있었다.

스티븐은 얼굴이 빨개졌다. 아무렇지 않은 듯 행동해야 했다. 에이버리가 누군지 안다는 걸 들키기라도 하면……

스티븐은 그 생각을 마저 할 수가 없었다. 생각만 해도 너무 무서웠다.

침묵이 모두를 내리눌렀다. 에이버리는 침묵에 익숙했고 스티븐은 뭔가 할말이 생각날 때까지 정적을 깰 마음이 없었다.

그래서 늘 그렇듯 루이스에게 주도권이 넘어갔다.

"날씨가 좋네요." 예나 지금이나 산책객들이 가장 많이 주고받는 인사말.

에이버리가 천천히 고개를 끄덕였다. "아직까지는."

스티븐이 몸을 떨자 루이스는 그에게 못나게 왜 이러냐는 듯 눈살을 찌푸렸다.

"땅을 파려고요." 루이스가 턱으로 스티븐의 삽을 가리키며 말했다.

"아, 그래? 뭣 땜에?" 에이버리가 태연하게 물었다.

루이스는 혀를 잘못 놀려 스스로를 궁지로 몰아넣고 말았다. 여느 날 같았으면 낯선 사람을 붙잡고 주절주절 떠들어댔을 것이다. 일단 아무 말이나 내뱉고 나서 상대방의 반응을 살폈을 것이다. 그래서 놀랍다는 반응이 나오면 공동 작업의 공을 독차지했을 것이고, 반대로 못마땅하다는 반응이면 눈알을 굴리며 엄지를 구부려 스티븐을 가리켰을 것이다.

하지만 지금은 둘이 다시 뭉치고 나서 처음이었기 때문에, 게다가 난생처음 둘의 관계에서 암묵적인 변화가 일어났기 때문에 자신들의 진짜 임무를 말해야 할지 말아야 할지 확신이 서지 않는 듯했다.

루이스는 친구의 얼굴이 평소보다 훨씬 창백한 것을 보고 깜짝 놀랐다. 스티븐은 어디 아픈 사람처럼 보였다. 하지만 그런데도, 이제 대화의 배턴을 쥔 사람은 스티븐이었다.

"난을 캐려고요."

에이버리는 다시 한쪽 눈썹을 치켜세울 뿐이었다. 이번에는 루이스도 눈썹을 치켜세울 뻔했다. 스티븐은 그러거나 말거나 무시했다. "화원에 팔 거예요."

에이버리는 그를 유심히 보았다. "그건 불법 아닌가?"

"맞아요."

루이스는 걱정스러운 얼굴로 재빨리 스티븐을 봤다가 그 남자를 봤지만 남자는 그 말을 듣고도 딱히 놀라는 것 같지 않았다.

사실 그는 어깨를 으쓱하며 거의 미소짓기까지 했다. 그저 뻐드렁니 끝이 살짝 드러났다가 이내 루비처럼 빨간 입술로 다시 가려졌다.

"아, 그래." 그가 말했다.

또다시 어색한 침묵이 흘렀다.

"이 근처에 뭐라도 있니?"

"뭐요?" 루이스가 말했다.

"그러니까……" 에이버리는 주먹으로 입을 가리고 점잖게 목청을 가다듬었다. "난 말이다."

루이스는 곁눈으로 스티븐을 슬쩍 바라보았다. 스티븐이 이 상황을 자초했으니 잘 빠져나가는 것도 그의 몫이었다.

"아뇨." 스티븐이 땅바닥을 살피며 말했다. "그럼 우린 가볼게요."

"안 돼."

두 소년은 동시에 남자를 올려다보았다. 그런 식으로 "안 돼"라고 말하다니 루이스는 이상하다고 생각했다. 황무지에서 마주치는 사람들 대부분은 상대방이 어서 자리를 떠서 눈앞에서 사라지고 찬란한 고독이라는 환상을 다시 즐기길 원했다. 그런데 이 남자는 그들이 떠나길 정말 원치 않는다는 듯 "안 돼"라고 말했다.

루이스는 예민한 소년이 아니었지만 처음으로 막연하게나마 뭔가 잘못 돌아가고 있음을 감지했다.

아널드 에이버리는 SL을, 사진에서 보았던 그의 형체를 곧바로 알아보았다.

지금 그의 앞에 가느다란 허리에 아노락을 동여맨 SL이 서 있었다. 집에서 대충 자른 진한 갈색 머리에 빨간 티셔츠 소맷자락 아래로 앙상한 팔을 드러낸 채 몸을 살짝 돌리고 있었다.

티셔츠 등에는 '램'이라는 글씨가 찍혀 있었다. 소년의 이름은 S. 램이었다.

램.

그는 웃음이 나오려는 걸 가까스로 참았다.

지금 S. 램과 그보다 튼튼한 친구 둘 다 그를 쳐다보고 있었다. 그가 너무도 멍청하고 궁색하게 "안 돼"라고 말했기 때문이다.

메이슨 딩글과 엉엉 울어대던 아이가 스쳐지나갔다. 에이버리는 스스로에게 화가 났지만 내색하지 않으려고 애써 눌러 참았다.

그는 신중해야 했다. 두 명이나 있었다. S. 램은 어깨에 삽을 둘러메고 있었다. 그들은 다른 피해자들보다 나이가 많았다. 그의 기억 속에서 아이들이라고 했을 때 연상되는 덩치보다 컸다. 그가 "안 돼"라고 말하는 바람에 둘 다 놀라 쳐다보고 있었다.

그는 신중해야 했다.

미소지어야 했다.

그래서 그는 그렇게 했고, 얼굴이 동그란 소년이 금세 안심하는 모습을 보았다. 그 소년도 나름대로 매력이 있었다.

S. 램은 그를 흘끗 보았지만 얼굴이 여전히 파리하고 경계하는 표정이었다. 에이버리는 당연하다고 생각했다. 어린 소년이라면 황무지에서 만난 낯선 남자를 경계하는 게 마땅했다. 그는 드러내놓고 의심하는 SL이 대견스러울 뿐만 아니라 그런 소년을 상대해왔다는 사실에 기분이 약간 좋아지기까지 했다. 적어도 멍청한 소년은 아니었다.

"미안하구나, 나도 모르게 그만. 내 이름은 팀이란다." 그는 그렇게 말하며 덩치가 더 큰 소년을 빤히 보았다. 그 눈초리를 견디지 못하고 소년이 마침내 입을 열었다. "전 루이스예요. 얜 스티븐이고요."

"만나서 반갑구나."

스티븐 램. 에이버리는 스티븐을 흘끗 보는 둥 마는 둥 하며 얼른 고개를 끄덕였다. 자신의 머릿속 이미지가 텔레파시로 전해지는 걸 원치 않았기 때문이다. 겁에 질려 불룩 튀어나온 스티븐 램의 검은 눈, 서로 다른 이유로 둘 다 몸안의 피가 간헐천처럼 솟구치는 가운데 스티븐 램의 가느다란 목덜미를 파고드는 자신의 손가락, 언제나 WP와 나란히 SL이라는 머리글자가 쓰인, 간략하지만 얄궂은 엑스무어의 지도 이미지.

"나한테 샌드위치가 좀 있는데." 에이버리는 봉지 속 견인용 밧줄을 헤치고 샌드위치를 꺼내면서 더욱 아무렇지 않게 덧붙였다. "원한다면 줄게."

루이스는 원했다.

물론.

스티븐은 루이스가 아널드 에이버리에게 다가가며 둘 사이의 거리를 좁히는 모습을 지켜보았다. 루이스가 샌드위치에 손을 뻗는 순간 그는 숨을 죽였다. 루이스의 손과 에이버리의 손이 거의 닿으려는 찰나 경고의 외침이 목구멍까지 올라와 목이 콱 막혔다.

아무 일도 일어나지 않았다. 루이스가 샌드위치를 건네받은 것 말고는. 스티븐은 푸푸거리며 안도의 한숨을 내뱉었다.

에이버리는 이번엔 그를 보며 또다른 샌드위치를 내밀었다.

그랬다. 이제 스티븐이 결정을 내려야 할 순간이었다. 살인자의 샌드위치를 받아들거나, 아니면 삽을 내던지고 돌아서서 저 아래 집까지 내처 달려내려가거나.

반스터플에서의 일이 또다시 되풀이되고 있었다. 루이스만 없었다면 그는 냅다 달렸을 것이다. 에이버리가 생각지도 못한 사이 그와의 거리를 벌렸을 것이다. 남자는 5미터 떨어진 곳에 있었고, 게다가 앉아 있었다. 남자가 일어서서 달리기 전에 30미터까지 벌릴 수 있었다. 그는 빨랐고 두려움에 더 빨리 달릴 게 확실했다.

하지만 루이스와 함께라면? 루이스는 그 남자의 샌드위치를 먹고 있었다. 그가 갑자기 소리쳐 경고하며 줄행랑친다면 루이스는 당황할 게 뻔했다. 도망칠 생각도 못할 것이다. 설령 도망친다 해도 살고 싶으면 죽어라 도망쳐야 한다는 걸 깨닫지 못할 것이다. 도망친다는 행동만으로도 에이버리는 스티븐이 그를 알아보았음을 알게 될 터였다.

에이버리가 그를 놓친다 해도 루이스는 붙잡고도 남았다. 스티븐은 연쇄살인범의 손에 루이스를 남겨둘 수는 없었다.

이렇게 멍청할 수가, 스티븐은 죄책감으로 가슴이 찢어지는 듯했다.

에이버리에게 미끼를 던졌다가 오히려 자신이 함정에 빠지고 말았으니. 이제 그는 자신의 안전뿐만 아니라 루이스의 안전까지 전적으로 책임져야 했다.

도망치는 건 해결책이 아니었다.

그래서 스티븐은 마지못해 다리를 움직여선 억지로 손을 뻗으며 우물거렸다. "고맙습니다." 그러고는 자신을 죽일 계획을 세우고 있는 남자에게서 샌드위치를 받아들었다.

38

치즈 토마토 샌드위치였다. 스티븐은 한입 베어물자마자 인상을 찡그렸지만 에이버리를 자극하고 싶지 않아 그냥 삼켰다.

루이스는 경계를 풀었다. 어쨌든 먹고 있었기 때문이다. 그는 황무지에 대해 잘 알지도 못하는 이야기를 지어내 에이버리에게 들려주었고, 에이버리는 고개를 끄덕이며 들었고 적절히 질문도 던졌다.

에이버리가 관심을 보이자 루이스가 점점 의기양양해지고 있음을 스티븐은 어렴풋이 의식했다. 루이스의 긴장을 누그러뜨려 마음을 열게 하는 에이버리의 속셈에 구역질이 났다.

하지만 정작 그의 몸 대부분은, 그의 모든 중요한 부분은 휙휙 스쳐가는 백만 가지 이미지 때문에 울렁거리고 있었다. 지도에 볼펜으로 그려넣은 ×자 표시, 신문 사진 속 작디작은 흰 점으로 보이던 뻐드렁니, 어둑어둑한 푸른색 방안의 레고 우주정거장, 흙냄새, 입속의 흙 맛, 양의 턱 안에서 덜거덕거리는 이빨, 잔뜩 겁에 질려 황무지를 내달릴 때의 느낌, 밴의 열린 차창 밖으로 튀어나와 버둥거리는 두 다리, 할머니의 기다림. 영원한 기다림.

그의 머릿속에서 일어나는 미친 질주에 쐐기를 박은 것은 바로 그 마지막 이미지였다. 빌리를 기다리는, 그리고 그를 기다리는 할머니. 그는 할머니의 불행을 끝내줄 수 있길 바라고 또 바랐었지만 일을 더 꼬이게 만들었을 뿐이었다. 아널드 에이버리는 그를 죽일 터였고 그러면 할머니는 아들과 손자를 영원히 기다릴 터였다. 그리고 어머니 역시 할머니처럼 창가에 붙박여 하염없이 기다릴 터였다. 할머니가 죽은 뒤에도 계속.

데이비는? 데이비는 어떻게 될까? 데이비는 무시당하는 데 익숙하지 않았지만 어쩔 수 없이 그렇게 될 것이다. 이 세상에 그애를 사랑해주는 사람이 한 명도 없을 테니까. 그애를 사랑하는 사람 모두가 영원히 사라지고 없을 것이다—그렇지 않다 해도 다르지는 않을 것이다.

스티븐은 욕지기가 일었다.

완전 망했다. 씨발. 완전 망했다. 바보 멍텅구리였다. 씨발.

씨발은 그가 한 짓에 비하면 그렇게 엄청나지도 나쁘지도 않은 말이었지만 지금 당장은 그 말밖에 생각나지 않았다. 대체 무슨 생각으로 자신이 해낼 수 있으리라고 믿은 걸까? 자기는 너무 멍청해서 살해당해도 싸다고 쳐도 할머니와 엄마와 데이비와 루이스가 마음에 걸렸다.

그러고 나서 그는 자신이 이곳에 있는 이유를 기억해냈다. 먼저, 이 일을 시작한 이유를. 그리고 지금 이곳을 떠날 수 없는 이유를……

그는 그 진실이 주는 공포에 몸서리쳤다.

"춥니?"

에이버리의 말에 깜짝 놀란 스티븐은 자신이 떨고 있음을 깨달았다.

"네." 게다가 샌드위치를 어찌나 세게 움켜쥐고 있었던지 빵을 파고든 손가락 끝에 그 역겨운 축축한 토마토 조각이 닿아 끈적거리는 게 느껴질 정도였다.

"점퍼 벗어줄까?"

에이버리는 흐릿한 녹색 카디건을 벗었다. 스티븐은 카디건 색깔이 빛바랜 듯한 그의 기묘한 눈 색깔과 잘 어울린다고 생각했다. 빌리 삼촌이 마지막으로 들여다봤던 눈.

목이 잠겨 또다시 가까스로 말을 짜냈다. "아뇨."

에이버리가 서늘한 눈초리로 그를 찬찬히 뜯어보았다. 스티븐은 뚫어져라 바라보는 그 눈길에 뺨이 화끈거리는 걸 느끼며 뭉개진 샌드위치를 내려다보았다.

곁눈으로 그는 카디건을 들고 있던 에이버리의 오른손이 느슨해지면서 자신을 향해 움직이는 것을 보았다. 자신의 팔에 소름이 돋는 것이 보였고, 이어서 뺨에 살짝 닿은 남자의 손가락이 느껴졌다.

"얼굴에 버터가 묻었구나."

속이 뒤집혀 스티븐은 가볍게 트림을 했다. 그러고는 토마토를 먹었다는 사실을 떠올렸다.

야스민 그레고리의 화요일 속바지가 기억났다.

에이버리가 '체액'을 혐오한다고 했던 신문기사가 어렴풋이 기억났다.

손이 떨리고, 이미 살짝 토기가 있었지만 스티븐은 꾹 참고 샌드위치를 또 한입 베어물었다.

에이버리는 손을 거둬들여 집게손가락에 묻은 버터를 분홍색 혀로 날름 핥았다.

"팔이 왜 그래요?"

루이스가 에이버리의 찢어진 셔츠 소매에 묻은 피를 뚫어져라 보며 말했다. 에이버리는 카디건을 벗느라 드러난 핏자국을 내려다보며 또 한번 자기혐오라는 극심한 고통에 시달렸다. 너무 부주의했다! 도대체 무슨 생각을 하고 있었단 말인가? 팔을 내려다보고 있으려니 새삼 머리가 띵하면서 피로가 몰려들었다. 피를 많이 흘리지는 않았지만 팔이 어제보다 더 욱신거렸다. 어쩌면 곪고 있을지도 몰랐다. 운이 나빠도 한참 나빴다. 하필이면 정신적으로뿐만 아니라 육체적으로도 최상의 상태여야 하는 이때. 주근깨투성이 소년은 지금 당장은 오로지 호기심에 이끌려 핏자국을 바라보고 있었지만, 호기심은 의심과 두려움과 탈출의 전초전임을 에이버리는 잘 알았다.

또는 불발로 그친 탈출.

속으로 그는 불발로 그친 탈출에 대한 여러 기억을 떠올리고 싱긋 웃으며 그 기억으로부터 내면의 힘을 끌어모았다.

"여기 오다가 철조망에 걸렸거든." 그가 루이스에게 말했다.

루이스는 천천히 고개를 끄덕였다. 샌드위치에 정신이 팔려 에이버리가 이유 없이 불편하게 느껴졌다는 사실을 잠시 잊고 있었던 그의 뇌가 입 운동이 끝난 지금 다시 돌아가기 시작했고, 철조망 이야기는 어쩐지 진실처럼 들리지 않았다. 무엇보다 황무지에는 철조망이 없었다. 물론 농장 주변에는 철조망이 있지만 황무지로 올라오는 이 근처 길들 중 돌이나 울타리 계단 외에 별달리 타넘어야 할 장해물이 있는 길은 생각해낼 수 없었다.

루이스는 자리에서 일어나 두 손을 청바지에 대고 문질러 닦았다.

"잘 먹었습니다." 그는 그렇게 말하고 나서 스티븐을 보았다. "이제 가야지."

스티븐은 일 초 일 초를 증오하며 샌드위치를 씹다가 큰 덩어리를 꿀꺽 삼켰다. 두 눈에 눈물이 그렁그렁 고였다.

"너 혼자 가." 그가 말했다.

"뭐?"

"너 혼자 가라고." 그는 용기를 잃기 전에 얼른 말했다. "난 여기 있을 테니까."

루이스는 당황한 나머지 웃음을 터뜨리며 에이버리를 흘끗 보았다. 그는 기묘한 표정으로 스티븐을 바라보고 있었다.

스티븐은 벌겋게 달아오른 광대뼈 주변만 빼고 온통 하얗게 질린 얼굴로 샌드위치만 뚫어져라 보고 있었다. 루이스는 그가 떨고 있다는 걸 알아차렸다. 그는 스티븐이 먹고 있는 샌드위치에 토마토가 들어 있다는 사실도 놓치지 않았다. 그가 지켜보는 사이 스티븐은 또 한입 베어 물고 삐져나온 토마토 조각을 어물어물 입안으로 빨아들였다.

친구가 뭔가 잘못돼도 단단히 잘못된 게 틀림없었다.

"어서 가자, 스티븐!" 그는 다시 웃었지만 그 자신이 듣기에도 너무 어색해 금세 멈추었다. 뒤이어 팽팽한 침묵이 흘렀다.

조금 전까지 샌드위치에 열중하느라 미처 알아차리지 못했지만 지금 보니 에이버리는 두 손으로 녹색 카디건을 꽉 움켜쥔 채 손가락 관절이 하얘지도록 있는 힘껏 비틀어 쭈그러뜨리고 있었다. 그의 막연한 불안감은 이제 복통으로 바뀌었다.

"어서 가자니까, 멍청아. 빨리 집에 가야 한단 말이야." 물론 그 말은 사실이 아니었지만 루이스는 갑자기 너무도 집에 가고 싶어졌다.

스티븐이 남은 샌드위치를 던져 루이스의 가슴팍에 맞았다.

"젠장 너나 가라고! 젠장 너나 가란 말이야!"

루이스의 눈이 휘둥그레졌다. 그는 한 발자국 뒤로 물러났다.

스티븐은 부들부들 떨며 자리에서 일어나 루이스에게 다가갔다.

"네가 우리집 정원에다 무슨 짓을 했는지 다 알거든."

루이스의 얼굴이 시뻘게졌다. "뭐, 뭐라고?"

"내 말 못 들었냐? 네가 한 짓 다 안다고. 그러니까 어서 꺼져!"

스티븐은 삽자루로 루이스의 가슴을 밀쳤다. 루이스는 떠밀려 고대 무덤 아래쪽으로 비틀거리며 물러났다. 스티븐은 그를 쫓아가 또다시 밀쳤다. 루이스는 헤더 밭에 나자빠졌고, 그 순간 스티븐의 얼굴에 당황한 기색이 역력했다. 그는 어깨를 움켜잡고 루이스를 일으켜 세우는가 싶더니 뒤로 밀쳤다. 루이스는 한두 번 비틀거렸다. 스티븐은 그런 그에게 고래고래 소리쳤다. "난 네가 싫어! 싫어 죽겠어! 어서 집으로 꺼져! 그냥 가란 말이야!"

사납게 소리치는 스티븐의 입에서 튀어나온 샌드위치 조각과 침이 루이스에게 마구 떨어졌다. 그가 허둥지둥 몸을 일으키자 스티븐이 또다시 다가왔다. 루이스는 오솔길 아래로 얼른 비켜섰다.

"너 미쳤냐?" 그가 스티븐에게 소리질렀다. "돌았어?" 그러고는 남자를 흘끔 보았다, 지원 사격을 바란다는 듯.

"저 자식 돌았어요!" 루이스가 소리쳤지만 남자는 그를 보지 않았다. 그는 스티븐을 보고 있었다. 집중하느라 얼굴을 찌푸린 채 빨간, 빨간 입술 사이로 날카롭고 새하얀 치아를 드러내고서. 스티븐의 느닷없는 공격보다도 그 모습에 루이스는 속이 뒤집히면서 어지러워 황급히 자리를 뜰 수밖에 없었다. 그래야만 했다. 단 일 초도 더 있을 수 없었다. 태곳적 공포에 사로잡혀 그는 두들겨맞기라도 한 듯 비명을 내지르며 돌아서서 냅다 뛰었다.

루이스가 사라지는 모습을 지켜보는 동안 스티븐은 생명의 실타래가 풀려나가 친구의 발꿈치에라도 달라붙은 듯 그를 따라 오솔길 아래로 질질 끌려가버리고, 자신에게는 시커멓고 텅 빈 가슴과 요동치는 뱃속에서 정처 없이 떠다니는 시뻘건 토마토 조각 말고는 아무것도 남지 않은 듯한 느낌이었다.

그는 등뒤에서 에이버리가 미리 준비해둔 칼과 밧줄과 총을 챙겨들고 젖은 헤더를 헤치며 언덕을 서걱서걱 걸어내려오는 소리를 들은 것 같았다.

진저리를 치고는 한바탕 흐느끼며 돌아섰다.

하지만 에이버리는 꼼짝하지 않았다.

한동안 둘은 서로를 탐색했다. 스티븐은 손바닥의 불룩한 부분으로 눈가에 맺힌 공포의 눈물을 훔쳐내면서, 속으로 에이버리가 그 눈물을 루이스와 싸운 탓으로 여길 거라며 전혀 딴생각을 하고 있는 자신이 참으로 낯설게 느껴졌다. 마치 정신이 좀 많이 나갔다가 이제는 자신의 행동을 약간 떨어져서 바라볼 수 있게 된 듯했다. 그는 지극히 냉담한 정신이 두렵기도 했지만 꽉 붙들고 놓지 않았다. 머릿속에 다른 사람이 있어 결정을 내리는 것 같았다. 어쨌든 오줌을 지릴 정도로 겁에 질려 헤더 사이에 몸을 잔뜩 웅크린 채 돌이킬 수 없는 운명을 기다리는 불상사를 막아줄 것은 정신밖에 없었다.

"괜찮니?"

스티븐은 입술을 잘근거리며 고개를 끄덕였다. 더 오랜 침묵이 이어졌다.

에이버리는 자리에서 일어나 바지의 엉덩이 부분을 꼼꼼하게 털어낸 뒤 고대 무덤을 내려왔다.

스티븐은 무릎까지 젖은 남자의 청바지를 보고 자기 바지도 똑같은 상태임을 깨달았다. 양쪽 정강이에 차갑고 뻣뻣한 느낌이 전해왔다.

신경 말단들이 씰룩거리고 펄쩍 뛰어오르면서 어서 뒤돌아 달아나라고 비명을 내질렀다.

하지만 그는 거기 가만히 서서 살인자가 다가오기를 기다렸다.

왜?

그를 지켜보는 목소리가 대답을 요구했다. 스티븐은 직소퍼즐 상자를 처음 열었을 때 마구 뒤섞여 있는 조각들처럼 뒤죽박죽이 되어 웅웅거리는 말과 이미지들만 있을 뿐 어떤 대답도 내놓지 못했다. 뒤섞여 있는 퍼즐 조각들은 결국 시골 정원, 돛단배, 바구니 안 강아지들 같은 하나의 그림으로 완성되지만, 그의 머릿속 조각들은 미완성 파편들이고 더러 뒤집힌 것들도 있어서 논리적인 무언가로 조립하려면 대답을 요구하는 목소리만으로는 부족할 터였다. 쓸모 있는 무언가를 얻으려면.

에이버리가 가까이 다가와 있어서 이제 스티븐은 그의 얼굴을 올려다보아야 했다.

"대체 뭣 땜에 그래?"

그의 목소리는 친절했고 표정에는 연민이 어려 있었다. 그럴듯한 얼굴을 하고 있었지만 눈만은 딴생각을 하고 있었다.

그는 차가운 손을 스티븐의 어깨에 올려놓았다.

루이스는 어떻게 달렸는지 기억이 나지 않았다. 다만 황무지에 있다가 갑자기 거기서 벗어났다는 것만 기억났다.

날렵한 소년이 되기에는 그동안 샌드위치의 좋은 반쪽을 너무 많이 먹어치웠지만, 아드레날린이 폐를 가득 채우며 심장을 그 어느 때보다 효과적으로 쥐어짰다. 앞으로도 다시는 도달할 수 없는 수준으로.

오솔길 맨 아래쪽에 이르러 달려오던 속도 거의 그대로 울타리 계단을 타넘다가 정강이를 쓸리고 무릎을 찢겼다.

그는 왼쪽으로 꺾어 여전히 안개에 휩싸인 비좁은 거리로 들어섰다. 십콧을 통틀어 그나마 유일하게 사람을 쉽게 마주칠 수 있는 곳이었다. 발소리가 거리 양쪽으로 늘어선 밝은 색깔 집들의 벽에 세게 부딪혀 되울리는 게 아닌가 스스로도 의심스러울 만큼 요란했다.

루이스는 자신이 그토록 겁을 집어먹은 이유를 알 길이 없었다. 그래서 이 두려움을 과연 누구에게, 어떻게 설명해야 도움을 받을 수 있을까 고민했다. 하지만 시도는 해봐야 한다는 걸 알았다. 본능적으로 이것은 비밀요원이나 저격수, 심지어 유명한 축구 선수에 대한 일이 아니라는 걸 알았기 때문이다.

이것은 어른의 일이었다.

토요일 아침이 밝았는데도 안개 때문에 십콧은 괴괴하고 섬뜩한 분위기를 풍겼고 거리도 평소와 다르게 텅 비어 있었다. 그는 도로의 짧은 커브를 돌아서야 그 이유를 알았다.

스티븐네 집 앞에 사람들이 삼삼오오 모여 비좁은 인도에서 벗어나 도로에까지 서 있었다.

어른들. 하느님 감사합니다.

루이스는 마음이 놓여 하마터면 울 뻔했다.

누가 현관문을 두드렸을 때 레티는 화장실에 있었다. 맨 처음 문을 두드리는 소리에 그녀는 토요일 이 이른 시간에 찾아온 사람이 대체 누굴까 의아해하며 눈살을 찌푸렸다. 하지만 그러고 나서 또다시 눈살을 찌푸렸다. 문을 두드리는 게 아니라 아예 부술 기세였기 때문이다. 지금처럼 부서져라 문을 두드리는 상황을 텔레비전에서 본 적이 있었는데, 술 취한 남편이 행실이 좋지 않은 아내가 새 애인과 함께 있는 현장을 잡으려고 들이닥치는 장면이었다. 경찰이 문을 두드려대는 것 같은 소리.

그 소리에 그녀는 두렵기도 하고 화도 나면서 갑자기 온몸이 투지로 불타올랐다.

그녀는 부리나케 아래층으로 내려가 왼손으로 목욕 가운을 여며 쥐고 문을 조금 열었다. 목욕 가운을 여며 쥔 이유는 앞자락이 벌어질까봐 불안해서가 아니라 문을 두드려대는 사람에게 그런 무례한 행동 때문에 자신이 얼마나 화가 났는지 보여주기 위해서였다.

문을 두드린 사람은 제이코비 씨였다. 그는 신문을 들고 있었다.

순간 레티는 완전히 혼란에 빠졌다. 일 초가 될까 말까 한 그 짧은 순간 현재 자기 집이 신문을 받아보고 있는지, 그렇다면 어째서 하필 〈데일리 메일〉을 구독하고 있는지, 더욱 이상하게도 왜 제이코비 씨가 로니 트레웰에게 맡기지 않고 직접 배달하는지 도무지 갈피를 잡을 수 없었다. 로니 트레웰은 십사 년 인생 가운데 최소한 십 년 동안 중심을 잡기조차 힘든 형광색 배낭을 짊어지고 비가 오나 눈이 오나 마을 위아래를 터벅터벅 걸어 신문을 돌렸는데 보도에 길 이름이 명확하게 표시되어 있기에 망정이지 그렇지 않았다면 하루종일 뱅뱅 원을 그리며 헤매고 다녔을 것이다.

"제이코비 씨." 그녀는 그다음 상황을 봐서 미소를 지을 수도 눈살을 찌푸릴 수도 있도록 아무 특징 없는 목소리로 말했다.

놀랍게도 제이코비 씨는 신문 용지 때문에 시커메진 손을 덜덜 떨며 그녀에게 뭔가 대단히 중요한 말이라도 하려는 듯 입을 달싹이다가 그만 울음을 터뜨리고 말았다.

데이비는 다리들에 둘러싸여 있었다. 새삼스러운 일도 아니었다. 다섯 살 때는 언제 어디서나 다리가 친구이므로. 다섯 살 아이가 경험하는 모임이라는 것은 순전히 뜯어진 솔기, 해진 바짓가랑이, 불룩 튀어나온 허벅지, 반질반질 닳은 무릎, 올 풀린 바짓단으로 이루어진다.

하지만 이건 너무 심했다. 집 앞 인도에서 그는 〈데일리 메일〉을 보려고 사방에서 몰려드는 사람들 틈에 섞여 엄마 옆에 꼭 붙어 있으려고 안간힘을 쓰고 있었다. 다리들에 찔리고 치이면서 이리저리 밀려났다.

때로 누군가 손을 뻗어 그를 잡아주며 사과했지만 그에게 말을 걸거나 눈길을 주는 사람은 아무도 없었다. 이 다리들의 밀림에서는 모든 것이 그의 머리 위 천개 안에서 진행되고 있었다. 그는 레티의 남루한 푸른색 목욕 가운을 꽉 움켜잡았다. 손가락 관절 아래로 엄마의 따스한 허벅지가 느껴졌다.

엄마는 울지 않았지만 제이코비 씨는 울고 있었다. 데이비는 남자가 우는 모습을 본 적은커녕 그런 일이 가능할 수도 있다고 상상해본 적조차 없었다. 그래서 너무 혼란스러운 나머지 그 모습을 보지도 그 소리를 듣지도 않으려고 애썼지만 계속 쳐다볼 수밖에 없었다. 덩치가 산만한 제이코비 씨가 녹색 스파 티셔츠 소매 밖으로 털이 북슬북슬한 팔을 드러낸 채 가슴을 들썩이며 울고 있었다. 데이비는 눈앞의 광경이 장난이길 바라며 초조하게 웃었지만 따라 웃는 이는 아무도 없었다. 그는 엄마를 더욱 꽉 움켜잡았다.

어른들끼리 뭔가를 놓고 굉장히 힘주어 말하면서도 어찌나 목소리를 낮추는지 데이비가 알아들을 수 있는 것은 겨우 몇 마디가 전부였다. 가장 자주 들린 말은 "그건 그분을 죽이는 일이에요"였다.

누구를 죽인다는 거지? 데이비는 기를 쓰고 생각했다. 뭐가 누구를 죽인다는 걸까?

"끝까지 비밀로 할 순 없어요…… 언제고 알아야 해요…… 그걸 보여선 안 돼요…… 그건 그분을 죽이는 일이에요."

그사이 제이코비 씨는 그 큰 덩치가 무색하게 씨근대며 줄곧 눈물을 흘렸고, 루이스의 아빠는 침울한 얼굴로 제이코비 씨의 어깨를 다독였다. 데이비의 눈에 제이코비 씨가 누군가에게 그네에서 떠밀린 덩치 큰 아기처럼 보였다면 루이스의 아빠는 혼쭐을 내줄 테니 누가 그랬는지 털어놓으라고 아기를 어르는 것 같았다.

"누구한테 뭘 말하지 말라는 거지?"

다들 할머니를 죄스러운 눈으로 바라보았다. 데이비는 다리들에 가려 모습을 볼 수 없었지만 목소리의 주인이 할머니라는 걸 알았다. 아무도 입을 열지 않았다.

"누구한테 뭘 말하지 말라고?" 그녀는 아까보다 좀더 미심쩍은 어조로 다시 말했다.

데이비는 누군가 손뼉을 치는 줄 알았다. 느리지만 날카로운 짝짝 소리가 점점 가까워지더니 갑자기 땅에 끌리는 소리에 이어 뚝 그쳤고, 데이비 주변의 사람들이 양쪽으로 갈라지자 시뻘건 얼굴에 눈을 휘둥그레 뜬 루이스가 모습을 드러냈다.

루이스는 거의 말을 할 수가 없었다. 그는 자기 아버지를 보았다.

"아빠!"

"조용히 해, 루이스. 이야기중이잖아."

"하지만 아빠!"

"루이스, 집에 가!"

그의 아버지는 아들에게서 눈을 돌렸고, 사람들이 등을 돌리고 다시 모여들어 무리를 이루면서 소년은 배설물을 내뱉는 아메바라도 되는 양 가장자리로 밀려났다.

사팔뜨기 로니의 아버지 트레웰 씨가 〈선〉을 들고 있었다. 루이스는 신문 1면에서 그 얼굴을 보았다. 흐릿했지만 그 얼굴을 알아보았다. 그 빨간, 빨간 입술이 그렇다 말하고 있었다. 루이스는 고갈된 폐부 가득 공기를 들이마시고는 힘껏 소리쳤다. "씨발!"

그 말이 벽과 벽에 부딪히며 사방으로 튕겨나가자 다들 고개를 돌리고 성난 눈초리로 그를 보았다. 그는 사진을 가리켰다.

"그자예요! 황무지에 있는 남자요!"

분노가 혼란으로 바뀌며 망연자실한 침묵이 흐르는 틈을 타 그는 좀 더 자세히 설명했다.

"스티븐이랑 함께요."

39

에이버리의 손이 어깨에 닿자 스티븐은 움찔했지만 곧바로 어깨를 으쓱하는 척했고 그렇게 위기를 모면했다고 생각했다.

그는 에이버리의 질문에 "아무것도 아니에요"라고 대답했다. 그러고는 기이하게 깜빡거리는 에이버리의 눈을 피해 고개를 돌렸다.

대신 스티븐은 황무지 아래쪽을 간절한 눈으로 돌아다보았다. 그곳에 십콧이 자리하고 있을 테지만 안개에 가려 교회 첨탑조차 보이지 않자 왈칵 외로움이 밀려들었다.

따끔거리는 등을 살인자에게 내보인 채 서 있자니 마음속의 직소퍼즐 조각들이 소용돌이치며 빙빙 돌았다. 몇몇 조각은 알아보았다. 이를 드러내고 활짝 웃는 빌리 삼촌. 삐뚤빼뚤 그린 지도. 무딘 삽날이 황무지에 만든 구덩이. 포장지에는 가시를 발라냈다고 적혀 있었는데 말이죠. 그는 훌륭한 편지도 썼다. 조각들이 떠다니다 흩어졌다. 그는 어디서 시작해야 할지 몰랐다. 그래서 직소퍼즐을 잘 맞추는 사람들이 으레 그러듯 그도 구석을 찾는 데서부터 시작했다.

그런데 놀랍게도 그 구석은 분노였다.

공포밖에 없는 줄 알았는데 분노도 있었다니 나쁘지 않았다. 분노는 그를 닻처럼 단단히 붙들어 한순간이나마 공포를 몰아내고 강해진 느낌이 들게 했다.

루이스는 가고 없었다. 그는 안전했다. 친구에게 마지막으로 했던 말이 얼마나 가혹했는지 생각하자 가슴이 미어질 듯 아팠지만 곧 그 아픔을 한쪽으로 밀어냈다. 그럴 수밖에 없었다. 이것은 그가 자초한 일이었고 그래서 루이스를 배려했던 것이다.

이제, 작은 덫에 미끼를 놓은 뒤 무슨 괴상한 수를 썼기에 마술처럼 감옥을 빠져나와 그를 죽이러 여기까지 온 정신병자의 손아귀에서 도망치는 것만 신경쓰면 됐다.

사슬톱을 든 해리 포터.

스티븐은 우스우면서도 동시에 진저리가 쳐졌다. 목구멍으로 신물이 올라왔다.

그는 침을 꿀꺽 삼키며 무력감을 느꼈다. 도망치고 싶은 마음뿐이었다면 바로 지금 기회를 잡았을 것이다. 그가 이 일을 시작했고, 여기까지 끌고 왔다. 이제 상황이 걷잡을 수 없이 빠르게 돌아가고 있었지만 스티븐은 아직은 내려놓고 싶지 않았다. 그 모든 생각. 그 모든 땅 파기. 그 모든 계획. 그가 쓴 그 모든 편지. 거의 다 와서 이제 포기한다는 생각은 얼토당토않으면서도 동시에 혀끼리 닿던 순간과 샨텔 콕스가 떠오를 만큼 너무도 유혹적이었다. 포기하기는 너무도 쉬울 터였고, 일단 그러고 나면 쥐가 났던 손가락이 뻣뻣하게 펴지면서 그가 너무도 무심코 집어들어 오랜 세월 동안 들고 다녔던 짐을 놓게 될 터였다. 사실 한 번도 제대로 쥐고 있지 못했지만.

하지만 비에 젖고 햇볕에 타고 손에 못이 박여도 삼 년을 내리 황무지로 나갔던 스티븐의 고집 센 기질이, 그가 느끼는 아찔한 공포를 짓밟고 모든 본능을 앞질러 전면에 나왔다.

이제 살인자와 단둘이 있게 되니, 엉킨 생각에서 풀려나온 한 가닥이 다른 무엇보다 머릿속에서 심하게 울려댔다. 그는 너무 오래 애썼고, 너무 멀리 와버렸다. 너무 많은 일을 했다. 너무 지쳤고, 이제 알고 싶었다. 그는 알 필요가 있었다. 그는 알아야 했다.

다시 말해, 에이버리를 삽으로 내려치고 죽어라 달아나는 대신 그에게 미소지었다는 뜻이다.

"그딴 녀석 꺼져버리라죠." 그가 어깨를 으쓱했다. "샌드위치 더 있어요?"

스티븐은 헤더 위로 안개가 스멀스멀 피어오르는 모습을 지켜보았다. 알아차리지 못할 만큼 느릿느릿 움직이는데도 안개는 어느새 두 사람의 발밑 12미터에서 15미터 지점까지 다가와 있었다. 열시면 한여름 날씨일 것이다.

에이버리가 땅바닥에 두번째 비닐봉지를 깔아 스티븐에게 앉을 곳을 마련해주었다. 서로 엉덩이와 어깨가 맞닿을 만큼 아주 가까웠다. 스티븐은 청바지와 피 묻은 셔츠를 통해 남자의 체온을 느낄 수 있었다. 멀찍이 떨어져 앉고 싶어 몸이 근질근질했지만 꾹 참았다.

지금 스티븐은 에이버리가 준 마지막 샌드위치 조각을 물끄러미 보면서 어서 말하지 않으면 기회가 없다고 생각했다.

"이 근처에 살아요?"

"아니. 너는 이 근처에 사니?"

"네. 저 아래 십콧에 살아요. 저기요." 그는 느릿느릿 움직이는 안개 쪽을 애매하게 손으로 가리켰다.

에이버리는 심드렁하게 대꾸하고는 스티븐을 돌아보았다.

"이 위쪽에 시체들이 있다는 얘길 들었는데."

순수한 전율이 스티븐의 온몸을 타고 흘렀다. 전기가 통한 듯 심장이 찌릿했고 피부 전체가 따끔따끔하며 타닥거렸다.

에이버리가 활짝 미소지었다. "괜찮니?"

"네." 스티븐이 말했다. "시체라니 오싹하네요."

그는 빵 껍질 뒤쪽으로 비어져나오는 토마토 조각에 정신을 집중했다. 그것을 입안으로 밀어넣고, 손가락을 핥고, 그 물컹한 덩어리의 맛을 무시하고 씹으면서 시간을 벌었다. 심장이 방망이질을 멈추길 기다렸지만 그럴 기미가 보이지 않았다.

이것은 그가 바라던 일이었다. 그가 기다려온 일. 물을 필요조차 없었다. 시체들. 그는 두려운 만큼이나 흥분되었다.

"그래. 어떤 미치광이가 사람들, 그러니까 꼬마들을 죽여 여기다 묻었다더구나." 에이버리가 말했다.

"아 네. 저도 그 얘기 들었어요." 그는 심장이 방망이질을 멈추길 빌었다. 그 소리를 에이버리가 들을까봐 겁이 났다.

"목 졸라 죽였다지?"

스티븐은 침착하려고 애쓰며 고개를 끄덕였다.

에이버리가 목소리를 낮추며 말했다. "강간도 했다지. 남자애들도 말이다."

스티븐은 헛기침을 하며 목청을 가다듬었다. 토마토가 목에 걸렸기 때문이다. "시체는 다 찾았대요?"

"아니."

스티븐은 기절할 것처럼 어지러웠다. "아닐걸"도 아니었고, "잘 모르겠는데"도 아니었다.

그냥 "아니"였다.

"내 생각엔 아직도 이곳에 몇 구 있어." 에이버리가 말했다.

몇 구.

폴 배럿. 매리얼 옥슨버그. 윌리엄 피터스.

"네? 어디에요?"

바로 그렇게, 스티븐은 물었다. 기대감으로 머리가 어질어질했다.

에이버리는 덩커리비컨 쪽에 시선을 던졌다. "그게 왜 궁금한데?"

자신이 궁금해하는 이유들을 떠올리고 거기에 압도되다시피 하면서 스티븐에게는 시간이 모든 것을 빨아들이는 기이한 소용돌이처럼 더디게 흘러갔다. 운명의 여신이 돌리는 물레와 작은 소년의 외로운 유골을 짓누르고 있는 얼어붙은 진흙.

"궁금하진 않아요." 그가 말했다. 긴장해서 목소리가 갈라졌다. "그냥 관심이 있을 뿐이지…… 저기…… 그러니까…… 여기다 시체를 묻는다면 어디가 좋을까요?"

지나가는 말처럼 들리길 바랐지만 고요한 아침 공기를 가르는 그의 목소리는 자신이 듣기에도 끔찍하리만치 크고 절박했다. 그런 질문을 하다니 속이 메스꺼웠다. 메스껍고 식은땀이 났다.

에이버리가 고개를 돌려 그의 얼굴을 살폈다. 스티븐은 에이버리가 저 뒤에 숨어 팔딱이는 두려움의 시커먼 구덩이를 꿰뚫어보지 못하길 기도하며 그 시선을 맞받았다.

두 사람 주변에 침묵이 감돌았다. 스티븐은 침묵이 긴장을 견디지 못하고 삐걱거리는 소리를 실제로 들은 것만 같았다.

잠시 뒤 에이버리는 그저 어깨를 으쓱했다. "이 근처. 그야 아무도 모르지." 그는 스티븐에게 살짝 미소지어 보이며 봉지를 뒤적였다. "뭐 좀 마실래?"

스티븐은 그를 죽이고 싶었다.

그는 벌떡 일어났다. 삽을 집어들고 자리를 뜨려 했지만 에이버리가 자루를 부여잡고 그를 올려다보았다. 별안간 차갑고 무서운 얼굴로.

"그게 필요할 것 같은데." 에이버리가 조용히 말했다.

남자의 흐릿한 녹색 눈을 들여다본 순간 스티븐은 마음의 책을 계속 덮어두는 싸움에서 자신이 졌다는 걸 알았다. 루비처럼 빨간 에이버리의 입술이 벌어지면서 일그러진 하얀 미소가 보였다. 소년의 마음을 훤히 읽었다는 표시였다.

스티븐은 시커멓고 끈적거리는 뭔가를 만지기라도 한 듯 소리를 내질렀다.

그는 삽을 놓아버렸다. 그 반동으로 에이버리의 피투성이 팔이 삽에 세게 맞았다.

그러고 나서 그는 돌아서서 냅다 뛰었다.

오솔길에 이르렀을 때 에이버리가 쫓아오는 소리가 들렸다. 가까워도 너무 가까웠다. 조금이라도 유리할 때 달아났어야 했다! 그 순간 그는 등에 날카로운 통증을 느끼며 땅바닥에 나동그라졌다. 가쁜 숨을 몰아쉬면서.

그는 가장 아끼는 티셔츠 등짝을 에이버리에게 잡혀 버릇 나쁜 강아지처럼 들어올려지는 것을 느꼈다. 디딜 곳을 찾아 허공에서 발버둥치다 비틀거리며 겨우 똑바로 섰나 싶은 순간, 남자의 다리에 맞아 무릎이 꺾인 채 옆으로 쓰러졌다.

에이버리는 여전히 그의 셔츠 자락을 움켜쥔 채 허리를 숙여 삽을 집어들었다. 정신이 아득한 뇌가 그의 등을 후려친 것은 삽이라고 느릿느릿 알려주었다. 주드 아저씨의 삽. 자기가 쳐놓은 덫에 걸려든 것도 모자라 자신의 무기에 맞고 넘어지다니.

결국 그가 그냥 멍청한, 멍청한 애였기 때문이다. 저격수가 아니었기 때문에, 경찰이 아니었기 때문에, 어른이 아니었기 때문에. 어른도 아니면서 어른처럼 굴었고, 그래서 이렇게 끝나게 된 것이다. 등에 램이라고 찍힌 그가 가장 아끼는 빨간색 티셔츠 차림으로 황무지에서 죽은 그. 그의 승리가 아니라 딱하고 나약한 외톨이 소년의 죽음을 보도하는 신문들. 지도상의 이름 머리글자와 바래가는 신문의 흐릿한 옛날 사진으로만 남게 될 죽음. 맹세컨대 사진마저 좋게 나올 리 없었다. 아마도 엄마가 벽난로 선반에 올려놓은, 학교에서 찍은 난민처럼 보이는 사진이 쓰일 터였다. 영웅이 될 수 있을 거라 생각했던 오늘 아침의 옷차림이 아닌 사진.

두려움과 수치심과 욕지기가 그의 안에서 뒤섞였다. 그는 에이버리의 차가운 청바지를 붙잡고 늘어졌다.

에이버리는 그를 밀쳐내고 뺨을 때렸다.

"내가 누군지 알지?"

스티븐은 고무창을 덧댄 에이버리의 검은색 신발에 대고 말없이 고개를 끄덕였다.

"좋아."

그는 스티븐을 확 낚아채 일으켜 세우고는 반은 떠밀고 반은 잡아끌다시피 하며 고대 무덤으로 다시 올라갔다. 그러면서 다시 벌어진 팔의 상처 때문에 눈살을 찌푸린 채 욕을 퍼부어댔다. 절반쯤 가서 스티븐은 흐느껴 울기 시작했다. 그는 아널드 에이버리가 어떤 사람인지 몰랐기를 바랐다. 아는 게 모르는 것보다 더 나빴다. 그가 다른 사람들에게 한 짓을 몰랐다면. 그가 이제부터 그에게도 하게 될 짓을 몰랐다면. 에이버리가 한 짓은 도무지 가능해 보이지 않았지만 그가 읽은 신문기사로 보건대 사실이 틀림없었다. 이제 곧 확인하게 될 터였다. 그 생각에 두려운 나머지 그는 다시 눈물을 흘렸다.

"입다물어." 에이버리가 말했다. "그리고 꿇어."

스티븐은 우두커니 서서 양팔을 축 늘어뜨린 채 고개를 숙이고 어깨를 들썩이며 흐느꼈다.

"꿇으라고 했다." 에이버리는 다시 그를 잡아 흔들면서 하얀 헤더 밭을 가리켰다. 스티븐에게 아직 선택의 여지가 있었을 때, 아직 도망칠 기회가 있었을 때 그가 앉아 있었던 자리다.

"꿇으라고요?" 스티븐의 목소리는 당황한 듯 들렸다. 실제로 그는 당황했다. 그에게 '꿇어'라는 말은 소음에 지나지 않았다. 무슨 뜻인지 전혀 알 수가 없었다.

"꿇으라고. 무릎 말이다."

스티븐은 멍청하게 고개를 끄덕였지만 가만히 서 있었다.

에이버리는 몸을 앞으로 구부려 스티븐의 귓가에 입술을 갖다댔다. 순간 스티븐은 몸서리를 쳤다.

"꿇어. 안 그랬다간 내가 그렇게 만들 테니까."

"알았어요." 하지만 그는 여전히 꼼짝하지 않았다. 그럴 수가 없었다. 그럴 생각이 없었다. 그래선 안 되었다. 서 있는 게 더 나았다. 무릎을 꿇으면 불리했다. 자세를 낮출수록 기회는 적어졌다. 그는 계속 서 있고 싶었다. 이런 간단하고 명확한 생각들이 스티븐의 머릿속에서 떠나지 않았다. 무릎을 꿇었다간 두 번 다시 일어날 수 없을 게 뻔했다.

"꿇어, 분명히 말했다!"

"알았어요." 그는 울음을 그치고 가볍게 트림했다. 그 바람에 목구멍으로 토마토 맛이 나는 신물이 올라왔다.

하지만 그는 여전히 꼼짝도 하지 않았다. 그가 그러겠다고 대답만 하고 계속 요지부동일 경우 에이버리는 말로 하는 데 지칠 터였다.

실제로 에이버리는 말로 하는 데 지쳤다. 작게 툴툴거리며 경고하는 소리가 들리더니 삽이 스티븐의 무릎 뒤쪽을 후려쳤다. 그는 고통에 겨워 두 다리를 끌어안고 데굴데굴 굴렀다.

"쪼끄만 게!" 에이버리는 다시 피로 젖은 팔을 감싸쥐고 얼굴을 찌푸렸다.

그러더니 다시 한번 스티븐의 목덜미를 낚아채 일으키고는 꼼꼼하게 무릎을 꿇렸다.

"그대로 가만있어. 알았어?"

스티븐은 고개를 끄덕이며 몸을 뒤척였지만 그 자리에 가만있었다. 등줄기를 타고 뭔가가 흘러내리는 느낌이 들었다. 땀이거나, 아니면 도망치려고 했을 때 삽에 맞아 생긴 상처에서 나는 피라고 생각했다. 땀이라고 생각하기가 무섭게 정말로 땀이 삐질삐질 나면서 얼굴이 따끔거렸다. 그는 다시 몸을 뒤척였다. 시원한 헤더 밭에 드러눕고 싶었다. 그러면 심한 어지럼증이 가실 터였다. 하지만 무릎을 꿇고 있는 것도 불리한데, 드러누우면 자세가 더 낮아질 테고 그러면 훨씬 더 불리할 터였다. 어쨌든 버텨야 했다. 하지만 무엇 때문에 버티고 있는지에 생각이 미치자 겁이 났다. 그는 버텨야 했고, 에이버리가 그를 죽이는 순간을 늦추도록 온 힘을 기울여야 했다. 그 순간을 피할 수 있다고 생각했기 때문이 아니라, 가능한 한 죽음을 늦추는 것이 옳은 일 같았으므로.

죽음을.

그는 죽게 될 터였다. 그는 잃을 게 아무것도 없었다. 그에게는 삶조차 남아 있지 않았다. 그것은 기정사실이었다. 그렇게 생각하자 차라리 후련했다.

"빌리 삼촌을 죽였나요?"

"어땠을 것 같니?"

스티븐은 놀란 얼굴로 에이버리를 올려다보았다. 그가 자신의 의견을 물어볼 거라는 생각은 하지 못했다.

"그랬을 것 같아요."

"어떻게 죽였는지 알고 싶나?"

스티븐은 알고 싶지 않았다. 알게 된다고 생각하니 속이 메슥거렸다. 하지만 그것은 시간을 버는 또하나의 방법이었다.

"네."

에이버리가 그의 앞에 서서 한 손으로 머리칼을 어루만졌다. 흡사 다정하게.

"가게에서 막 나오는 그애한테 길을 물었지. 난 지도를 들고……"

그는 말을 멈췄고 스티븐은 그를 올려다보았다. 즐거운 추억을 떠올리는 에이버리의 눈이 반짝였다.

"난 지도를 들고 있었지. 그애한테 지도에서 어딘지 짚어달라고 부탁했어. 그애가 차창 안으로 머리를 들이밀기에 난…… 난…… 그저…… 그앨 잡아챘지……"

스티븐이 소리를 질렀다. 머리칼을 어루만지던 에이버리의 손에 힘이 들어갔기 때문이다.

"아주 쉬웠단다. 그야말로 식은 죽 먹기였지. 그앤 몹시 무서워하더구나. 어찌나 비명을 질러대던지. 한 대 냅다 후려갈기니까 잠잠해졌지. 그때 그애 표정이 어땠는지 너도 봤어야 하는데! 한 번도 그렇게 제대로 매를 맞아본 적이 없는 애 같았지. 어찌나 우습던지."

그는 스티븐에게 이를 드러내며 웃어 보인 뒤 기억 속 황무지로 다시 시선을 돌렸다.

"그애를 만지작거리며 갖고 놀았지. 난 먼저 갖고 놀기부터 하거든. 죽이기 전에 말이다. 너도 그럴 거야."

스티븐은 몸을 뒤틀었다. 머리칼을 잡고 있는 손에 다시 힘이 들어갔기 때문이다. 그는 아픔에 못 이겨 입 밖으로 새어나오려는 울음을 꾹 참았다. 자신이 여기, 그 앞에 무릎을 꿇고 있다는 걸 에이버리에게 상기시키고 싶지 않았다. 에이버리가 빌리 삼촌과 다른 사람들을 기억하는 시간이 길어질수록 그, 스티븐이 살아 있는 시간도 길어질 터였다. 하지만 그러기가 힘들었다. 머리에 전해지는 고통은 불편함 그 이상이었고 그는 여전히 벌벌 떨면서 욕지기를 느꼈다. 그래도 버텨야 했다. 쥐죽은듯이 가만있으면서 빠져나갈 구멍을 찾아야 했다. 그 방법을 빼면 선택지는 하나뿐이었고 그건 스티븐이 원치 않았다. '놀이의 대상'이 되어 목이 터져라 엄마를 부르며 고문당하다 살해되는 게 어떤 건지 알고 싶지 않았다. 그 생각을 하자 다시 눈물이 주르륵 흘러내렸다. 수치심이나 두려움 때문이 아니었다. 이번에는 정말로 엄마 때문에 울었다. 하지만 에이버리의 비위를 거스르지 않으려고 숨죽여 울었다.

"그애도 그걸 원했어. 알겠니? 네 삼촌 빌리도 너처럼 꽤나 밝히는 꼬마더구나."

스티븐은 속에서 분노가 끓어올랐다. 잘 알지는 못하지만 한 번도 좋아해본 적 없는 소년 때문에. 쥐죽은듯이 있으려던 그의 노력이 순식간에 모두 수포로 돌아갔다.

"거짓말쟁이!"

에이버리가 머리칼을 잡고 흔드는 바람에 스티븐은 아파서 비명을 내질렀다.

"뭐라고?"

"재수없는 거짓말쟁이!" 닭똥 같은 눈물이 뚝뚝 떨어졌지만 분노의 눈물이었고, 분노는 스티븐을 더 강하게 만들었다. 그는 에이버리에게 도전장을 던진 자신이 어리석었다는 걸 알았지만 더는 상관하지 않았고 그래서 흘가분했다. 그가 양손을 위로 뻗어 에이버리의 손아귀에서 머리카락을 빼내려고 하자 에이버리가 그의 손을 거칠게 내쳤다. 하지만 그는 고통의 결박에서 벗어나기 위해 끈질기게 맞붙어 싸웠다. 머리카락이 잡아당겨지는 지금 상황이 꼭 데이비와 함께 거실의 초록색 커튼 뒤에 숨어 프랑켄슈타인에게 발각되길 조마조마하게 기다리다 머리칼이 커튼에 휘감겨 딸려가던 일을 생각나게 했다. 하긴 그는 프랑켄슈타인의 친구가 되려다가 얼빠진 짓을 저지르고 말았다. 머리칼에 가해지는 고통은 이제 엄청났고, 그만큼 입 뒤쪽에서 방망이질하는 심장도 더 강하게 느껴졌다. 어찌나 역력하게 느껴지는지 믿어지지가 않을 정도였다. 마치 뱃속에서 폭발한 공포가 무지막지한 힘으로 심장을 움켜쥐고 위쪽 목구멍으로 밀어내고 있는 듯했다.

그는 두 손을 마구 휘젓다가, 메이슨 딩글의 아들이 입힌 에이버리의 피투성이 상처를 움켜잡았다. 에이버리는 비명을 질렀고, 그 통쾌한 순간 그의 머리카락을 놓쳤다. 머리가 풀려나면서 스티븐은 하마터면 넘어질 뻔했다.

그 순간 주먹이 불시에 날아들어 스티븐에게서 모든 숨과, 모든 전의를 낱낱이 앗아갔다.

그는 얼굴이 차갑고 축축한 헤더 사이에 파묻혀 있다는 것만 겨우 의식하며 멍하니 누워 있었다. 그러고 나서 한참 만에 자신의 몸이 배를 드러낸 채 축 늘어진 물고기처럼 거칠게 다뤄지고 있음을 느꼈다.

손 두 개가 그의 청바지를 잡아당겼다.

시커먼 수작에 속이 뒤틀렸다. 그는 몸을 일으켜 자기 자신과 아널드 에이버리에게 뱃속에 있는 것을 모조리 게워냈다.

뒤이어 찾아든 짧은 정적의 순간 그는 에이버리의 소맷부리에서 원흉인 토마토 덩어리를 보았다. 남자는 혐오스러워 못 견디겠다는 듯 고함을 내지르며 뒤로 물러나 손에 묻은 토사물을 털어낸 뒤 흐릿한 녹색 카디건으로 손을 문질러 닦았다.

"망할 자식! 지저분한 새끼! 죽여버리겠어!"

하지만 스티븐은 내달리고 있었다. 일어섰다고 미처 깨닫기도 전에 내달리고 있었다. 물기를 머금은 채 찰싹찰싹 때려대는 헤더를 헤치며, 풀과 나무뿌리에 발부리가 걸려 비틀거리며 언덕 아래로 내달리고 있었다. 오솔길을 놓쳤다! 오솔길은 대체 어디 있지? 어찌됐든 오른쪽으로 방향을 틀었고 울퉁불퉁한 지형으로 들어섰다. 희미하게 깩깩대는 소리 말고는 아무것도 들리지 않았다. 곧이어 그는 깨달았다. 그 소리가 살기 위해 내달리는 소년의 목구멍 안에서 공포가 내는 소음이라는 것을.

스티븐은 어깨 너머를 힐끗 곁눈질했다. 에이버리는 그보다 위쪽, 그러니까 뒤에 있었지만 점점 따라잡고 있었다. 오솔길을 찾아냈던 것이다. 거기서는 달리기가 한결 쉬웠다. 그가 더 빨랐다. 스티븐은 그보다 빨리 달릴 수 없었다. 이곳에서는, 진홍빛 헤더가 울창한 이곳에서는 더 빨리 달릴 수 없었다.

그는 오솔길을 찾아 다시 방향을 위쪽으로 틀었다. 그러느라 달리는 속도가 더더욱 느려졌고, 에이버리는 가까워졌다. 오솔길에 이르기만 하면 그는 에이버리를 따돌릴 수 있을 터였다. 그럴 자신이 있었다. 제기랄! 그는 방향을 홱 틀어 오솔길로 이어지는 언덕을 다시 뛰어올라가서는 오솔길에 접어들어 계속 달려내려갔다.

에이버리가 20미터 뒤까지 바짝 쫓아왔을 때 스티븐은 안개 장벽과 맞닥뜨렸다. 너무도 짙은 안개에 움찔했다. 순간적으로 망설이다가 속도를 늦추려는 본능을 억누르며 순백의 세상 속으로 곧장 뛰어들었다.

에이버리가 숨이 턱에 닿아 욕설을 퍼부어대며 뒤쫓아오는 소리가 들렸다. 그 소리는 가까이서 들렸지만 모든 것이 안개에 싸여 있었다.

그러고 나서 그는 아무 소리도 듣지 못했다.

헉헉대며 멈춰 선 그는 원을 그리며 몇 바퀴 돌았다. 긴장 속에 심장이 쿵쾅거리는 소리가 고막을 아프게 울려댔다. 아무 일도 없었다.

스티븐은 계속 달리기로 마음먹었지만 생각해보니 멈춰 선 것은 큰 실수였다. 아까 그가 제대로 된 방향으로 달려가고 있었던 것은 그저 에이버리를 피해 달렸기 때문이다. 하지만 이제 멈춰 서는 바람에 방향 감각을 완전히 잃고 말았다. 그는 자신의 발과 주변의 땅을 내려다보았다. 헤더가 앞길을 막고 있었다. 살며시 발을 옆으로 이리저리 움직여 보았지만 발에 닿는 건 가시금작화가 군데군데 섞인 풀밖에 없었다. 공황 상태에 빠져 얼얼한 채 자신이 오솔길에서 벗어났다는 사실을 깨달았다. 그는 위치를 들킬까봐 숨을 죽인 채 한참을 우두커니 서서 두방망이질하는 자신의 심장 소리에 귀기울였다.

스티븐은 숨을 들이쉬다 바스락거리는 소리에 숨을 죽였다. 어디서 나는 소리인지, 얼마나 떨어진 데서 나는 소리인지 알 수 없었다. 그는 뒤돌아섰다. 조용하면서 이상하리만큼 귀에 익은 끽끽 소리 그리고 쿵 소리. 그는 반대 방향으로 다시 돌았다.

그것은 잘못된 선택이었다.

머리가 뒤로 홱 젖혀지면서 그는 발을 헛디뎌 꽈당 넘어졌다. 목덜미에 와 닿는 부드러운 느낌. 갈비뼈를 짓누르는 무릎에 그는 숨이 턱 막혔다. 에이버리가 위에서 이를 드러낸 채 번들거리는 눈을 가늘게 뜨고 그의 얼굴을 내려다보고 있었다.

부드럽지만 단단한 무언가가 그의 목을 휘감고 있었다. 스티븐은 흐릿한 녹색 카디건으로 목이 졸리고 있다는 걸 깨달았다. 카디건에서 자신의 토사물 냄새가 풍겼다.

숨을 쉴 수 없었다. 머리가 크게 부풀어오르는 느낌이 들면서 곧 터질 것만 같았다. 폐가 경련을 일으키며 공기를 들여보내라고 아우성쳤다. 어떻게든 숨을 쉬어야 했다.

그는 겨우 몇 센티미터 떨어져 있는 에이버리의 눈을 들여다보았다. 제발, 그는 머릿속으로 말했지만 입술은 소리 없이 달싹이기만 했다. 말소리를 이루는 공기가 없었기 때문이다. 그는 힘없이 발버둥치면서 남자를 밀어내려고 안간힘을 썼다. 하지만 에이버리의 허벅지를 때리려고 주먹을 쳐들었다가 힘이 없어 결국 그 위에 가만히 올려놓을 수밖에 없었다. 그 모습이 마치 오랜 친구 둘이서 무슨 놀이라도 하는 듯했다.

제발, 그는 다시 입술을 달싹였지만 아무 소리도 나지 않았다.

죽는다는 건 이런 것이었다.

시간이 영원히 걸리는 듯했고, 두렵기보다는 고통스러웠다.

빌리 삼촌도 이렇게 고통스러웠겠지. 빌리 삼촌도 이 번들거리는 눈을 들여다보면서 이런 고통을 당했겠지. 빌리 삼촌은 단서를 전혀 남기지 않았고, 그건 자신도 마찬가지라고 그는 냉담하게 생각했다. 오늘이 자신의 삶에서 마지막 날이 될 수도 있다는 걸 모른다는 게 어떤 의미인지 이제는 이해했다. 그는 가장 아끼는 셔츠 차림으로 살해당하는 것이었다.

가슴의 고통은 믿기 어려울 정도였고, 눈에서 피가 나와 불투명한 붉은 장막 뒤로 살인자의 얼굴이 흐릿해지기 시작했다.

제발.

그는 살려달라고 애원해야 할지, 아니면 죽여달라고 애원해야 할지 확신이 서지 않았다.

어느 쪽이든 괜찮다고 어렴풋이 생각했다.

그리고 암흑이 차갑고 검은 파도처럼 그를 뒤덮었다.

40

숨소리와 발, 숨소리와 발이 있었다.

황무지는 그 어느 때보다 심술궂었다.

뒤얽힌 나무뿌리들은 여기저기 널브러진 채 발부리에 걸렸고, 젖은 헤더는 찰싹찰싹 때려댔으며, 가시금작화는 채찍질로는 성이 차지 않는지 콕콕 찔러댔다. 발을 붙들고 놓아주지 않는 진흙은 미끄럽기 그지없었다.

안개는 두꺼운 흰색 베일이었다. 아니면 수의거나. 안개는 눈꺼풀에 냉기를 드리우고, 콧등을 타고 미끄러져오르고, 헤벌어진 입속으로 고여들었다. 유년기의 바닷가 추억과 죽음의 전조로 감각들을 어루만지는 안개의 축축한 손가락.

하지만 안개 사이로 숨소리와 발, 숨소리와 발이 있었다.

목적을 가진.

41

목소리들이 있었고 갑자기 스티븐은 숨을 쉴 수 있었다. 그렇다고 극적이지는 않았다. 죽는 대신 다시 소생하기 시작했을 때 헐떡거림은 없고 그저 희미하게 낑낑대는 소리만 있었다. 그는 줄이 죽죽 가 있는 분홍빛 하늘을 올려다보면서 에이버리에게 무슨 일이 일어났는지 궁금했다. 벌떡 일어나 다시 내달릴까 막연히 생각했지만 머리가 납덩이처럼 무거운데다 두 다리에 얹어진 엄청난 무게가 그를 황무지 깊숙이 내리누르고 있었다.

에이버리가 나타나 그를 다시 죽이려 한다면 속수무책으로 당할 수밖에 없었다. 그 정도로 그는 힘이 없었다. 하지만 정말로 아무래도 상관없었다.

여전히 목에 감겨 있는 카디건이 이제는 온기와 위로를 나눠주었다. 피곤하면서 동시에 둥둥 떠 있는 느낌이었다.

여전히 목소리들이 있었다. 가까웠지만 그렇게 가깝지는 않았다. 바로 위에서 나는 소리는 아니었다. 남자들의 다급한 목소리였다. 텔레비전 경찰 드라마에서 뭔가 걱정스러운 일이 생겼을 때 흔히 듣게 되는 목소리와 비슷했다. 스티븐은 사람들이 무슨 얘기를 하는지 굳이 알고 싶지는 않았지만 어째서 자기 위가 아니라 딴 데서 얘기하고 있는지 그 이유가 궁금했다. 어쩌면 사람들은 그가 죽었다고 생각하는지도 몰랐다. 사람들을 탓할 생각은 없었다. 스스로도 죽었다고 생각했으니까. 아마도 죽은 듯했다. 하지만 만약 자신이 죽었다면 등 밑에서 따끔따끔 찔러대는 젖은 가시금작화를 느낄 리 없다고 생각했다. 스티븐은 자신의 죽음을 둘러싼 질문을 마음에서 떠나보냈다. 그 질문은 사람을 피곤하게만 할 뿐이었다.

"스티븐."

그것은 그 이상이었다.

스티븐은 눈을 깜빡이며 오른쪽을 보았다. 어머니가 낡은 푸른색 목욕 가운 차림으로 그를 내려다보고 있었다.

엄마, 그는 이렇게 말하고 싶었지만 입술만 달싹거릴 뿐 소리는 나오지 않았다. 그녀는 그의 오른손을 붙잡고 있었다. 스티븐은 다시 다섯 살이 된 기분이었다. 엄마가 데이비에게 하듯 손을 잡고 있다니. 그 생각에 그는 미소지을 뻔했다. 그러고는 더는 신경쓰지 않았다. 피곤했다. 너무 피곤해서 신경쓸 기력도 없었다. 어쩌면 설핏 잠이 들었을지도 모른다.

하지만 그 목소리들 아래, 윙윙 돌아가는 소리가 왼쪽 귓가에 들려왔다. 그는 고개를 살짝 돌리고는 눈살을 찌푸렸다. 얼굴 바로 옆에서 전천후 바퀴가 하늘을 등지고 느릿느릿 돌아가며 물이 아닌 뭔가를 똑똑 떨어뜨리고 있었다.

너무 뜻밖이라 상황을 좀더 자세히 알 필요가 있었다. 고통과 수고를 마다하지 않고 그는 왼쪽으로 고개를 더 돌렸다. 투실투실한 발목과 적

갈색 슬리퍼 한 짝이 눈에 들어왔다.

할머니였다. 쇼핑 카트를 사이에 두고 할머니가 옆의 헤더 밭에 누워 있었다.

레티가 그의 얼굴을 쓰다듬었지만 목소리들은 모두 할머니에게 쏠려 있었다. 동작들도 모두 할머니에게 쏠려 있었다. 마을 남자 몇몇이 할머니와 함께 있었다. 그중 한 명은 할머니의 얼굴에 대고 뭐라고 소곤대면서 공개 연인 사이라도 되는 듯 할머니 입술에 입술을 갖다댔고, 또 한 명은 양팔로 할머니의 가슴을 펌프질했다. 세번째 남자는 점퍼를 벗어 할머니의 다리를 덮어주고 있었다.

네번째 남자, 그러니까 루이스의 아빠는 우두커니 서서 초점 없는 눈과 멍한 표정으로 먼 곳을 보고 있었다. 얼굴이 병자처럼 새하얘 기미가 유난히 까맣게 도드라져 보였다.

그들 뒤로 조금 떨어진 곳에, 짙은 안개에 거의 가려지다시피 한 루이스가 있었다.

하지만 친구의 눈은 그를 보고 있지 않았다. 대신 그의 눈은 스티븐의 다리와 자기 아버지의 얼굴 사이를 보며 깜빡거렸다. 공포로 휘둥그레 뜬 채. 갑자기 밀려드는 불안에 스티븐은 고개를 쳐들고 두 다리가 여전히 제자리에 있는지 확인했다.

있었다. 하지만 고개를 들 수 있었던 단 이 초 동안, 스티븐은 아무리 지우려 애써도 영원히 그를 따라다니게 될 광경을 보았다.

에이버리가 느슨하게 주먹 쥔 손을 머리 옆에 늘어뜨린 채 스티븐의 다리 위에 벌러덩 누워 있었다.

그리고 한때 그의 얼굴이었던 것.

이제 그것은 피와 머리카락과 으스러진 뼈로 이루어진 얼굴 모양의 덩어리에 지나지 않았다. 두 눈만이 예전 형태가 어땠는지에 대한 실마리를 던져주고 있었다. 죽은 고양이의 눈처럼 반쯤 가늘게 뜬 흐릿한 녹색 구멍 두 개.

스티븐의 머리가 다시 헤더 사이에 파묻혔다. 그는 유년기가 그를 뒤로한 채 과거의 어둠 속에서 빛을 잃어가는 것을 느꼈다. 어느새 어른이 되고 말았다는 설움에 북받쳐 뜨거운 눈물을 흘렸다. 그는 이제 전천후 바퀴에서 떨어져내리던 게 뭔지, 루이스의 아빠 얼굴에 난 기미가 왜 그렇게 까맣게 보였는지 알았다.

스티븐은 구급대원들의 들것에 실려 황무지를 벗어나면서 머리 위로 흔들리며 지나가는 핏빛 하늘을 지켜보았다.

그는 할머니 상태가 어떤지 알고 싶었지만 여전히 말을 할 수 없었다. 그가 아는 것이라고는 구조대와 함께 용케 오솔길을 올라왔고, 그것 때문에 거기서 할머니에게 무슨 일이 벌어졌다는 게 전부였다.

그 때문에.

그 생각을 하자 눈에 빨간 눈물이 맺히면서 그동안의 모든 일이 주마등처럼 스쳐지나갔다.

그는 하마터면 죽을 뻔한 것이야말로 오늘 일어날 수 있는 최악의 일이라 생각하고 있었지만 그가 틀렸다. 할머니가 변을 당했다.

그 때문에. 그의 계획 때문에. 그가 놓은 덫 때문에. 그가 쓴 편지들 때문에. 포장지에는 가시를 발라냈다고 적혀 있었는데 말이죠. 그가 어린애였기 때문에. 모든 걸 다르게, 좀더 잘 처리할 수 있을 어른이 아니라.

스티븐과 할머니는 같은 구급차에 실렸다. 어머니가 그의 손을 꽉 움켜쥐고 곧 보자고 말한 뒤 자리를 떴다.

차 안에서 스티븐은 할머니가 인공호흡기를 단 모습만 볼 수 있었다. 하지만 자신도 같은 신세여서 그것은 아무 의미도 없었다. 그것만으로는 아무것도 단정지을 수 없었다.

할머니, 그는 입술을 달싹였지만 부어오른 목구멍에서는 여전히 아무 소리도 나오지 않았다.

할머니.

눈에서 피가 흘러 앞을 보기 어려웠고 그래서 그는 그만 포기했다. 그러고는 눈을 감고 에이버리가 먹인 토마토 샌드위치 때문에 여전히 욕지기를 느끼며 또다시 의식을 잃었다.

42

스티븐은 빌리 삼촌의 침대에 누워 할머니가 뜨개질하는 모습을 지켜보았다.

사람들이 이곳으로 옮겨준 덕분에 그는 데이비의 방해 없이 편히 쉴 수 있었다. 또 데이비도 가위에 눌려 몸부림치며 울어대는 스티븐 때문에 잠을 설쳐 하루종일 뿌루퉁하게 지낼 필요가 없었다.

커튼이 걷혀 있어서인지 모든 것이 낯설도록 밝았다. 유리창에 비가 흩뿌리며 때아닌 바람이 거세게 몰아치는 지금도 그랬다.

침대에 누워서 보니 방이 사뭇 다른 느낌이었다. 그의 발을 따라 빌리 삼촌의 푸른색 이불 끝자락이 불룩 솟아 있는 그 방은 주문이라도 풀린 듯 갑자기 여느 남자아이의 방처럼 보였다. 스티븐은 이곳에서 이상하게도 평화로움을, 기이하게도 충만감을 느꼈다.

레고 우주정거장은 책과 미지근한 수프와 루코제이드*를 갖다 나르

* 스포츠 음료 상표.

는 길에 거치적거리지 않도록 침대 밑으로 밀려나 있었다.

침대 옆 협탁 위 빌리 삼촌의 사진도 뒤로 밀려나고 그 공간은 이제 스티븐의 물품 차지가 되어 있었다. 약병 여섯 개, 빨대가 꽂힌 유리잔, 데이비가 부지런히 집어 나르고 있는 밀크 트레이* 상자, 빠른 회복을 비는 카드 뭉치.

이 방에는 그 자신만 아는 스티븐과 관련된 것이 또 있었다. 밤에 엄마와 할머니와 데이비가 잠을 자러 각자의 방으로 돌아가고 나면 스티븐은 조심스럽게 옆으로 돌아누워 나침반 침으로 침대 뒤쪽 벽에 자기 이름을 깊이 새겼다. 한편으로는 그게 나쁜 짓이라는 걸 알고 있었다. 레티가 알면 화를 낼 터였다. 하지만 또 한편으로는 두 번 다시는 그가 한때 존재했었고, 삶의 무상한 본질을 이해했다는 단서를 남기지 않고 이 집이든 어떤 집이든 나서고 싶지 않았다.

누구나 자신의 흔적을 남겨야 한다.

스티븐은 화분과 삽과 원예 장갑 사진이 있는 카드에 쓴 가장 최근의 편지를 떠올렸다.

친애하는 주드 아저씨

카드 감사해요. 제가 다 나을 때까지 루이스가 정원을 돌보고 있어요. 그애는 자기가 땅 파는 데 소질이 있다지만 믿을 수 없어요. 아마 거짓말일 거예요. 다음에 오실 때 뵐게요.

스티븐 올림

* 초콜릿 상표 이름.

그는 '사랑을 담아'라고 쓰고 싶은 마음이 굴뚝같았지만 결국은 쓰지 않았다. 주드 아저씨를 놀라게 하고 싶지 않았다. 스스로를 놀라게 하고 싶지 않았다.

레티가 대신 카드를 부쳐주고 난 지금에야 그는 그러지 않은 걸 뒤늦게 후회했다.

하지만 그 정도가 적당했을 것이다. 그것만으로도 충분히 마음이 전해졌을 것이다.

그는 한숨을 내쉬며 하늘에서 눈을 뗐다.

할머니가 침대 끝 쪽 의자에 앉아 천천히 뜨개질을 하고 있었다. 손마디가 굵고 우툴두툴한 할머니는 종종 뜨개질을 멈추고 손가락을 구부렸다 폈다 했다. 스티븐은 눈을 깜빡였지만 아무 말도 하지 않았다.

할머니는 막무가내로 고집을 부렸다. 그녀는 손자가 가장 아끼는 양말의 발 부분을 새로 만들고 있었다. 퇴원하기도 전에 할머니는 레티에게 양말을 가져오라고 해서, 새로 처방받은 협심증 약을 가지고 집에 돌아올 때까지 다 해진 낡은 발 부분에서 수고스럽게 실을 뽑아 풀었다. 그래서 지금 양말은 발목 부분만 남아 아래쪽 가장자리가 술처럼 올이 풀린 튜브 형태였다.

"어떤 색깔이 좋냐?" 할머니는 물었었다.

빌리 삼촌의 베개에 기대 생각에 잠긴 스티븐의 눈에 머리 위 맨체스터 시티 스카프가 들어왔다.

"하늘색요." 그는 그렇게 대답했다.

스티븐은 할머니가 양말을 다리는 동안 소파에 누워 있었다. 할머니는 한사코 그의 도움을 마다하며 다림질 판을 가져다 늘 서 있던 창가에 세웠다. 그리고 양모가 번들거리지 않도록 양말 위에 쭈글쭈글한 갈색 종이봉지를 올려놓았다.

스티븐은 거리 맞은편에서 후드 운동복 차림의 불량배 셋이 어깨를 잔뜩 웅크린 채 주머니에 손을 찔러넣고 몰려오는 모습을 볼 수 있었다. 뒤쪽 엑스무어까지 비추는 눈부신 햇살에 상관없이 후드를 내려쓴 그들의 얼굴은 그늘에 잠겨 있었다. 불량배들은 발을 질질 끌고 걸으면서 그 집을 바라보았지만 가까이 오지는 않았다. 스티븐은 불량배들이 집 근처에서 얼쩡대는 일은 아마 두 번 다시 없을 거라고 생각했다.

이제 상황은 달라졌다.

루이스가 그에게 사람들이 언덕으로 올라가기까지의 자초지종을 들려주었다. 남자들이 달려갔고, 레티는 목욕 가운과 끈을 묶다 만 운동화 차림으로 허둥지둥 그들을 바짝 따라붙었고, 할머니는 그 뒤에서 헐떡이며 구르듯 따라갔다. 열 번은 더 넘어지고도 남았을 텐데 헤더 위에서 통통 튀어오르는 쇼핑 카트 덕분에 할머니는 줄곧 꼿꼿하게 버텼고, 루이스의 딴딴한 팔뚝을 멍이 들도록 꽉 움켜잡았다.

루이스의 아빠가 스티븐과 아널드 에이버리가 있는 곳에 맨 처음 도착했다. 하지만 루이스는 그다음 일어난 일에 대해서는 평소답지 않게 대충 얼버무렸다. 그는 남자들이 스티븐에게서 에이버리를 떼어냈다고만 말하고서, 눈을 돌리며 그다음 일어난 일에 대해서는 잘 모른다는 듯 딴청을 피웠다. 하지만 스티븐은 루이스의 아빠가 경찰 조사를 받고 무혐의로 풀려나 레드 라이온에서 또 술을 마실 필요가 없다는 소문을 이미 들어 알고 있었다.

그러고 나서 루이스는 기억이 다시 돌아왔는지 할머니가 흐릿한 녹색 카디건에 목이 졸린 채 공포영화 〈지퍼스 크리퍼스〉처럼 눈에서 피를 흘리며 누워 있는 스티븐을 보고 주저앉았다가 자줏빛 꽃들 위로 넘어간 이야기, 일단 스티븐이 괜찮다는 걸 확인한 남자들이 할머니에게로 우르르 달려간 이야기를 들려주었다. 바로 이 대목에서 루이스는 자기 아버지를 희대의 영웅으로 둔갑시켰다. 의식이 돌아왔을 때 다른 사람들은 할머니를 보살피고 있는데 루이스의 아빠 혼자 피가 잔뜩 튄 채 망연자실하게 서 있는 모습을 봤다고 스티븐이 기억하는 것과는 달리.

스티븐은 아무래도 상관없었다. 루이스는 그 샌드위치의 좋은 반쪽을 차지할 자격이 있었다.

할머니의 살이 처진 팔이 양말 위에서 이리저리 움직이는 동안 스티븐은 전천후 바퀴가 지금은 어디 있을지 궁금했다. 다시 볼 수 있으면 좋을 텐데. 경찰이 가방에 넣어 황무지에서 수거해갔다. 박살나고 피 묻은 쇼핑 카트와 그의 삽, 흐릿한 녹색 카디건, 그리고 아널드 에이버리도.

스티븐은 무심결에 목을 만졌다. 목은 아직도 부어 있고 따끔거렸지만 덕분에 아이스크림과 젤리는 얼마든지 먹을 수 있었다. 물론 루이스가 거들었지만.

여름 같은 날씨에 가스난로까지 켜져 있는데도 손가락 아래로 느껴지는 목의 감촉에 그는 부르르 떨었다. 그런 식으로 자신을 만지고 있으면 꼭 살인자가 된 기분이었다. 손끝에 와 닿는 말랑말랑한 피부, 누르면 쑥 들어가는 부분들과 연골로 이루어진 낯선 기관氣管, 고동치는 정맥. 기이하고 펄떡거리는 그 모든 연약한 것. 웬만큼 조르고, 웬만큼 누르고, 웬만큼 악의만 있으면 너무도 쉽게 무너뜨리고 짓뭉갤 수 있었다.

스티븐은 지난 이 주 동안 살인자처럼 생각했다. 블랙랜드와 빌리 삼촌에 대해 많이 생각했다.

그리고 하얀 헤더 밭에 대해서도 많이 생각했다.

에이버리는 그곳 하얀 헤더 밭에 앉아 그들을 기다리고 있었다.

그는 고대 무덤으로 스티븐을 끌고 올라가 하얀 헤더 밭에 무릎을 꿇렸다.

"꿇어!"

스티븐은 다시 부르르 진저리를 쳤다.

"춥니?" 할머니가 재빨리 그를 바라보았다.

스티븐은 할머니가 빌리 삼촌의 침대에서 가져다 덮어준 이불 속으로 파고들며 고개를 저었다.

할머니는 금속 안전망에 다리미를 한쪽 끝으로 세워놓고 갈색 종이봉지를 치웠다.

"옜다."

스티븐은 일어나 앉아 할머니가 건네는 양말을 받아들었다. 예전에 신던 양말이었지만 새것처럼 훌륭했다. 아니, 새것보다 더 훌륭했다.

할머니는 손자가 양말을 신고 맨체스터 시티 하늘색 발가락을 꼼지락거리는 모습을 지켜보았다.

스티븐은 할머니를 올려다보다가 그러지 않으려고 불현듯 입술을 깨물어야 했다.

할머니는 아직도 불그죽죽한 손자의 눈에 맺힌 눈물을 보고 그의 머리에 손을 얹어 고맙다고 말해야 하는 수고로움을 덜어주었다.

"할머니!"

"응?"

"있잖아요……"

그는 우물거리다 다시 입을 열었다. 그의 목소리는 아직도 가냘프고 갈라졌다.

"빌리 삼촌이 어디 있는지 알 것 같아요."

그의 머리에 얹혀 있던 할머니의 손이 미세하게 떨렸다. 그 아래서 스티븐은 갑자기 무서운 기억이 떠올라 움찔했지만 손을 뿌리치지는 않았다. 그는 간신히 평정을 되찾고 가만있었다. 머리에 할머니의 손이 올려진 그대로. 그를 해치지 않는, 따스하고 아늑한 손.

두 사람을 이어주는 그 손을 통해 전해지기라도 한 듯 그는 할머니가 무슨 생각을 하고 있는지 느낄 수 있었다.

한참 말이 없던 할머니는 그의 머리칼을 살살 어루만지며 말문을 열었다.

"어서 낫기나 해라. 그것 말고 또 뭐가 중요하겠니."

작가의 말

처음에는 『블랙랜드』를 범죄소설로 쓸 생각이 전혀 없었다. 그러니까 소년과 그의 할머니가 나오는 아주 작은 이야기를 염두에 두고 있었다.

그러다 오래전 살해당한 아이의 어머니를 텔레비전에서 보고 에이버리 같은 살인자의 범죄가 몇십 년을, 평생을, 어쩌면 세대에서 세대에 걸쳐 사람들에게 미치는 영향에 대해 궁금증이 일면서 마음을 바꾸었다.

나는 생각했다. '내가 만약 아들이 살해당한 여자의 손자라면 어떤 영향을 받았을까? 내 삶은 어땠을까?' 그 순간 용서와 숭고한 고통에 대한 내 예상을 완전히 뛰어넘는 한 가족의 슬픈 분열상이 떠올랐다. 이미 열두 살 소년의 입장에서 생각하고 있던 터라 나의 유일한 질문은 이랬다. '어떻게 하면 이걸 바꿀 수 있을까?'

스티븐 입장에서 볼 때 에이버리에게 도와달라는 편지를 쓰는 것은 너무도 당연했다. 에이버리 입장에서 보면 자신의 호기심을 채우기 위해 진실을 찾아나선 이 소년을 조종하는 것은 잔인한 즐거움이었다. 바로 거기서, 이야기가 통제를 벗어나 소용돌이를 그리며 전개될 수도 있다는 느낌이 『블랙랜드』를 뜻밖에도 어두운 영역으로 끌고 갔다.

이 이야기는 상상력의 산물이다. 등장인물들은 살아 있거나 죽은 실제 인물과는 전혀 무관하며, 설령 실제 인물과 비슷한 점이 있더라도 그것은 순전히 우연의 일치일 뿐이다. 하지만 에이버리의 롱무어 교도소 탈옥은 2003년 일어났던 실제 탈옥 사건에서 영감을 받았다.

감사의 글

고맙게도 아카데미에서 주는 작가 지원금 덕분에 『블랙랜드』를 쓸 수 있었다. 교도소 조사 작업을 도와준 크리스티나 포머리와 스티븐의 손이 되어 글씨를 써준 잭 크라이어에게 고마움을 전한다. 나의 에이전트 제인 그레고리와 첫 소설을 출간할 기회를 준 트랜스월드와 사이먼&슈스터 사에도 감사의 마음을 전한다. 아울러 관대하게도 칼 포먼상을 제정한 이브 윌리엄스 존스와 마이클 윌리엄스 존스에게도 심심한 사의를 표한다. 그 상이 없었다면 직장을 그만두고 글을 쓸 엄두를 내지 못했을 것이다. 마지막으로 못난 모습을 보였을 때도 한결같이 믿어준 나의 멋진 친구들과 가족들에게 고마움을 전한다.

옮긴이 **강미경**
이화여대 영어교육학과를 졸업했다. 전문 번역가로 활동중이며, 옮긴 책으로 『톰 소여의 모험』 『검은 고양이』 『지킬 박사와 하이드 씨』 『유혹의 기술』 『작가 수업』 『몽상과 매혹의 고고학』 등이 있다.

문학동네 블랙펜 클럽
블랙랜드

1판 1쇄 2016년 1월 22일 | 1판 2쇄 2016년 2월 24일

지은이 벨린다 바우어 | 옮긴이 강미경 | 펴낸이 염현숙
책임편집 황문정 | 편집 양수현 | 독자모니터 조혜영
디자인 김이정 이원경 | 저작권 한문숙 박혜연 김지영
마케팅 정민호 이미진 정진아 | 홍보 김희숙 김상만 이천희
제작 강신은 김동욱 임현식 | 제작처 영신사

펴낸곳 (주)문학동네
출판등록 1993년 10월 22일 제406-2003-000045호
주소 10881 경기도 파주시 회동길 210
전자우편 editor@munhak.com | 대표전화 031) 955-8888 | 팩스 031) 955-8855
문의전화 031) 955-1927(마케팅) 031) 955-2659(편집)
문학동네카페 http://cafe.naver.com/mhdn | 트위터 @munhakdongne

ISBN 978-89-546-3934-7 03840

www.munhak.com